Zu diesem Buch

Berlin ist von seinen Gegnern schon immer verdächtigt worden, ein alles verschluckender Moloch zu sein, aber jetzt scheint diese irreale Angst einen realen Hintergrund zu haben. Spurlos verschwinden Topmanager in der Hauptstadt. Das Muster ist immer das gleiche: Sie kamen an, stiegen in einem Hotel ab, verließen es wieder und verschwanden. Einige mochten private wie berufliche Schwierigkeiten gehabt haben, aber Selbstmord schließen ihre Verwandten und Freunde aus. Bei der Kriminalpolizei sieht man bei den Verschwundenen keinerlei Zusammenhänge, was die Sache noch rätselhafter macht. Wenn wenigstens die Leichen der Topmanager auftauchen würden...

Da ist der Polizei der Mord an einem Taxifahrer lieber. Da gibt es wenigstens eine Leiche. Und auch einen Verdächtigen. Doch auch da liegen die Dinge nicht so einfach, wie Kommissar Mannhardt das gern hätte...

-ky, mit richtigem Namen Prof. Dr. Horst Bosetzky, ist Professor für Soziologie in Berlin. Er gehört zu den wichtigsten deutschen Kriminalromanautoren. In seinen Büchern verbindet er eine spannende Handlung mit einer genauen Beschreibung der deutschen Wirklichkeit.

Als einer der wenigen deutschen Autoren fand er auch internationale Anerkennung: Für «Kein Reihenhaus für Robin Hood» erhielt er den französischen Kritikerpreis für den besten ausländischen Kriminalroman. 1992 wurde er mit dem Glauser, dem Preis der deutschen Kriminalromanautoren, für sein Gesamtwerk ausgezeichnet.

In der Reihe rororo thriller sind lieferbar: Blut will der Dämon (Nr. 3091), Da hilft nur noch beten (Nr. 2883), Feuer für den Großen Drachen (Nr. 2872), Friedrich der Große rettet Oberkommissar Mannhardt (Nr. 2725), Ich wollte, es wäre Nacht (Nr. 2951), Ein Toter führt Regie (Nr. 2312), Unfaßbar für uns alle (Nr. 3174), Mitunter mörderisch, Kriminalstories (Nr. 2383) und in einem Dreierband Zu einem Mord gehören zwei, Es reicht doch, wenn nur einer stirbt, Die Klette (diesen Roman schrieb -ky zusammen mit Peter Heinrich; Nr. 3157).

-ky

Ein Mann fürs Grobe

rororo

Rowohlt

rororo thriller
Herausgegeben von Bernd Jost

Originalausgabe
Veröffentlicht im Rowohlt Taschenbuch Verlag GmbH,
Reinbek bei Hamburg, November 1996

Umschlaggestaltung: Walter Hellmann
(Foto: Mauritius / Pelka)
Satz Garamond (Linotronic 500)
Gesamtherstellung Clausen & Bosse, Leck
Printed in Germany
1290-ISBN 3 499 43246 3

Im Schwarzen Loch Berlin verschwunden?

Seit Januar vermißte Topmanager nicht wieder aufgetaucht – Geheimnisvolle Serie hält an

Berlin (lz.) Schwarze Löcher, auf gut englisch «black holes», sind jene rätselhaften Gebilde weit draußen im All, die eine immens große Verdichtung aufweisen und damit über ein so unvorstellbar großes Gravitationsfeld verfügen, daß nicht einmal die stärkste elektromagnetische Strahlung sie verlassen kann, auch nicht das Licht. Sie verschlucken alles, was in ihrer Nähe ist, und lassen es für alle Zeiten unsichtbar werden. Nun ist die Metropole Berlin von ihren Gegnern schon immer verdächtigt worden, ein alles verschluckender Moloch zu sein, jetzt aber scheint diese irreale Angst vor unserer Stadt einen realen Hintergrund zu haben, denn Deutschlands Unternehmen beklagen seit Anfang des Jahres den Verlust von mindestens vier Topmanagern, und für alle gilt: Sie kamen an, stiegen ab und verschwanden. Ordnungsgemäß legten sie ihre Schlüssel auf den Tresen an der Rezeption, verließen ihr Hotel – und waren nie wieder gesehen... Einige mochten private wie berufliche Schwierigkeiten gehabt haben, aber einen Selbstmord schließen ihre Freunde und Verwandten kategorisch aus. Im Gegenteil, alle seien sie ausgesprochene Kämpfertypen gewesen. Da ist zuerst die attraktive 34jährige Diplomingenieurin Sabine Becker-Bornschein aus Bremen, die am 2. Februar nach Berlin gekommen war, um dem Berliner Senat im Auftrage der «NordConsulting» Bebauungsvorschläge für den Flughafen Tempelhof vorzulegen, der ja jüngsten Gerüchten zufolge 1998 geschlossen werden soll. Folgt der seit dem 18. April spurlos verschwundene Diplomvolkswirt Dr. Wolfram Witt, 57, Geschäftsführer der «Dachsanierung Ziegelmann GmbH», der sich bei Berliner Baufirmen umhören sollte. Nummer 3 ist der 48jährige Betriebswirt Jochen Vollstedt aus Bodenwerder von der «LUV-Wirtschaftsbau», der am 5. Mai an einem Seminar über «Organizational Learning» teilnehmen sollte, aber nie im Konferenzraum erschienen ist. Der letzte der vermißten Topmanager, Ronald O'Brien, 38, stammt sogar aus dem Ausland – und zwar aus Gardener/Massachusetts, wo sich der Stammsitz der VOI («Voice Organizer International») befindet, für deren Spracherkennungscomputer er in Berlin Marktsegmente sichern sollte. Bei der Kriminalpolizei sieht man keinerlei Zusammenhänge zwischen den Lebensbahnen der vier Verschwundenen. «Reiner Zufall», versichert uns Hans-Jürgen Mannhardt von der 12. Mordkommission und fügt ein wenig zynisch hinzu: «Ohne Leiche kein Mord!» Gründe fürs Untertauchen gäbe es viele, und die eingehenden Vermißtenanzeigen füllten ganze Aktenordner. «Unmöglich für uns, da jedesmal mit Mannschaftsstärke nachzuhaken.» Der ganze Apparat beginne erst zu arbeiten, wenn man einen Topmanager ermordet in der Badewanne fände... Da möchte man fast rufen: «Freiwillige vor!»

1

Dr. Richard Schrotzer war nach fünf Jahren zum erstenmal wieder in Berlin. Wenn er am Hotelfenster stand, konnte er sowohl sein damaliges Wohnquartier als auch seine alte Arbeitsstelle recht genau erkennen. Die Koblenzer Straße in Wilmersdorf, gleich am Bundesplatz, war am eckigen Betonturm der Vater-Unser-Kirche auszumachen, vor allem aber an den drei Schornsteinen des Spitzenlastkraftwerks am S-Bahnring, die wie startbereite Weltraumraketen in den Himmel ragten. Und das WZB, das «Wissenschaftszentrum Berlin», lag gleich neben den unverwechselbaren goldgelben Baukörpern von Philharmonie und Staatsbibliothek. Sicher, in Dutzenden von Dokumenten war festgehalten, daß er dort ein ganzes Jahrzehnt gelebt hatte, doch ihm schien das nichts als Selbsttäuschung zu sein. Der Mann, der er jetzt war, hatte mit dem Menschen dieser Zeit außer dem Namen nichts gemein. Sein Leben war keine durchgehende Linie, sondern eine Ansammlung einzelner Punkte, die für sich selber standen. Auf der großen Bühne des Lebens gab es viele und täglich immer wieder neue Schauspieler, die in die Rolle des Dr. Richard Schrotzer schlüpften.

Das Telefon neben dem noch glatten Doppelbett dudelte in dieser schleimigen Art, die er seit Jahren haßte. So schrill wie früher, da war es ihm ehrlicher erschienen: Ja, verdammt ich störe dich. Er riß den Hörer hoch und schrie seinen Namen so laut, daß es am anderen Ende wie ein startender Düsenjäger klingen sollte. «Schrotzer!»

«Multifunktions-Computer International, Raabe, ich verbinde mit dem Chef...»

Schrotzer sank aufs Bett. Die Raabe, diese alte multikulturelle Krähe.

«Hallo, Herr Schrotzer, gut angekommen in Berlin?» Dies auf französisch.

Er wußte, daß Savournon nie hinhörte, und murmelte deshalb, daß sie im Gewitter über Berlin-Tegel abgestürzt seien.

«Sehr schön. Ruhen Sie sich heute noch aus, und fahren Sie morgen früh nach Friedrichsheide raus...» Savournon wechselte ins Englische über, was ihm allerdings nur leidlich glückte. «Ich habe mit diesem Prof. Schadow vom Innovationspark gesprochen, daß Sie sich dort umgucken können. Okay!?»

Schrotzer ließ den Firmeninhaber spüren, daß er seine beiden Jahre an der Cornell University in Ithaca, NY, nicht nur als Wide Receiver im Footballteam genutzt hatte, sondern auch zur Vervollkommnung seines Slangs. «Sie sollen da im Innovationspark an der Software für Spiel- und Getränkeautomaten arbeiten, die den Zentralen melden, wenn sie leer sind und nachgefüllt werden müssen.»

«Was meinen Sie?»

Schrotzer wiederholte es auf französisch und erhielt den Auftrag, alles zu kaufen, was es zu kaufen gab. Dann legte Savournon ohne eine jede Abschiedsfloskel auf.

Schrotzer empfand dies wie eine schallende Ohrfeige. Er warf sich aufs Bett und hätte am liebsten wie ein Kleinkind «Äh-äh» gemacht. Sein Selbstmitleid wuchs mit jeder Sekunde. Mein Gott, warum habe ich mir das antun müssen, zu Savournon zu gehen... Klar, Gabis ewiges Gejammer wegen der leeren Kassen – und nun die hundertfünfzigtausend Mark im Jahr. Er hatte keine Lust, sie anzurufen. Auch keine, von Marius zu hören, daß die liebe Puffpuff-Bahn aus Lego wieder mal puttgegangen war.

Diese Assoziation ließ ihn erkennen, daß gegen seine Depressionen jetzt nur noch eines half, das Denken an das Eine nämlich. Eine dieser Edelnutten von fünfhundert Mark an aufwärts neben sich im Bett und dann... So richtig a tergo. Seine Phantasie reichte für eine Erektion, wie sie ihm in Gabis Nähe nie gelang. Schön, dafür liebten sie sich und schritten gemeinsam durchs Leben. Er überlegte kurz, ob er nicht wirklich beim Mann an der Rezeption nachfragen sollte, ließ es dann aber, weil es Kosten-Nutzen-analytisch wenig brachte. Gabi, sparsam bis geizig wie sie war, hätte die fehlenden fünfhundert Mark sicherlich bemerkt und ein Riesentheater gemacht. Außerdem war er so erzogen, daß er sein Gewissen fürchten mußte, ganz abgesehen von der Aidsgefahr. Der Hauptgrund aber war, daß Savournon ihn sicher feuerte, wenn er von diesem Fick erfuhr. Wahrscheinlich wurde sogar der Nachtportier für seine Überwachung bezahlt.

Mußte er sich's also selber besorgen. Hinunter in die Hotelhalle zu fahren und sich einen «Playboy» zu kaufen, schaffte er nicht, weil es ihm peinlich war, daß alle, die ihn sahen, ganz genau wußten, warum er das tat. Also schaltete er seinen Fernseher ein und zappte sich so lange durch die Programme, bis er genügend Frauen gesehen hatte, um es kurz und eher tröpfelnd bei sich auszulösen. Es wurde eher Schmerz als Lust.

Er warf das klebrige Tempotaschentuch bis vor die Toilettentür und fühlte sich ein wenig besser, wußte aber, daß er es den ganzen Abend in dieser Feudalzelle des «Spreeathen» nicht aushalten würde. Doch die Kraft, in die Stadt zu gehen, hatte er nicht. Er war ausgezogen, die Welt zu erobern, und kehrte nun als Mann zurück, den die Franzosen in Grenoble so wenig liebten wie der FC Bayern München einen Torjäger, der in zehn Spielen nicht getroffen hatte.

Er haßte nichts mehr als die tristen Bars über den Dächern der Stadt, und es war die pure Verzweiflung, die ihn nach oben fahren ließ.

«Einen Calvados, bitte.»

Unsicher stand er vor dem ungewöhnlich hohen Hocker und wußte nicht, ob er sich hinaufschwingen sollte oder nicht, hatte Angst davor, sich dabei ebenso zu blamieren wie damals im Turnunterricht, wo ihm solche Übungen regelmäßig mißlungen waren, sehr zum Gespött der anderen, insbesondere der

Mädchen. Nun, die Frauen, die hier saßen, waren nicht mehr solo, und wenn ihm eine gefallen hätte, dann wäre es eh nichts geworden: Gabi zu betrügen war undenkbar für ihn. Schließlich gab er sich einen Ruck und kletterte nach oben. Der Calvados kam, und er sah sich um, mehr sichernd als abenteuerlustig. Rechts von ihm hockte eine pyknische Frohnatur mit rotem Froschgesicht, die alles veralberte, was der bierernste Senatsbeamte neben ihm an Statements von sich gab.

«Die neue Innenstadt Berlins sollte eine Sache bleiben, die von der politischen wie der ästhetischen Elite zu entscheiden ist, nicht aber von der Bevölkerung. Siehe ‹Palast der Republik› und die beginnende Katastrophe bei der Bebauung des Pariser Platzes.»

«Nun, mein Lieber, wenn Pariser platzen, ist das immer eine Katastrophe.»

Schrotzer mühte sich, im Calvados die Äpfel zu schmecken und sich vorzustellen, wie quer durch die Normandie die Apfelbäume blühten.

In dieses Bild schob sich ein Mann in seinem Alter, vierzig etwa, und an diesem Abend offenbar ebenso verloren wie er.

«Entschuldigen Sie, ist der Platz hier neben Ihnen noch frei...?»

«Ja, sicher...» Schrotzer schob den Barhocker ein Stückchen zur Seite, so daß es der andere beim Platznehmen bequemer hatte. Er musterte ihn mit einem schnellen Blick. Der Mann sah aus wie der Intendant eines Theaters, das sie gerade schließen wollten. Hatte die volle Arroganz eines deutschen Genies. Leichte Basedow-Augen, aber von strahlender Vergißmeinnichtfarbe. Ein bißchen Friedrich der Große. Oder Gustaf Gründgens als Mephisto. Konnte richtig aasig blicken, als ihn der Barkeeper noch immer ignorierte. Leptosomer Körperbau. Joggte wahrscheinlich und war in der Schule die 1000 Meter unter 2:50 gelaufen. Krankhaft ehrgeizig, Siegertyp. Immer die *pole position* innehaben. Maßgeschneiderter Anzug. Raucherfinger, an den Kuppen zerbissen. Gefiel sich darin, alle Welt zu übersehen, war wohl keiner kongenial genug für ihn.

Schrotzer hatte immer seinen Spaß daran, Männer wie diesen «zu knacken». Er versuchte es zuerst mit seinem Trick 17. «Entschuldigen Sie, aber ich hab Sie doch letzte Woche in ‹DAS!› gesehen.» Er hätte auch «KuK» sagen können oder auf irgendeine der vielen Talk-Shows verweisen können; es klappte fast immer.

«Wirklich...?» Der andere schien zu meinen, sein Kommunikationssoll damit erfüllt zu haben, nahm einen Olivenkern aus dem Aschenbecher und warf ihm dem Barkeeper ins Kreuz. «Meister, kriege ich nun endlich meine Bacardi Cola...?»

Der Herr der Gläser und Flaschen fuhr zornig herum, zu allem bereit, ließ aber sofort ein kumpelhaftes Grinsen erkennen, als er bemerkte, wer ihn da beworfen hatte. «Oh, Herr Catzoa, natürlich! Ich bitte tausendmal um Verzeihung.»

Schrotzer wußte, daß er den Namen Catzoa in irgendeiner seiner Millionen Gehirnzellen abgespeichert hatte. Bei einem seiner Bewerbergespräche mußte ihm dieser Mensch schon einmal begegnet sein. Aber da hatte es viele gegeben. «Haben Sie nicht letztes Jahr das Assessment-Center bei Horländer & Keppler organisiert?»

Das stimmte zwar nicht, aber immerhin gab Catzoa zu verstehen, daß er sich hin und wieder auch als Headhunter versuchte. «In den Chefetagen sind sie immer noch scharf auf die Jahrhundertgenies.»

Schrotzer erzählte, daß er als Chefeinkäufer bei der MCI angefangen habe, sich aber Frau und Kind in Grenoble nicht so richtig heimisch fühlten.

Catzoa sah ihn an. «Was sind Sie denn von Hause aus?»

«Soziologe...» Schrotzer wurde fast ein wenig rot, als er dies bekannte, und er starrte dabei auf den Aschenbecher, der vor Catzoa stand.

Und der andere lachte auch prompt. «Mein Vater fragte in solchen Fällen immer: Wie kommt Kuhkacke aufs Dach?»

Schrotzer erzählte ihm, daß er im renommierten ‹Wissenschaftszentrum Berlin› jahrelang über das Thema Voice Powered Technology geforscht habe und sicherlich der profundeste Kenner dieser Materie in Deutschland sei, aber... «Sich immer nur von einem Forschungsprojekt zum anderen zu hangeln und dabei Frau und Kinder zu ernähren, das ist auch nicht das Wahre.»

«Und als Professor...?»

«Oft hab ich auf der Dreierliste gestanden, aber immer Pech gehabt. Mal war mir eine Connection im Weg, mal die Frauenquote, mal die knappen Kassen, das heißt, die Stelle ist gestrichen worden. Und als wir letztes Jahr im Urlaub oben in Deauville gewesen sind, da hab ich auf dem Tennisplatz den alten Savournon kennengelernt. Als die einen vierten Mann fürs Doppel gesucht haben. Ihrer war durch starken Salmonellenbefall nicht mehr in der Lage dazu.»

«Wie das Leben halt so spielt», sagte Catzoa und schien schon wieder jedes Interesse an Schrotzer verloren zu haben.

«Kommen Sie noch ein bißchen mit in die Stadt?» fragte Schrotzer schnell und voller Hoffnung, der andere würde das bejahen.

«Nein, bedauere...» Catzoa ließ sich vom Barhocker gleiten und eilte ohne eine Abschiedsfloskel einer Schauspielerin entgegen, die Schrotzer aus Hubys neuester Fernsehserie kannte.

Schrotzer registrierte es als Kränkung. Mit seinen hundertfünfzigtausend Mark im Jahr hatte er gedacht, in diesem Leben endlich mehr als eine Quantité négligeable zu sein, und nun... Er warf einen Zwanzigmarkschein auf den Tresen und ging. Nicht zurück ins Hotelzimmer, dort, so hatte er das Gefühl, würde er an diesem Abend noch wahnsinnig werden. Er fuhr hinunter zur Rezeption, fragte den diensthabenden Jungmanager, wo denn noch etwas los sei in Berlin, und bekam eine Reihe Discos, Varietés und Restaurants mit Live-Musik genannt.

«Danke sehr...» Er ließ seinen Zimmerschlüssel in eine Art Rohrpostöffnung plumpsen.

«Einen schönen Abend noch, Herr Dr. Schrotzer, und eine ebensolche Nacht», wünschte ihm der junge Mann mit einem Lächeln, das wohl eine Anspielung auf vieles sein sollte.

Schrotzer trat auf die Straße hinaus. Nach ein paar ungewissen Schritten stand er am Rande des Tiergartens. Berlins Central Park gähnte ihm wie ein Schwarzes Loch entgegen.

2

Die Party war in vollem Gange, und Hans-Jürgen Mannhardt stand abseits am Wasser. Wenn der HERR es gut mit ihm meinte, ließ er jetzt eine Leiche vorbeitreiben. Sofort hätte er im Mittelpunkt gestanden. So aber kümmerte sich – wieder mal – kein Schwein um ihn. Was aber auch sein Gutes hatte. Alles war relativ, alles war ambivalent. Er wurde direkt zum Philosophen, wie er da über den Krossinsee hinweg nach Schmöckwitzwerder blickte, der dichtbewaldeten Landzunge zwischen vier Seen, dem Großen Zug, dem Seddin-, dem Zeuthener und eben Krossinsee, auf der sich dermaleinst der Michael Kohlhaas versteckt hatte. Als Mannhardt sich bewußt wurde, daß er sich hier in Wernsdorf befand, einer Ortschaft schon außerhalb Berlins, faßte er sich automatisch an die Brusttasche: der *Passierschein*! Gott sei Dank, er war noch da, aber nur ausgestellt auf Ostberlin, die *Hauptstadt der DDR*, nicht aber auf den Kreis Königs Wusterhausen. Das verhieß, wenn ihn die Vopo schnappte, doppelten Ärger. Einmal mit den Genossen selber, dann aber auch mit seinen Westberliner Vorgesetzten, weil er diesen Ausflug ins feindliche Ausland nicht ordnungsgemäß vorab angemeldet hatte. Wahrscheinlich hätte er nie und nimmer eine Genehmigung bekommen: «Wissen Sie denn nicht, daß die Stasi solche Gelegenheiten für ihre Anwerbungsversuche zu nutzen trachtet?»

Mannhardt hatte Mühe, sich klarzumachen, daß dies nur sein altes Trauma war: als Westberliner in der DDR Passierschein und Ausweis verloren zu haben und für eine Weile im Stasi-Knast zu landen. Die DDR war längst versunken, und das Gelände, auf dem er sich jetzt befand, war nicht mehr das Erholungsheim des VEB Regelungstechnik Leipzig, sondern gehörte dem Steuerberater und FHW-Professor Dr. Bernhard Broch, dessen Frau Bianca nicht nur in der Berliner CDU Karriere machte, sondern auch Heikes Freundin war. Mannhardt fand das zwar absurd bis geradezu pervers, es war aber wiederum auch reizvoll und nützlich.

Mannhardt setzte sich auf den Steg und warf Steinchen ins Wasser. Da, wo sie aufkamen und kleine Kreise bildeten, wichen die grünen Pigmente zurück. Das Wasser blühte, wie die Berliner sagten. Wo blieb die Wasserleiche? Typisch für Ertrunkene waren der *Schaumpilz*, der feinblasige weißliche Schaum vor Mund und Nasenöffnungen, das einzige äußere Hinweiszeichen für vitales Ertrinken, und die *Waschhautbildung* an Händen und Füßen. Aber warum immer nur Wasserleiche, vielleicht war es auch eine märkische Undine, die vor ihm auftauchte und sich mit ihm vermählen wollte, um endlich zu einer Seele zu kommen. Vor Urzeiten hatte er die *Undine*, das Stück von Giraudoux – oder…? –, im Schiller-Theater gesehen, mit Sabine Sinjen als Wasserjungfrau. Die war nun auch schon tot, zerstört vom Krebs, und das Schiller-Theater geschlossen, hingerichtet von Diepgen & Co. Wäre er mitgegangen, wenn ihm seine Undine erschienen wäre…? Ja, sicher, das ließ sich doch keiner entgehen.

«Kommissar, kommst du mal!» Seine Daseinsgefährtin – die Frau, die sein Dasein gefährdete, wie er immer sagte – schwebte über den Rasen.

«Ja, el-zett, was is'n…?» Das bezog sich auf das Kürzel, mit dem Heike seit einiger Zeit ihre Artikel versah, **lz.** gleich Hunholz, Punkt.

«Kannst du mal auf den Papst aufpassen!?»

«Ja.»

Mannhardt verließ den Philosophensteg und begab sich zu Buddelkasten und Schaukel, wo sich ihrer beider Sohn quietschvergnügt den Zuckersand in die dichten blonden Haare rieseln ließ. Sie hatten ihn in einem Anfall gelinden Wahns Silvester genannt, weil *es* zu dieser Zeit geschehen war, fanden es nun aber witziger, ihn «Papst» zu nennen, denn der berühmteste Träger dieses Vornamens war der Papst Silvester II. (gestorben 1003), der größte Gelehrte seiner Zeit. Das arme Kind, meinten denn auch alle.

Heike hatte eine jener Frauen entdeckt, deren Bücher Rekordauflagen erreichten, weil darin Geschlechtsgenossinnen stellvertretend rächend-heiter Männer meuchelten, und wollte sie zu einem schnellen Interview in die Büsche zerren. Sie verschwand, und Mannhardt rührte für seinen Sohn Eierpampenkuchen an. Lieber hätte er Türme, Tunnel und Straßen gebaut, aber das vermochten einjährige Knaben noch nicht so recht zu schätzen. Sein Ziel war es, Silvester dahin zu bringen, alleine zu spielen.

«Guck mal, hier, wie schön sich das dreht!» Eine der Brochschen Töchter hatte eine Sandmühle hinterlassen. Kippte man oben Zuckersand hinein, drehten sich mehrere Räder und Flügel. Mannhardt mühte sich verzweifelt, seinem Sohn das Patent verständlich zu machen.

«Na, spielt der Opa schön mit dir?»

Die hager-knochige Dame, eine Lateinlehrerin aus dem nahen Köpenick, wußte gar nicht, wie nahe dran sie war, erwürgt zu werden. Mannhardt verkniff sich das jedoch und holzte nur verbal zurück. «Mein Enkel ist das nicht, ich dachte, es wäre Ihr Jüngster...?» Wobei die Gemeinheit nicht nur darin bestand, daß die Dame auf die Sechzig zuging, sondern auch noch – wie man ihm zugeflüstert hatte – ungeoutet lesbisch war.

«Ultra posse nemo obligatur», sagte sie, erfreute sich an seiner Unbildung und stiefelte davon. Mannhardt sollte erst zwei

Tage später, als er Heikes hochgebildeten Feuilletonredakteur um die Übersetzung gebeten hatte, den Sinn ihrer Worte erfahren: Niemand ist verpflichtet, ihm Unmögliches zu leisten. Ein Kernsatz römischen Rechtsdenkens sei dies gewesen.

Endlich spielte Silvester Hunholz, gezeugter Mannhardt, nun alleine, und Mannhardt konnte den Buddelplatz als das nutzen, wozu ihn der Hausherr schon lange gemacht hatte: zum Golfbunker, jenes teuflische Sandloch vor den Grüns, aus dem die Bälle mit einem Chip herausgeschlagen werden mußten. Broch, ordentliches Mitglied im Golfclub Motzen, wo auch Bernhard Langer spielte, übte täglich auf seinem eigenen Rasen und hatte vor Terrasse und am Swimmingpool zwei Löcher gegraben.

«Na, Sie sind ja wirklich ein echtes Talent...» Die Gastgeberin kam heran, ein Glas in der Hand, in dem es gelblich schwappte. Mannhardt schnürte es die Kehle zu, und er hatte das Bild einer Katze vor Augen, die eben gefressenes Gras wieder herauswürgen wollte.

«Hier, trinken Sie...» Bianca Broch lächelte ein wenig maliziös.

Mannhardt schluckte mehrmals. Wenn ihm Heike nur nicht verraten hätte, daß ihre Freundin fanatische Urintrinkerin geworden war und nichts unversucht lassen würde, auch andere zu bekehren. War das nun wirklich Apfelsaft – oder der Urinmix der Broch-Familie samt ihrer Urgroßmutter?

Den Inhalt des Glases ganz einfach in die Büsche kippen konnte er nicht, denn Bianca Broch war es, die ihn jüngst gerettet hatte und auch weiterhin ihre Hand schützend über ihn hielt. Ein paar Worte von ihr, in günstigen Augenblicken mit zwei Staatssekretären und einem Senator gewechselt, und der Erste Kriminalhauptkommissar Hans-Jürgen Mannhardt war aus der Oranienburger Diaspora heimgerufen worden nach Berlin und hatte eine neugegründete Mordkommission übernehmen dürfen.

Da er trotzdem noch immer zögerte, sprach Bianca Broch

ein paar aufklärende Worte. «Urin enthält Melatonin, das ist ein Hormon, das während der Nacht von der Zirbeldrüse ausgeschüttet wird und sehr beruhigend wirkt.»

«Trinken Sie nun wirklich jeden Morgen Ihren Eigenurin, oder machen Sie das alles nur wegen der PR-Wirkung, die Sie dadurch erzielen?»

«Raten Sie mal…»

Mannhardt versuchte, etwas zu erschnuppern. Da war in der Tat ein ganz gewisser Duft… Aber kam der nun aus den Pampers seines Sohnes oder aus dem Glas seiner Gönnerin? «Ja, das ist kein Apfelsaft…»

«Und Sie würden es trotzdem trinken?»

Mannhardt bemühte seinen ganzen Tanzstundencharme und versuchte, nicht immer krampfhaft an die sicherlich sehr reizvolle Stelle zu denken, an der dieser Urin den Körper der womöglich nächsten Berliner Innensenatorin verlassen hatte. Zwar klang der Name Broch, sprach man ihn schnell, wie eine Explosion, und Heikes Freundin hatte durchaus die Körperfülle einer Sopranistin, aber die Männer waren ganz verrückt nach ihr, erhofften sie sich doch diese wunderbare Mischung von strenger Domina und weichem Kuscheltier von ihr.

«Na…!?» Sie tadelte Mannhardt wegen seines Zögerns.

«Ja, ich trinke es… bei einer solch zauberhaften Quelle…»

Er stürzte die gelbe Flüssigkeit hinunter. Es war aber in der Tat nur Apfelsaft.

Sie küßte ihn. «Jetzt aber mal zum Ernst des Lebens. Haben Sie inzwischen schon etwas über Sabine Becker-Bornschein herausgefunden?»

«Ja, das, was Heike da in ihrem Artikel über das Schwarze Loch Berlin geschrieben hat, in dem die Manager spurlos verschwinden, hat mich schon ein bißchen weitergebracht…» Ein wenig außerhalb der Legalität hatte sich Mannhardt dienstlich umgehört. «Sie ist zweifellos aus dem Hotel gekommen und mit der Taxe zum ‹Berliner Ensemble› gefahren, ‹Mondlicht› von Harold Pinter. Eine der jungen Frauen, die da die Karten abreißen, hat sie auf dem Foto wiedererkannt. Was dann mit Ihrer Cousine passiert ist, weiß allerdings kein Mensch... Der Mann an der Rezeption meinte, sie hätte irgendwie angedeutet, daß sie möglicherweise erst am nächsten Vormittag ins Hotel zurückkommen würde. Falls es Anrufe für sie geben sollte.»

«Ja, sicher. Ich hab gesagt: ‹Komm doch nach dem Theater noch zu uns raus nach Wernsdorf, wir haben da 'ne kleine Feier mit Freunden. Nimm dir 'ne Taxe.› Aber möglicherweise ist sie doch mit der S-Bahn nach Grünau oder nach Königs Wusterhausen gefahren, um von da erst... Trotz ihres vielen Geldes ist sie ja immer etwas sparsam, als Bremerin, um nicht zu sagen: geizig.»

Mannhardt beugte sich zu Silvester hinunter, um ihm das T-Shirt über die Nieren zu ziehen. «Ich hab die Eisenbahnerin gefragt, die zur fraglichen Zeit auf dem Bahnhof Friedrichstraße die Züge abgefertigt hat: Die hat sich nicht erinnern können. Was ja noch nicht heißen muß, daß sie nicht doch mit der S-Bahn rausgefahren ist...»

«‹Wie ein Tier›, hören Sie auf damit!» Bianca Broch hatte den Roman über den legendären Berliner S-Bahn-Mörder Paul Ogorzow erst kürzlich gelesen.

«Fest steht nur, daß sie weder im Hotel noch bei Ihnen hier erschienen ist...»

«Mysteriös, ja...»

«Auch an den Taxiständen am Bahnhof Friedrichstraße, in Grünau, in Eichwalde und in Königs Wusterhausen hab ich mich umgehört. Nichts!»

Bianca Broch stieß die Luft aus den Lungen. «Was meine Oma immer erzählt, das kann es doch auch nicht sein, was die Sowjets gleich nach '45 immer gemacht haben: Die deutschen Spezialisten bei Nacht und Nebel verschwinden lassen und hinter den Ural verfrachtet, um da die Industrien aufzubauen...»

«Das klingt 'n bißchen nach CDU-Propaganda aus den Tagen des Kalten Krieges.»

«Aber immerhin sind vier Topmanager spurlos verschwunden, und in den GUS-Staaten brauchen sie dringend solche Leute, wenn sie überleben wollen.»

«Erzählen Sie das morgen in 'ner Talk-Show, und Sie füllen garantiert das Sommerloch – mit und ohne Urin im Glas.»

Bianca Broch zupfte an ihrem Ascot-Kleid, um den Seidenstoff vom Körper zu ziehen und die Ventilation von unten herauf ein wenig zu fördern.

Mannhardt fand, daß da nicht allein der Stoff ein wenig knisterte, und mußte sich zwingen, an anderes zu denken. «Sie kennen sie doch ziemlich genau: Gab es denn Motive für einen Selbstmord oder ein Motiv für andere, sie aus der Welt zu schaffen?»

Bianca Broch schüttelte den Kopf. «Mein Mann und ich, wir haben nächtelang darüber nachgedacht: nein, nichts. Sie war eine Frohnatur, überall beliebt und als Frau in einem ausgesprochenen Männerberuf genügend hart und durchsetzungsfähig. Und bei der ‹NordConsulting› hat sie eine Menge Geld verdient.»

«Und was die Affekte betrifft: Liebe, Lust und Leidenschaft?»

«Nichts. Sie lebt getrennt von einem Banker, der sich aber zur Zeit ihres Verschwindens nachweislich in einem Kurdenzelt befunden hat, in Geiselhaft, wegen einer wohl etwas zu wohlwollenden Haltung der türkischen Regierung gegenüber, sprich: der Finanzierung von Waffenkäufen.»

Silvester fing an zu greinen, und Mannhardt nahm ihn auf den Arm. «Was soll ich weiter machen, es ist schon so, wie Heike auch geschrieben hat: Die geballte Kraft meiner Mordkommission kann ich erst zur Geltung bringen, wenn – Pardon! – die Leiche angefallen ist.»

«Sagen Sie bloß, daß ich das hoffen soll ...!?»

«Ich will mal weitersehen ...»

3

Hartmut Tscharntke rückte langsam vor und hoffte auf eine Fuhre nach Rudow, Kladow oder Hellersdorf. Nichts war frustrierender, als in Tegel eine Ewigkeit zu warten und dann für gerade mal zwölf Mark großkotzige Männer einmal um die Ecke nach Siemensstadt zu bringen. Er hatte den Flugplan so etwa im Kopf. 15.25 kam die BA aus London, 15.30 die Lufthansa aus Hamburg und aus Renne und 15.35 aus Frankfurt und aus Zürich, 15.40 die Lufthansa aus Stuttgart und die Air France aus Paris, 15.45 die KLM aus Amsterdam und die Lufthansa gleich zweimal: aus Köln/Bonn und aus München. In der nächsten halben Stunde war endlich wieder etwas los, aber bis dahin… Er stieg noch einmal aus, um sich zu recken und für die Durchblutung der Beine zu sorgen. Noch immer hatte er das Gefühl, die Kollegen würden ihm böse Blicke zuwerfen und hinter ihm tuscheln, weil er es wagte, als Ossi hier zu stehen und ihnen die Kunden wegzunehmen. Es gab viel zu viele Taxen in der Region Berlin. Touristen kamen nicht mehr so viele, seit es die größte Attraktion, die Mauer, nicht mehr gab, und was die Geschäftsleute wie die normalen Berliner betraf, da wurde immer mehr geknausert und gespart. Auch die Reichstagsverhüllung hatte ihm nur wenig gebracht, denn bei den ewig verstopften Straßen waren die Leute lieber mit der S-Bahn gefahren.

Tscharntke sah sich um. Von den Kollegen kannte er keinen. Mit den altgedienten Profis aus dem Westen kam er eh nicht klar. Wenn die mit ihren flotten Sprüchen loslegten, stand er immer nur da und wußte nichts zu sagen. Und deren Themen interessierten ihn wenig. Vor ihm standen drei, die sich nun schon seit zehn Minuten darüber unterhielten, in welcher Rathauskantine man wohl am preiswertesten zu Mittag essen konnte.

«Auf alle Fälle in Charlottenburg.»

«Neukölln! Riesenportionen.»

«Quatsch, beim Innensenator – Fehrbelliner Platz!»

Da konnte Tscharntke nicht mitreden, denn seit sich Katja von ihm getrennt hatte und er in einer alten Bauernkate lebte, briet und kochte er sich seine Sachen selber. Zum einen war das billiger, und zum anderen haßte er es, allein an einem Tisch zu sitzen. Zum Single war er nicht geboren.

Jetzt sprangen die Glastüren auf, und die ersten Passagiere – «Nur Handgepäck!» – schossen auf sie zu. Wären sie wie die Schnecken angekrochen gekommen, sie hätten auch noch eine Taxe bekommen, aber die Gier, immer erster sein zu wollen, war so tief in sie eingebrannt worden, daß sie gar nicht anders konnten. Türen wurden aufgerissen, Heckklappen sprangen hoch.

Für Tscharntke blieb ein Mann, der Ende Fünfzig war und eine gewisse Ähnlichkeit mit Richard von Weizsäcker hatte. Er ließ sich den Koffer abnehmen und plazierte sich vorn auf dem Beifahrersitz.

«Das ist gleich ein bißchen Stadtrundfahrt für mich.»

Tscharntke hörte das gerne. «Wo soll's denn hingehen, bitte?»

«Zur Deutschen Bahn AG, Ruschestraße...»

«Machen wir...»

Als sie die Torstraße hinunterfuhren – für Tscharntke immer noch die Wilhelm-Pieck-Straße –, stellte sich heraus, daß sein Fahrgast leitender Angestellter der EUROMAG aus Mannheim war. «Diplomingenieur im Bereich Signal- und Sicherungstechnik.»

«Eigentlich bin ich das auch», sagte Tscharntke. «Diplomingenieur. TU Dresden. Bis 1991 war ich Leiter der Versuchsabteilung im HLG.»

«HLG?» fragte der Mann von der EUROMAG.

«Halbleiterwerk Grünau...» Tscharntke bog am Platz der Nationen, dem eigentlichen Leninplatz, in die Lichtenberger Straße, um über den Strausberger Platz auf die Karl-Marx-Allee zu kommen. «Abgewickelt und keine Chance mehr. Mit achtunddreißig Jahren wird man ja schon zum alten Eisen gerechnet.»

«Nun...» Der EUROMAG-Manager ging auf die Sechzig zu und nickte. «Mich versuchen sie ja in der Firma auch schon loszuwerden. Am liebsten wäre denen, wenn ich alsbald das Zeitliche segnen würde. Und Sie... Sie haben sich dann zum Taxifahrer umschulen lassen...?»

«Meine Frau hat mich dazu gedrängt...» Tscharntke kurvte um den Strausberger Platz und sah, daß bis hin zum Nordring Staugefahr bestand. Die B 1/B 5 war Richtung polnischer Grenze ständig verstopft. «Nun haben wir uns doch getrennt...»

«Ja: Mit des Geschickes Mächten ist kein ew'ger Bund zu flechten...» Der EUROMAG-Mann fragte nach der Karl-Marx-Allee von früher.

Tscharntke geriet ins Schwärmen. «Gleich am Alexanderplatz war das Restaurant ‹Moskau› mit dem Wandmosaik am Eingang: das Leben der Sowjetvölker. Dann das Filmtheater ‹International› und unsere gute alte ‹Mokka-Milch-Eis-Bar›, wo ich meine Frau mal kennengelernt habe, die Katja. Am Strausberger Platz waren das ‹Haus Berlin› und das ‹Haus des Kindes›. Ja, 1951 hat unser Wilhelm Pieck auf der Weberwiese hier den Grundstein für das erste Hochhaus gelegt...»

«Das klingt ja alles mächtig nach Idylle», lachte der Manager aus Mannheim. «Und heutzutage ist Berlin ein Schwarzes Loch, in dem die Menschen reihenweise auf Nimmerwiedersehen verschwinden.» Er hatte den Zeitungsartikel im Flugzeug gelesen. «Ist man ja ohne Bodyguard wirklich verloren...»

«Ach!» Tscharntke konnte ihn beruhigen. «Ich möchte wetten, daß das alles Aussteiger sind, und die finden Sie alle wieder bei den Rollheimern oder draußen in Karow.»

«Wo?»

«In den Wagenburgen da... Wo die Aussteiger in alten Bussen und Wohnwagen hinrollen.»

«Ah, ja.»

«Oder bei den Berbern und den Pennern, den Obdachlosen allen. Ich hab ja auch mal damit geliebäugelt, alles hinzuwerfen.»

«Ich weiß nicht… Meine Kollegen… Ich würde da eher an Selbstmord denken. Oder die haben irgendwelche krummen Geschäfte mit der Russenmafia gemacht…»

«Warten wir's ab…» Tscharntke bremste, weil ein Polizeifahrzeug herangeschossen kam.

«Wieder mal 'ne Bank überfallen.»

Tscharntke lachte. «Alles, was wir früher nicht hatten…»

«Na, zehn Jahre auf'n Fluchtwagen warten, war ja auch 'n bißchen lang.»

Als sie hinter dem S- und U-Bahnhof Frankfurter Allee und der Möllendorffstraße den bräunlichen Klotz der Bundesbahnzentrale erreichten, bekam er einen Fünfzigmarkschein überreicht. «Der Rest ist für Sie. Eine Quittung bitte.»

Das war wie bei einer Prostituierten. Eben noch ein hohes Maß an Intimität und dann schlagartig nichts als kaltes Geschäft. Nur daß man da vorher und beim Taxifahren hinterher bezahlte.

Tscharntke sah dem Ingenieur hinterher, wie er am Eingang in Empfang genommen wurde. Männer seiner Güteklasse kassierten mindestens 300000 im Jahr, als Taxifahrer hatte man maximal 3000 im Monat, also 36000 per annum, das waren – ohne Taschenrechner – gerade mal zwölf Prozent.

Wenn er heute auf sein Soll kommen wollte, hatte er bis etwa drei Uhr früh auf dem Bock zu sitzen. Jetzt drohten ihm erst einmal die Leerkilometer, fünf bis zehn, denn in Ostberlin war das Taxifahren weiterhin ein Luxus, den sich nicht viele leisten konnten oder wollten. Die Frage war jetzt: den nächsten Halteplatz anfahren oder suchend durch die Straßen rollen? Der nächste Stand war Möllendorffstraße, Ecke Frankfurter Allee; Bahnhof Lichtenberg und Volkrad-, Ecke Balatonstraße wären auch noch gegangen. Das war in Friedrichsfelde, und wenn er dort hinfuhr und wartete, konnte er hoffen, daß Katja mit Maja und mit Marc vorbeikam. Die Kinder waren bei der Mutter geblieben.

Doch er hatte Pech, er sah sie nicht.

Dafür bekam er eine Fahrt zum Flughafen Schönefeld. Ein Kriminalschriftsteller aus der Moldaustraße wollte in die Ferne fliegen.

«Für mich ist jeder Flug ein teuer bezahlter Selbstmordversuch», sagte Tscharntke.

«Als Taxifahrer sind Sie viel gefährdeter.»

«Da könnt' ich Ihnen so einiges erzählen...» Tscharntke gab unwillkürlich Gas. «Neulich hat mir einer von hinten einen Schal um den Hals geworfen und wollte mein Geld. Ich hab gerade noch das Notsignal auslösen können...»

In Schönefeld mußte er zwar anderthalb Stunden auf die Anschlußfahrt warten, konnte dann aber ein Ehepaar einladen, das aus Punta Cana kam und nach Ludwigsfelde wollte, wo der Mann im Turbinenwerk beschäftigt war. Das war ideal für Tscharntke, denn von dort aus war es nur noch ein Katzensprung bis zu seinem alten Bauernhaus am Großen Seddiner See, gleich hinter Wildenbruch. Da konnte er sich ein neues Hemd anziehen, das alte war bei einer Temperatur knapp unter dreißig Grad schon lange durchgeschwitzt. Am liebsten hätte er sich, kaputt wie er war, gleich ins Bett geworfen.

Über Stahnsdorf und Teltow kam er wieder nach Westberlin hinein und fand in Lichterfelde einen Fahrgast, der nach Norden hoch wollte, nach Waidmannslust.

«...in die Prärie da...»

«Welche Straße bitte?»

«Weeß ick nich jenau, irjendwo an'e S-Bahn da. Sag ick Ihnen schon, wenn wa da sind, okay?»

«Ja...» Tscharntke fuhr los. Der Mann war drogensüchtig, ohne Zweifel, und die siebzig, achtzig Mark nach Waidmannslust, die hatte er ganz sicher nicht. Also konnte er denn nur das eine wollen...

Tscharntke wußte, daß er trotz Gaspistole und Elektroschocker wenig Chancen hatte, wenn von hinten rechts auf ihn geschossen wurde.

4

Mannhardt nutzte Heikes Reise nach Bremen und tat das, was er in ihrer Gegenwart nie gewagt hätte: Er sah «Im weißen Rössl», diesen wunderbaren Film mit Waltraud Haas und Peter Alexander. Seit Monaten hatte er die Videokassette im Werkzeugkasten versteckt gehabt und immer gehofft, daß Heike einmal Grippe haben und weit vor ihm schlafen gehen würde. Doch, denkste, sie war ohne jede Erkältung über den Winter gekommen. Wenn sie erfuhr, daß er sich «einen solchen Scheiß» ansah, hätte sie die Wohnung neu weihen lassen. *Es muß was Wunderbares sein, von dir geliebt zu werden...*

Mannhardt spitzte die Ohren. Im Nebenzimmer meckerte der Papst leise vor sich hin. Er hoffte, daß sein Sohn nur wohlig träumte und nicht schon wieder Brechdurchfall hatte. Schnell stoppte er das Video und griff noch einmal zum «Abc für junge Mütter» von Leiber und Schlack.

Brechdurchfall. Mit stärkerem, heftigem Erbrechen einhergehende Durchfallstörung. Der B. ist die schwerste Form einer Magen- und Darmstörung im Säuglings- und Kleinkindalter. Bei meist plötzlichem Erkrankungsbeginn kommt es dabei zur schnellen Entwicklung eines schweren Krankheitszustandes mit Erbrechen, spritzend entleerten Stühlen, Nahrungsverweigerung, Fieber oder Untertemperaturen und raschem körperlichen Verfall mit beträchtlichem Gewichtsverlust. In besonders schweren Fällen kann es auch noch zu einer zunehmenden Bewußtseinstrübung (*-Bewußtseinsstörung*) kommen (Toxikose). Dies ist besonders alarmierend.

An den ‹spritzend entleerten Stühlen› hatte er schon seine

helle Freude gehabt. Aber höchstwahrscheinlich war Silvester kerngesund und er nur fürchterlich hysterisch. Seine Angst, das Kind könnte sterben, während Heike bei ihrer kranken Mutter war, wurde langsam pathologisch. Schon krampften sich seine Därme zusammen, und er mußte zur Toilette rennen, selber von einem heftigen Durchfall geplagt.

Gerade in dem Moment, wo er sich wie in Wehen krümmte und auf die zweite Welle wartete, klingelte das Telefon. Es war zwar auf ‹leise› gestellt, aber noch ein paar Sekunden, und Silvester schreckte hoch. Ihn danach wieder zum Einschlafen zu bringen war nur möglich, wenn er die Brust bekam. Nicht seine. Die war ihm auch schon versuchsweise hingehalten worden, doch nachdem seine Saugversuche kläglich gescheitert waren, hatte er seine Empörung so laut herausgeschrien, daß die Nachbarn gedroht hatten, das Jugendamt zu holen.

Ein notdürftiges Wischen, und Mannhardt riß die Hosen hoch, um zum Telefon zu eilen. Dabei glich er mehr einem hüpfenden Känguruh als einem Sprinter. Er riß den Hörer hoch. Es war seine reizende Kollegin Yaiza Teetzmann.

«Stör' ick dich jrade bei 'ner wichtigen Verrichtung…?»

«Ja.» Mannhardt war grantig.

«Macht nischt: 'n zweetet Kind würde dich eh übafordern.»

«Mann, Heike ist nicht da, und ich hab mächtigen Durchfall! Was ist denn: Kommst du wieder mit deiner Steuererklärung nicht klar?»

«Wat Dienstlichet!»

«Polizei schreibt man mit P wie Paula und o wie Otto. Nicht Pullizei, wie man's spricht.»

«Haste wieda 'n Crashkurs an'er Volkshochschule mitgemacht: ‹Wie bin ich im Alltag ganz besonders witzig?› Gratuliere!»

Mannhardt hätte sich gerne vollends in Ordnung gebracht. «Was ist denn nun?»

«In Lübars oben, am Tegeler Fließ, ist 'n Taxifahrer erschossen worden.»

«Na und, 's gibt doch ohnehin zu viele davon...»

«Los, setz da in Marsch!»

Mannhardt stöhnte auf. «Ich kann nich, ich hab den Papst am Hals.»

«Deine Schuld! ‹Am Rohrbusch› heißt die Straße, wo et is. Bis bald!»

Mannhardt, die Hose in der Hand, den Hintern nicht richtig gewischt, ein Häufchen Elend, stand da und hoffte, daß die Welt für ein paar Millionen Jahre schockgefrostet würde. Es war genau 23 Uhr 23. Wo sollte er um diese Zeit einen Babysitter herbekommen? Die Nachbarn schliefen längst, seine Mutter wohnte am anderen Ende der Stadt, und Yaiza Teetzmann war wohl kaum verfügbar.

Blieb wohl nur eins...

So titelten die Tageszeitungen am übernächsten Morgen, und es war die Sensation schlechthin: Leiter der Mordkommission mit Kinderwagen am Tatort.

«Fürchten Sie nicht, daß Ihre Vorgesetzten Ärger machen?» fragte ein Reporter.

«Nein. Und wenn, dann wende ich mich eben an den Männerbeauftragten der Berliner Verwaltung.»

«Was sagt denn Ihr Sohn dazu, wenn er hier den Erschossenen sieht?»

«a) Schläft der ganz friedlich, und b) ist es die beste Erziehung, wenn man seine Kinder frühzeitig leichenfest macht – wer weiß, was die noch alles erleben werden...»

«Haben Sie schon Erkenntnisse im Hinblick auf die Tat?»

«Nein, solange Sie mich an der Arbeit hindern, bestimmt nicht...» Mannhardt kämpfte sich zu Yaiza Teetzmann durch.

«Da steht die Taxe...» Sie zeigte zum Eichwerdersteg hinunter, einer mehrere hundert Meter langen und vielfach geknickten schmalen Brücke, die über das Tegeler Fließ mitsamt seinem breiten Gürtel aus Sumpf und Schilf hinweg nach Hermsdorf führte, zur Veltheimstraße.

Mannhardt stand wie versteinert da und hatte Mühe, den Film zu verstehen, in dem er sich nun sah. Was war der Augenblick und was die Rückblende, was Realität und was nur Traum? *... denn ein Traum ist alles Leben, / und die Träume selbst ein Traum.* Hier am Tegeler Fließ, ein Stückchen weiter nach Hermsdorf hin, hatte er nach der Trennung von Lilo zwei Jahre lang gewohnt, war er zum Alki geworden und hatte versucht, seinen Vorgesetzten mit einem Ziegelstein ins Jenseits zu schicken. Befand er sich noch immer oder, per Zeitmaschine, wieder in dieser Zeit, und kamen in der nächsten Sekunde Blaubacke und Suppenhuhn über den Steg, seine Kumpane von damals?

«Ist dir nich gut?» fragte Yaiza Teetzmann.

«Doch, doch...» Mannhardt nahm den Kinderwagen und schob ihn zur Taxe hin. Silvester schlummerte friedlich, den winzigen Daumen im Mund. Die Fahrt auf dem Rücksitz war ihm gut bekommen.

«Wie süß!» rief Yaiza Teetzmann.

«Der erschossene Taxifahrer?» fragte Mannhardt. «Wieso?»

Yaiza Teetzmann fand das gar nicht komisch und wurde sehr schnell sachlich. «Heißt Wuttkowski, Wolfgang, kommt aus der Weisestraße 50 in Neukölln, ist 39 Jahre alt.»

Mannhardt hatte den Wunsch, den Fernseher auszuschalten. Filme wie dieser kotzten ihn an. Die Gaffer hinter den rotweißen Flatterbändern, die mechanisch arbeitenden Kolleginnen und Kollegen, die herumwuselnden Reporter, der ganze «Tatort»-Set im Lichte der reichlich in der Auenlandschaft verteilten Scheinwerfer und Lampen. Er hörte seinen alten Oranienburger Kollegen Volker Vogeley zur Gitarre greifen und singen: *Bis morgen früh – nur noch Déjà-vu, Déjà-vu...!* Wenn es allein bei Ben Akiba geblieben wäre – «Alles ist schon einmal dagewesen» –, dann hätte sich das Leben ja noch heiter leben lassen, aber so: «Mord in Berlin» – die fünfhundertste! Kamera läuft, Ton ab.

«Diese Scheißmücken!» schrie Yaiza Teetzmann, schlug

sich auf Arme, Stirn und Beine und geriet zunehmend in Panik. «Ick bin schon janz blutig.»

«Ja, ja, der Blutverlust. Leute, haben wir 'ne Blutkonserve da?»

«Echt ätzend!»

«Der Tote hat's da besser», sagte Mannhardt. «An den gehn die Biester nicht.»

«Kannste ja ma mitmachen: ‹Jugend forscht›.»

«Ja, danke für den Hinweis.» Mannhardt zog eine feinmaschige Tüllgardine unter Silvesters Deckbett hervor und breitete sie über den Kinderwagen. «Falls Tante Yaiza die Mücken nicht mehr auf sich ziehen sollte...»

«Macht pro Stich 'ne Mark.»

«Ich lad dich morgen zum Essen ein...»

Mannhardt fiel es schwer, umzuschalten auf das Programm «Der Ernst des Lebens». Jetzt würden sie Wuttkowskis Frau schon eröffnet haben, daß ihr Mann ermordet worden war. Tränen, ein Nervenzusammenbruch, die Beruhigungsspritze, das ganze Drama. Die Beerdigung, die Trauerarbeit. In seinem Alter hatte der Taxifahrer sicher noch Kinder, die zur Schule gingen, auch Söhne, die ohne Vater zu Hause Gefahr liefen zu scheitern. Da Mannhardt hin und wieder an der Fachhochschule für Verwaltung und Rechtspflege (FHVR) als nebenamtlicher Dozent im Einsatz war, fiel ihm reflexhaft Walter B. Miller ein: Jugenddelinquenz als Notwendigkeit zum Erlernen der männliche Rolle (trouble, toughness, smartness, excitement, fate und autonomy) bei Abwesenheit einer starken Vaterfigur und weiblicher Vorherrschaft in der Unterschichtsfamilie.

Der Medizinmann vom Dienst beugte sich erst über Silvester und machte «Du-du-du-du» und faßte dann seine bisherigen Erkenntnisse in einem kurzen Statement zusammen. «Wenn ich mir die Einschußzeichen ansehe, dann würde ich anhand des Schürf- und Dehnungssaums und des Abstreifringes sagen: Nahschuß, aber kein absoluter Nahschuß mit aufgesetzter

Waffe. Zwei Einschußlöcher knapp links unter dem rechten Ohr.»

«Zwei Patronenhülsen sind im Wagen gefunden worden, die Tatwaffe fehlt», fügte Yaiza Teetzmann hinzu.

Der Tote hatte mit einer letzten Bewegung die Tür aufgerissen, um sich auf den Weg fallen zu lassen, aber keinen Hilferuf mehr absetzen können. Die Beine hingen noch festgeklemmt im Wagen, Kopf und Oberkörper lagen auf dem feuchtschlammigen Weg. Die gebrochenen Augen fixierten das Sternbild Lyra oder Leier, in dem auch die helle Wega stand.

Mannhardt ärgerte sich über den stieren Kuhblick des Toten. «Im klassischen Kriminalroman hätte der Ermordete dem Detektiv dadurch einen Hinweis auf den Täter gegeben. Vielleicht heißt sein Mörder Wegener oder ist ein Leierkastenmann...?»

«Sonst geht's dir gut?»

«Ja, danke.» Mannhardt zwang sich, wieder sachlich zu werden. «Und keiner von den Anwohnern hier war so freundlich, etwas gesehen zu haben?»

«Ein paar sind aus'm Haus raus, nachdem die Schüsse jefallen sind, und ham et uff'm Steg noch trampeln hör'n.»

«Ist er also nach Glienicke rüber. Müssen wir morgen mit den Kollegen aus Oranienburg mal nachsehen. Jetzt in der Nacht hat's ja wohl keinen Sinn. Außerdem: ich mit dem Kinderwagen...»

«Die Beute soll knappe dreihundert Mark betragen. Wer macht'n sowat: deswegen eenen umbringen... Doch nur 'n Drogenabhängiger. Also: Beschaffungskriminalität.»

Silvester schnorchelte ein wenig, und es hörte sich fast so an, als würde er leise wimmern. Mannhardt erschrak. Die Windel war zu wechseln. Er nahm seinen Sohn auf den Arm, holte die frischen Windeln unter dem Kinderwagen hervor und suchte in einem der «Bullenwannen» nach einem hellen und warmen Plätzchen. Jetzt begann Silvester aus voller Kehle zu schreien.

Mannhardt küßte und herzte ihn. «Hast ja recht, mein Sohn: Die Welt ist wirklich zum Heulen.»

5

Heike Hunholz saß mit ihrer Mutter im Garten und frühstückte. Die wenigen Tage hier am Wümme-Deich kamen ihr vor wie viele Jahre Urlaub vom Leben. Auf keiner Ägäis-Insel hätte sie sich wohler fühlen können.

Wenn nur ihre Mutter nicht immer wieder von Mannhardt angefangen hätte.

«Ich kann es immer noch nicht fassen, daß er zwanzig Jahre älter ist als du...»

«Zum Enkelkind hat's ja bei ihm noch gereicht.»

«Nun, ja...» Ihre Mutter schien sich nur unter Qualen vorstellen zu können, daß «der alte Herr», wie sie ihn hin und wieder nannte, ihre Tochter penetrierte. «Er ist etwas älter als dein Vater...»

Heike lachte, während sie in ihr Honigbrötchen biß. «Da muß man ja automatisch an Inzucht denken, Väter, die ihre Töchter mißbrauchen.»

«Kind, bitte!» Hannelore Hunholz war Amtsfrau in der bremischen Senatskommission für das Personalwesen, Arbeitsgebiet Beamten- und Besoldungsrecht, und schätzte nichts mehr als «klare Verhältnisse», was in diesem Punkte hieß: Verheiratetsein mit einem Mann, der vier Jahre älter und nicht geschieden war.

«Immerhin ist er Kriminalbeamter und bekämpft das Verbrechen», sagte Heike nicht ohne Hohn und Spott in der Stimme.

«Aber hätte fast seinen Vorgesetzten erschlagen...»

«Stellvertretend für einige hunderttausend Deutsche, die das liebend gerne tun würden. Da ist er doch nur Opfer kollektiver Projektion geworden. Hast du auch noch etwas abzuarbeiten? Mein mehr oder minder abgebrochenes Psychologie-Studium zum Beispiel... Daß das Kind dazwischenkommen mußte.»

«Ich freu mich doch, daß ich endlich Oma bin.»

«Wie schön für uns…» Heike hätte erwartet, daß ihre Mutter nun aufgestanden wäre, um sie in den Arm zu nehmen, doch soviel an spontaner Herzlichkeit gab es in Bremen-Oberneuland nicht.

«Aber was meinst du, wie sich alle über den Vornamen aufgeregt haben: Silvester…!»

Heike konterte mit ihrem Abwehrscherz 321 Strich 2: «Stell dir vor, es wäre schon Weihnachten passiert, dann hieße der Papst Christmas Hunholz. Na, beim zweiten Kind vielleicht.»

Das mit dem Papst verstand ihre Mutter nicht, wagte aber auch nicht nachzufragen und wechselte statt dessen das Thema. «Nimmst du dir nachher das Rad und fährst nach Fischerhude…?»

Heike schwankte noch. «Wenn ich so über die Wiesen sehe… Aber, nein, du, ich muß zur ‹NordConsulting› und mich da mal umhören.»

«Was für die Zeitung?»

«Ja und nein. Da sind doch vier Topmanager in Berlin spurlos verschwunden, und ich hab 'n Artikel drüber geschrieben…»

«Hab ich hier im ‹Weser-Kurier› gelesen von. Das ist ja sehr mysteriös alles.»

«Das kannste wohl annehmen.» Heike trank den Rest ihres Kaffees aus. «Und die Frau, die zu den Verschwundenen gehört, das ist eine Cousine meiner Freundin Bianca Broch…»

Ihre Mutter erinnerte sich. «Ja, diese Sabine Becker-Bornschein.»

«Und die hat bei der ‹NordConsulting› gearbeitet. Bei denen will ich mich mal umsehen, vorher aber noch versuchen, ob ich ihren Mann irgendwo erwische.»

«Paß bloß schön auf dich auf.»

Immo Schwier klickte mit der Maus über die Funktionsleiste – Standard, Times New Roman, 12, rechtsbündig – und begann dann zu schreiben.

Geständnis

Man muß alles einmal ausprobieren. Mit dieser Devise bin ich immer durchs Leben gegangen. *Immo immer.* Ich habe gekifft und Heroin gespritzt, ich war Fallschirmspringer und habe beim «Iron man» auf Hawaii das Ziel erreicht, ich war verheiratet und habe ein Kind gezeugt, ich habe mit Frauen und mit Männern geschlafen, ich war als Alki auf Entzug und mit einer depressiven Psychose in der Psychiatrie, ich habe das Abitur gemacht und bin Diplomkaufmann, ich habe als Bauhilfsarbeiter wie als Taxifahrer mein Geld verdient, ich habe x-mal den Arbeitgeber gewechselt und hatte nur noch eins im Sinn: endlich einmal zur Ruhe zu kommen. Da ist mir Sabine begegnet. Das war die «strenge Domina», nach der ich mich so lange gesehnt hatte. Keine Zweifel mehr, keine langen Diskussionen, sondern ein entschiedenes «Hier geht's lang!» Kennengelernt haben wir uns am 5. Januar, einem Donnerstag, als ich abends am Flughafen auf die letzte Maschine aus Frankfurt gewartet habe. Kurz vor Weihnachten hatte ich wieder begonnen, Taxe zu fahren. Weil ich dringend Geld gebraucht habe, weil ich es satt hatte, immer nur in meinem kleinen Zimmer am Sielwall zu liegen und gegen die Decke zu starren. Meinen P-Schein hatte ich schon vor Jahren gemacht.

Als sie aus der Ankunftshalle kam, war mir sofort klar, daß das 'ne Lady war. Dieser Gang, dieser Blick: eine Frau mit Macht. Sie trug einen langen karamelfarbenen Rock und Stiefel nach Art von Farmersfrauen, was mich sofort erregte. Als sie hinten in den Wagen stieg, da wußte ich sofort, daß sie mein Karma war. Ich muß noch erwähnen, daß ich die Präkognition für sehr wahrscheinlich halte, das heißt: Alles Geschehen existiert bereits, und nur dadurch, daß wir es schrittweise erfahren, entsteht für uns die Zeit. Daß Sabine und ich ein Paar werden würden, war also schon seit Ewigkeiten im großen Buch des Lebens festgeschrieben worden, und uns blieb nur noch, das nachzuvollziehen, was dort geschrieben stand.

«Zur Contrescarpe bitte», sagte sie, ohne mich anzusehen. Ich war Luft für sie, nur eine subalterne Figur, kein eigentlicher Mensch.

«Sehr wohl, gnädige Frau.» Ich nahme die Rolle eines Chauffeurs und Butlers gleichmütig an, wußte ich doch – siehe Karma –, daß sie mit mir im Bett liegen würde, ehe der Morgen angebrochen war.

Wer an der Contrescarpe wohnte, gehörte zu den oberen Zehntausend der Stadt, und ich tippte darauf, daß sie in irgendeiner unserer Nobelfirmen die Abteilung Werbung leitete.

Weit war es nicht, nur durch die Neustadt hindurch und über die Weser hinüber. Aber ich brauchte mich ja mit nichts zu beeilen, denn wenn meine Karma-These richtig war, kam ja alles so, wie es kommen mußte. Ich spulte nur das gleiche Programm ab, wie bei allen Fahrgästen. Irgendwie mußte ich ja wach bleiben, und wenn man die Leute mit Informationen und flotten Sprüchen unterhielt, war das Trinkgeld immer höher, als wenn man nur mufflig hinterm Lenkrad hockte.

«Wie war der Flug? Im Winter ist es einem ja immer etwas bange da oben – wegen der Vereisungsgefahr an den Tragflächen…»

Sie begann, mich wahrzunehmen. Meine Stimme machte Frauen an, das wußte ich, das war so eine Mischung von Joe Cocker und Eros Ramazotti. «Die Vereisungsgefahr…», wiederholte sie. «Wenn's man bloß die Tragflächen wären… Da hilft Glykol.»

Ich wußte: das war der Ansatzpunkt. «Aber bei den Herzen der Menschen, da ist das nicht so einfach, die wieder zu enteisen… Sie sind mächtig enttäuscht worden…?»

«Ja…»

Ich versuchte, sie im ungewissen Licht per Rückspiegel mit meinen Augen zu packen. Doch das gelang nur unzulänglich, denn mal fielen ihr die Strahlen der Neonleuchten wie schwache Blitze ins Gesicht, mal war es fast so dunkel wie in einem Tunnel. «Beruflich oder privat?»

«In beidem.»

«Ah, ja...» Ich hatte im Nebenfach Psychologie studiert und in so vielen Betrieben gejobbt, daß ich zu wissen glaubte, was das hieß: Sie hatte einen der Bosse geliebt, war durch ihn aufgestiegen und stand nun kurz davor, abserviert zu werden. Konnte ich es wagen, dies anzudeuten? Ich tat es einfach.

«Nein, nein...» Es stellte sich heraus, daß sie Diplomingenieurin war, eine promovierte zudem, und bei der «Nord-Consulting» auch ohne jede Protektion aufgestiegen war. «Und mit Fokken ins Bett, o Gott, das hätte ich nicht mal fertiggebracht, wenn er mich anschließend zur Bundesbauministerin gemacht hätte. Das war alles ganz anders...»

Wie es denn gewesen war, das erfuhr ich erst später, denn wir waren nun vor ihrer Haustür angekommen.

«Ob Sie mir wohl den schweren Koffer nach oben tragen würden?»

«Aber natürlich.» Ich tat es und verrenkte mir dabei die rechte Schulter.

«Oh, das tut mir aber leid. Warten Sie, ich habe da eine Salbe...»

«Danke sehr...» Ich stand vor ihrem Apartment und massierte mir die schmerzende Stelle.

«Kommen Sie doch rein, ich kann das so schnell nicht finden...»

So stand ich dann bei ihr in der Diele und hörte sie im Bad herumwühlen. Klar, das gehörte zum Ritual, und sie mußte es tun, um ihr Gesicht zu wahren. «Ihr Verdienstausfall, das ist alles meine Schuld... Der Koffer ist auch viel zu schwer gewesen...»

«Nein, wirklich, ich...» Ich spürte instinktiv, daß sie nur etwas von der Sache hatte, wenn ich mich klein und hilflos gab.

Sie fand die Salbe nicht und schlug mir vor, daß ich mich statt dessen in die Küche setzen und warten sollte, bis sie Kaffee für mich gekocht hatte. Das kannte ich, denn meine

Freunde spotteten gerne: Gegen Immo ist keine immun. Doch mit jeder neuen Affäre wurde ich nur unglücklicher.

Mit Sabine aber sollte alles anderes werden. Wir redeten die ganze Nacht miteinander, und als wir dann ins Bett gingen, schliefen wir auf der Stelle ein und nicht etwa miteinander. Das passierte erst, nachdem wir am nächsten Morgen gefrühstückt hatten. Da aber war es eine Mischung aus Märchenbuch und Pornofilm.

Sie hatte es eine Ewigkeit nicht mehr getan, seit der Trennung von Norbert, ihrem Mann, einem Banker. Der war mit einer anderen auf und davon gegangen und versuchte nun, ihr Schaden zuzufügen, wo immer es ging. Nur, weil sie sich weigerte, auf alle seine Wünsche einzugehen. Das gemeinste war, daß er Friedhelm Fokken, den obersten Chef der «NordConsulting», bekniete, Sabine doch zu feuern... Sonst stünde es schlecht mit neuen Krediten...

Um es kurz zu machen: Es waren drei wundervolle Wochen mit Sabine. Sie verschaffte mir eine Stelle in der Kaufmännischen Verwaltung der «NordConsulting» und war auch sonst meine Retterin. Eine intelligente, starke Frau und zugleich wilde Liebhaberin wie sanfte Mutter.

Dann kam ihre Reise nach Berlin, und ich hatte schon vorher ein komisches Gefühl.

«Du, laß mich bitte mitkommen.»

«Weißt du... Das Tempelhofer Feld ist eine außerordentlich wichtige Sache für uns, und ich möchte mich da nicht ablenken lassen...»

«Ich versteh schon...»

Natürlich verstand ich, daß da ein anderer Mann im Spiele war, und fuhr ihr hinterher. Aber sie wohnte wirklich allein im Hotel «Spreeathen», traf sich nur mit einigen Vertretern des Bausenators und ihrer Freundin Bianca Broch und ging sogar alleine ins Theater.

Als sie aus dem «Berliner Ensemble» hinaus in die Winternacht trat, sprach ich sie dann an.

«Entschuldige, ich konnt's nicht mehr aushalten ohne dich...»

«Bitte, Immo, du warst in dieser Nacht sehr wichtig für mich, und vielleicht hätte ich Selbstmord begangen, wenn ich dich nicht getroffen hätte. Aber nun bin ich geheilt und kann das Medikament wieder absetzen. Auch der starken Nebenwirkungen wegen, verstehst du...?»

«Welchen Nebenwirkungen, bitte?»

Wir waren, um nicht den vielen Neugierigen ringsum den Genuß unseres Dialogs zu bieten, in Richtung Reichstag weitergegangen, unter der Stadtbahn hindurch und immer an der Spree entlang, wo es einige verwilderte Grundstücke und Abrißhäuser gab.

«Welchen Nebenwirkungen!?» wiederholte ich.

«Ach... Daß du dauernd plapperst, daß du deine Unterhosen öfter wechseln könntest, daß du Mundgeruch hast, daß dein Schwanz so duftet, daß mir jeder Appetit vergeht...»

In diesem Moment hat es den großen Blackout bei mir gegeben. Ich war nur noch ein großer Klumpen Aggression und Haß. Ich hab sie gewürgt und zu Boden geschleudert. Töten wollte ich sie nicht, ich schwöre es, und ich hätte auch nie gedacht, daß man einen Menschen so leicht töten kann. Als es mir bewußt geworden ist, bin ich neben ihr zu Boden gesunken, habe geweint und sie angefleht, doch wieder zu sich zu kommen. Erst als nichts passierte, bin ich ganz cool vorgegangen und habe sie auf einen Schuttcontainer gelegt.

Ich bereue meine Tat und hoffe, daß meine Strafe nach diesem freiwilligen Schuldbekenntnis – die Polizei würde mich ja von sich aus nie als Täter dingfest machen können – milde ausfallen wird.

Immo Schwier

Das «Bankhaus Bornschein & Co. Bremen» war zwar klein, aber auch entsprechend fein. Natürlich residierte man da, wo es besonders nobel war, oben an der Schwachhausener Heerstraße. Für Heike Hunholz war es noch immer mit einigem Herzklopfen verbunden, sich in ein solches Ambiente zu wagen. Natürlich war ihr klar, daß in diesem Lande alle Macht nicht vom Volke ausging, sondern von den Banken und Konzernen, und daß Bankiers wie dieser Norbert Bornschein durchaus im Recht waren, wenn sie sich wie Feudalherren gaben. Das Maß an Selbstgefälligkeit und kalter Arroganz, das er dann aber wirklich an den Tag legte, als sie endlich zu ihm vorgelassen worden war, versetzte sie dennoch in Erstaunen, denn es übertraf die Weltmeister in dieser Disziplin, Helmut Schmidt zum Beispiel oder Günter Gaus, noch um einiges. Klar, die hatten wenigstens die Presse zu fürchten, wohingegen Bornschein, wenn er kräftig angepinkelt wurde, dafür Sorge tragen konnte, daß man die Redakteure feuerte oder gar die ganze Zeitung kaufte und eingehen ließ.

«Ich wäre Ihnen sehr zu Dank verpflichtet, liebe Frau Hunholz, wenn das Schicksal meiner Frau nicht Gegenstand der Boulevardpresse würde...»

Das fand sie einerseits verständlich, andererseits wußte sie ja von Bianca Broch, daß Bornschein seine Frau bedroht, betrogen und verlassen hatte. «Sie wissen sicherlich, daß ich von Frau Broch einiges gehört habe, Ihre Ehe betreffend...»

«Meinen Sie wirklich, den Pulitzerpreis dafür zu erhalten, wenn Sie das veröffentlichen? Meine Anwälte freuen sich schon.»

«Ihre Frau könnte immerhin ermordet worden sein...» Heike hatte sich entschlossen, ihren Trumpf auf den Tisch zu legen.

Bornschein zeigte keinerlei Emotionen. «Zum Glück nicht von mir, denn ich war in der fraglichen Zeit am östlichen Ende Europas, und in der Türkei gibt es genügend Zeugen dafür.»

«Was fürchten Sie dann?»

«Diese Frage zu beantworten hieße, Ihnen jede Intelligenz absprechen zu wollen.»

Heike steckte es weg. «Wenn Sie verhindern wollen, daß Ihr

guter Ruf beschädigt wird, dann helfen Sie mir und der Polizei doch bitte, Ihre Frau zu finden. Nichts ist doch besser für Sie, als wenn wir Sie zeigen, wie Sie durch Berlin laufen und nach ihr suchen, voller Verzweiflung, tief erschüttert.»

«Populismus dieser Art ist mir zuwider. Ich brauche niemanden, der mich wählen muß, damit ich oben bleibe. Was ich will, ist Diskretion. Und mein Fehler war, nicht schon im Vorfeld zu verhindern, daß über das Verschwinden meiner Frau etwas bekanntgeworden ist. Hätte ich geahnt, daß noch drei weitere Manager in Berlin verschwunden sind und Sie in reißerischer Weise darüber berichten wollten, wären Sie vielleicht gebeten worden, sich gezielt als Moderatorin bei ENTER-EINS zu bewerben. Das ist der Sender, bei dem wir gerade die Aktienmehrheit erworben haben. Schöne Talk-Shows gibt es da...» Er sah sie prüfend an.

Heike lächelte. «Eine Sache, die ich schon seit langem reizvoll finde... Vielleicht kann man das eine tun, ohne das andere zu lassen...» Was heißen sollte: Ihre Frau und ihren möglichen Mörder zu suchen, davon lasse ich nicht ab, gleichzeitig aber will ich alles tun, Sie weithin aus dem Spiel zu lassen und generell zu schonen. Und immer dann, wenn Ihr Name unvermeidlich fallen muß, sollen Sie als Ehrenmann dastehen, als liebevoller Gatte und trauernder Witwer, der das alles nie verwinden wird.

«Gut», sagte Bornschein. «Dann arrangiere ich das. Sie bekommen eine Nachricht, wann und wo die Probeaufnahmen stattfinden werden. Und wenn Sie nachher die ‹NordConsulting› besuchen, dann denken Sie bitte daran, daß das Unternehmen tiefrote Zahlen schreibt und eine negative Presse das endgültige Aus bedeuten könnte. Dabei geht es mir nicht nur darum, meiner Frau den Arbeitsplatz zu sichern, sondern um die Gelder, die wir in der ‹NordConsulting› investiert haben und die wir nicht gerne verlieren möchten.»

Heike versprach es und verließ Norbert Bornschein mit sehr gemischten Gefühlen.

Das Gebäude der «NordConsulting» am Wall war um einiges beeindruckender als Friedhelm Fokken, der Chef des Ganzen. Zwar war er Diplompolitologe und hatte einige Zeit am renommierten Deutschen Institut für Urbanistik (Difu) in Berlin gearbeitet, konnte aber nicht vergessen machen, daß er nichts weiter war als ein biederer Parteisoldat, der sich vom Kassierer und Ortsvereinsvorsitzenden durch absolute Unauffälligkeit und Connectiontreue hochgedient hatte. Heike wußte, daß Mannhardt solche Männer (und Frauen) als den großen Fluch der SPD verspottete. Irgendwie aber war Fokken doch auch wieder sympathisch und erinnerte sie an ihren Vater, der ein Leben lang bei der AOK am Freiwilligenschalter gesessen hatte.

«Das ist nett von Ihnen, Herr Fokken, daß Sie die Zeit für mich erübrigt haben...»

Fokken schob ihr die Büchse mit den ALDI-Keksen über den Tisch. «Bitte, nehmen Sie. Ja... Das Schicksal von Frau Becker-Bornschein ist auch für mich beunruhigend... Nun ist es unser aller Aufgabe, sie nicht allein zu lassen.»

Heike notierte im Kopf, daß er ohne Redenschreiber ziemlich hilflos war. «Es geht das Gerücht, daß die ‹NordConsulting› nicht eben Riesengewinne abwirft...»

«Nein. Daher war und ist es für uns auch von hoher Relevanz, die Federführung bei der Bebauung des Tempelhofer Feldes übertragen zu bekommen.» Während er sprach, vermied es Fokken, seiner Gesprächspartnerin ins Gesicht zu blicken.

Heike wußte, daß solche angewandte Alltagspsychologie eigentlich nie etwas brachte, konnte sich aber des Eindrucks nicht erwehren, daß dieser Mann irgendwie etwas zu verbergen hatte. Ob da auch Korruption im Spiele war? Hatte er die Bekker-Bornschein nach Berlin geschickt, um Beamte bei der Stadtplanung und beim Bausenator zu schmieren? Oder hatte sie ihn deswegen erpressen wollen? Sie hielt es für besser, schnell zur Sache zu kommen. «Es gibt ja da schon eine ganze Menge Spekulationen. Von Selbstmord ist die Rede, weil sie ihren Mann verloren hat, vom Untertauchen... aber auch von einem Mord, wobei dann, wenn die Ermittlungen ernsthaft beginnen, womöglich auch Sie zu den Verdächtigen gehören würden...»

Friedhelm Fokken nahm sich nun selber einen Keks. «Warum denn das?»

«Das ist doch automatisch so...» Heike fiel nichts weiter ein. Ihre Vorbereitung in diesem Punkte war nicht gerade optimal. «Man unterstellt da schnell gemeinsame Leichen im Keller, ein irgendwie gescheitertes Liebesverhältnis, Kämpfe um Ressourcen und Spitzenpositionen, daß sie Ihnen den Rang streitig machen wollte... Weiße Westen kriegen da schnell ihre dunklen Flecken ab.»

«Ich kann nur hoffen, daß sie bald gefunden wird...»

Heike schlug ihren Notizblock auf. «Für jeden zweckdienlichen Hinweis, wie das bei der Kripo heißt, wäre ich Ihnen sehr dankbar, Herr Fokken.»

«Gerne, ja. Aber... Also: Wohnen wollte sie im Hotel ‹Spreeathen›.»

«Hat sie auch. Abends war sie im ‹Brecht Ensemble› und wollte dann zu ihrer Cousine Bianca Broch nach Wernsdorf fahren... ist aber dort nie angekommen.»

Fokken stand auf, trat ans Fenster und sah auf den grünen Saum des Walls hinunter. «Ich glaube, es ist Zeit für ein kleines Geständnis, das ich Ihnen machen muß...»

Heike erlitt einen kleinen Anfall von Atemnot, und auf ihrem Körper hatte sich im Nu ein heißer Film aus Schweiß gebildet. «Wie...?»

Fokken setzte sich wieder und drückte, während er sprach, wahllos auf die Nummernwürfel seines Telefons. «Nun ja... Stichwort ‹Lean management›, auch wir haben abzuspecken. Und da hätte ich mich schon gerne von Frau Becker-Bornschein getrennt.»

«Und das haben Sie ihr gesagt, bevor sie nach Berlin geflogen ist?»

«Ja... Das sind so die kleinen Grausamkeiten, um die man leider nicht herumkommen kann.»

Heike sah ihn ungläubig an. «Ausgerechnet Frau Becker-Bornschein wollten Sie in die Wüste schicken, wo deren Mann Sie fertigmachen kann, indem er Ihnen die Kredite kürzt...?»

«Die brauchen wir nicht mehr, ein japanisches Konsortium will uns kaufen, Sony am Potsdamer Platz hat denen Mut gemacht. Aber sie wollen uns nur, wenn wir unser Personal um knapp die Hälfte reduzieren.»

Heike nickte, das alles klang nur allzu logisch. Mit an Sicherheit grenzender Wahrscheinlichkeit stand damit fest, daß Sabine Becker-Bornschein irgendwo zwischen Frohnau und Wannsee Selbstmord begangen hatte. Daß man ihren Leichnam noch nicht gefunden hatte, durfte nichts als Zufall sein.

Ihr blieb nur noch, Friedhelm Fokken Dank zu sagen und ihm das Versprechen zu geben, bei der Berichterstattung an sein Image zu denken.

«Was sollte ich denn machen!?» Es klang ein wenig wehleidig.

Sie verabschiedete sich und ging, als der Fahrstuhl nicht gleich kommen wollte, zu Fuß zur Straße hinunter.

In der Halle unten wurde sie von einem Mann Ende Dreißig abgefangen, der mit seinem Zopf und seiner Lederweste wie ein Schriftsteller wirkte, der gerade zu einer Lesung eilen wollte. Ein Manuskript hatte er schon in der Hand.

«Entschuldigen Sie: Sie sind doch die Journalistin, die mit dem Chef das Interview...?»

Heike staunte. Wenn in der «NordConsulting» auch wenig funktionierte, der Flurfunk jedenfalls schien in Ordnung zu sein. «Ja...»

«Ich bin Immo Schwier, gelernter Diplomkaufmann und hier im Hause in der Kalkulation und Kostenrechnung tätig...»

Heike registrierte leicht verärgert, daß sie beim Spiel Beruferaten keine Chancen hatte. Dann kam ihr die Assoziation: also doch Korruption, und sie fragte ihn, ob er ihr bestimmte Informationen zum Kaufe anbieten wollte.

«Ja, genau.»

«Ihre Firma betreffend?»

«Mich und Sabine betreffend.»

«Welche Sabine – die Becker-Bornschein?»

«Ja.»

«Und...?»

«Ganz einfach: Ich bin der Mann, der sie ermordet hat...»

Damit hielt er Heike Hunholz sein Geständnis hin.

6

Mannhardt hätte einen Seelsorger oder Therapeuten gebraucht, denn seit gestern nacht kam er nicht über den Umstand hinweg, daß er sich beim Anblick des toten Taxifahrers Wolfgang Wuttkowski nicht nur geekelt und erschrocken, sondern irgendwie auch gefreut hatte. Warum? War er ein *nekrophiler Charakter* im Sinne Erich Fromms, also einer, der von allem Toten und Verwesenden leidenschaftlich angezogen wurde? Hatte dieser Wuttkowski irgendeine versteckte Ähnlichkeit mit einem Menschen, von dem er im Laufe seines Lebens einmal gequält und gedemütigt worden war, einem Lehrer oder Vorgesetzten etwa? Hatte er generell etwas gegen Taxifahrer, weil sie ihm schon immer als dumpfdeutsch aufgefallen waren, ausländerfeindlich, faschistoid? War er selber ein verhinderter Mörder, der sich mit denen identifizierte, die das vollbracht hatten, was ihm nicht möglich war, genoß er die Lust des Tötens mit ihnen? Oder war es nur die gleichsam naive Freude des Aufklärungshandwerks, vom Schicksal einen neuen Auftrag erhalten zu haben und nicht arbeitslos zu werden, sich noch einmal beweisen zu können? Er wußte keine Antwort, und es verwirrte ihn zutiefst, weil er sich mit solcher klammheimlicher Freude im Herzen ja kaum noch als gut und edel fühlen konnte.

Dies alles ging ihm durch den Kopf, als er sich mit Volker Vogeley, dem wackeren Kameraden aus den alten Zeiten in Oranienburg, und anderen Kolleginnen und Kollegen durch die Eichwerder Wiesen arbeitete, einer Auenlandschaft zwischen der Gemeinde Glienicke/Nordbahn im Lande Brandenburg, das heißt im Oberhavelkreis (OHV), und dem alten Dorf Lübars, das zu Berlin gehörte. Am Rande der Glienicker Straßen hatte früher die Mauer gestanden. Das Gebiet bis hin zum Tegeler Fließ, eigentlich Teil der DDR, hatte man als eine Art Niemandsland belassen, aber nie hätte es ein Westberliner gewagt, über das vielleicht fünf, sechs Meter breite Flüßchen zu setzen.

«Hier muß er lang sein», sagte Volker Vogeley. «In Glienicke hat einer gesehen, wie ein junger Mann Richtung Karl-Liebknecht-Straße gelaufen ist.»

«Tatzeit ist etwa 23 Uhr 30 gewesen...» Mannhardt dachte laut. «Habt ihr denn mal nachgesehen, ob zu dieser Zeit in Glienicke oder in Schildow noch ’n Bus gefahren ist – der 107er?»

«Ja...» Yaiza Teetzmann wußte es und las die Zeiten von ihrem Zettel ab. «Laut BVG-Auskunft sind folgende Busse jefahren: ab Glienicke/Kindelwaldpromenade 23.51 und 0.11 Richtung S-Bahnhof Hermsdorf und 0.29 Richtung Pankow.»

«Dann könnte er den 23.51 gekriegt haben.» Mannhardt schätzte, daß es vom Tatort bis zur Bushaltestelle in Glienicke ein bis anderthalb Kilometer waren. «Im zügigen Fußgängertempo wäre das man gerade eine Viertelstunde. Also unbedingt den Busfahrer interviewen.»

«Mach ick nachher.» Yaiza Teetzmann bekundete mit Nachdruck ihren Eifer.

Volker Vogeley aber hatte leichte Bedenken. «Ich an seiner Stelle hätte mich nachts nicht an die Haltestelle gestellt, da fällt man doch auf.»

«Nun, er mußte damit rechnen, daß wir das Gelände nach Entdeckung der Tat abriegeln und alle Fußgänger und Radfahrer genau unter die Lupe nehmen würden. Wer im Auto sitzt, ist doch bei solchen spontanen Überfällen auf Taxifahrer uninteressant für uns, denn wer bringt schon einen Taxifahrer gerade an der Stelle um, wo er seine Luxuslimousine abgestellt hat. Ähnliches gilt wohl auch für Leute, die in Bussen sitzen.»

«Einspruch, Euer Ehren», rief Volker Vogeley. «Wenn er so denkt, wie du denkst, daß er denkt, dann wird er es garantiert als Anhalter versucht haben.»

«Einspruch abgelehnt, denn als Anhalter fällt man dem, der einen beim Anhalten mitnimmt, wesentlich stärker auf als einem Busfahrer im Linienverkehr, auch nachts.»

«Ich gebe mich geschlagen und nehme an, daß der Täter das Bundesland Brandenburg und damit unseren Zuständigkeitsbereich an der Veltheimstraße wieder verlassen hat, so daß ich – da wir keinerlei Spuren von ihm gefunden haben – um die Erlaubnis bitte, wieder nach Oranienburg heimkehren zu dürfen.»

«Tu das, aber lade uns wenigstens wieder mal zur Party ein, bei dir im Garten... Mit Gitarre und den neuesten Liedern.»

Volker Vogeley nickte, und um Mannhardts Spott die Wirkung zu nehmen, machte er nun selber das, was der Berliner Freund gerade hatte tun wollen: Er tat so, als würde er eine Gitarre im Arm haben, und sang dazu: «Ich kann es kaum erwarten, mit dir zu sein in meinem Garten, / drum komm zu Volker Vogeley und sei dabei, dabei, dabei... bei dieser großen Vögelei.»

«Ick fühle ma sexuell belästigt», sagte Yaiza Teetzmann.

Mannhardt klatschte in die Hände. «Komm wir müssen: Gegen 14 Uhr kommt Wuttkowskis Tochter in Schönefeld an, und vorher wollen wir noch sehen, daß wir 'n paar Taxifahrer ausfindig machen, die etwas über ihn wissen können. Der letzte Fahrgast und so...»

«Den Zahn laß dir ma ziehen», sagte Yaiza Teetzmann.

«Wenn det eena von seinen Kollegen mitgekriegt hätte, würde er schon damit bei uns uff da Matte jestanden ham.»

«Ich wünsche euch jedenfalls alles Gute», sagte Volker Vogeley.

Die Chartermaschine aus der Türkei hatte sich ein wenig verspätet, und sie schlenderten durch die neuen Teile des alten DDR-Flughafens.

«Swerdlowsk ist es ja nicht mehr», fand Mannhardt, «aber von Frankfurt unterscheidet sich Schönefeld immer noch wie ein Paddelboot von einem Ozeanriesen.»

«Ick fahre lieba mit'm Paddelboot», meinte Yaiza.

Es war reichlich Zeit, noch einmal all das zusammenzutragen, was sie inzwischen über das Opfer herausgefunden hatten. Wolfgang Wuttkowski, 39, galt als Einzelgänger. Seine Frau war vor Jahren an Krebs gestorben, und es sollte keine gute Ehe gewesen sein: ständig Streit und mitunter auch Schläge. Claudia war eigentlich seine Stieftochter, ein nichteheliches Kind seiner Frau. Bei seinen Nachbarn galt Wuttkowski als mürrisch und unleidlicher Einzelgänger, und einige hatten sogar zu Protokoll gegeben, daß unter seinen wenigen Freunden welche seien, die schon mal gesessen hätten.

«Vielleicht hängt er irgendwie in bestimmten Netzwerken drin...» Mannhardt hatte laut gedacht.

«Vorstrafen hatta keene, hab ick schon abjescheckt.»

«Nein, aber...» Mannhardt war zu müde, den Satz noch zu Ende zu bringen. Silvester hatte ihn, nun doch mit leichtem Brechdurchfall, die ganze Nacht über in Atem gehalten. Er erklärte Yaiza sein permanentes Gähnen.

«Wo issan jetze?»

«Bei seiner Oma beziehungsweise meiner Mutter.»

Yaiza Teetzmann wechselte abrupt das Thema. «Weißte, was ich heute morgen mit meinen Knien jemacht hab?»

Mannhardt dachte an ihren neuen Lover und grinste. «Über seinem Hintern zusammengepreßt...?»

«Sau du, nee: mit Urin eingerieben, weil se wieda weh jetan ham.»

Mannhardt schüttelte sich wie ein aus dem Wasser gestiegener Hund. «Brrrr...» Er liebte es, vor Heike zu knien und sich von ihren Knöcheln an nach oben zu küssen. «Wenn Fabio nun mal...?»

«Der steht selba druff.» Sie erzählte ihm, daß Fabio sogar seine heftigen Zahnschmerzen mit Eigenurin-Gurgeln in den Griff bekommen habe. «Jeden Tag 'ne halbe Stunde. Und ick hab meine Griebe uff da Lippe ooch schon mit Urin betupft und den kleenen Eiterpickel hier...»

«Entschuldige mich mal bitte 'n Moment...» Mannhardt lief zur Toilette, um sich die Lippen abzuwaschen. Er hatte Yaiza vor nicht allzu langer Zeit mit Bruderkuß begrüßt.

Sie lachte hinter ihm her. «Warte doch, bis de wieda zu Hause bist: Hier jibtet doch keene Trinkgläsa uff da Toilette!»

Als er wiederkam, fragte er sie, woher sie «diesen Unsinn» denn hätten.

«Na, aus dieser Talk-Show mit der Bianca Broch.»

Zu weiterem Meinungsaustausch blieb keine Zeit, denn die Maschine aus Antalya war bereits gelandet, und eine erotisch hauchende weibliche Lautsprecherstimme bat Frau Claudia Wuttkowski zum «Condor»-Schalter, in ihrem Auftrage natürlich.

Die junge Frau, zwanzig mochte sie sein, war sehr überrascht, daß man sie sprechen wollte. Mannhardt ging davon aus, daß sie die Nachricht vom Tode ihres Stiefvaters schon erhalten hatte.

«Mannhardt mein Name, und dies ist meine Kollegin Yaiza Teetzmann... Wir dürfen Ihnen zunächst unser herzliches Beileid aussprechen...»

Claudia Wuttkowski zuckte zusammen. «Sind Sie von der Polizei...?»

«Ja.»

Ihre blauen Augen weiteten sich. «Ist was mit Daniel...!?»

«Wer ist Daniel?»

«Mein Freund, mein...» Ihre Blicke streiften durch die Ankunftshalle. «Warum ist er denn nicht hier...!?»

Mannhardt fühlte, daß gleich das passieren würde, was in amerikanischen Romanen immer mit *she paniced* umschrieben war. «Keine Ahnung, warum er nicht hier ist... Wir sind hier, weil Ihr Vater, Ihr Stiefvater...» Er schloß die Augen und machte mit den Händen eine Geste absoluter Hilflosigkeit.

«Ist er ermordet worden!?» schrie sie.

«Ja...»

Claudia Wuttkowski brach zusammen.

Bei der Taxi-Genossenschaft, der Wolfgang Wuttkowski angehört hatte, war sein Lieblingshalteplatz bekannt: U-Bahnhof Alt-Tegel, direkt vor C & A. Aha! Für Mannhardt war das nur allzu logisch: Hier war der Täter zugestiegen, um sich nach Lübars fahren zu lassen. Bei einer angenommenen Tatzeit von 23 Uhr 30 und kaum mehr als zehn Minuten Fahrzeit mußte er laut Fahrplan, wenn überhaupt, mit der U-Bahn rausgekommen sein und den Bahnhof Alt-Tegel, die Endstation der Linie 6, um 23 Uhr 14 erreicht haben. Wenn man erst einmal eine Phantomzeichnung hatte, konnte das sehr wichtig sein.

Zu seinem Erstaunen stand nur eine einzige Taxe am Halteplatz, was für diese Zeit – 17 Uhr 47 zeigte seine Armbanduhr – höchst ungewöhnlich war. Sonst lauerte immer eine ganze Schlange auf vollbepackte und eilige Fahrgäste, die weiterwollten nach Heiligensee, Konradshöhe, Tegelort, Hermsdorf oder Frohnau und keine Lust hatten, bei Wind und Wetter auf die unzuverlässigen Busse zu warten, den 124er, 125er, 133er, 222er und 224er. Den Grund für die gähnende Leere am Halteplatz sollte er von dem einzigen Fahrer, der noch verblieben war, schon bald erfahren.

«Entschuldigung, Mannhardt, Mordkommission: Es geht um Ihren Kollegen Wolfgang Wuttkowski.»

«Tut mir leid, hab ich nicht gekannt.»

«Wo sind denn die anderen?»

Der Fahrer verwies auf den schwarzen Trauerflor, der vorn an seiner Antenne flatterte. «Auf der Protestdemonstration, dem Trauerkorso...»

«Ah, ja...»

Mannhardt überlegte, ob er nicht schnell nach Hause gehen und duschen sollte. Er wohnte ja mit Heike zusammen keine zweihundert Meter weiter in den postmodernen IBA-Bauten am Tegeler Hafen. Nein, Heike kam sowieso erst mit der Maschine 20 Uhr 30 aus Bremen zurück, und der Papst war bei seiner Oma bestens aufgehoben. Erschien er früher, dann nutzte sie nur die Chance, stöhnte über ihre drei bis sieben eingebildeten Krankheiten und setzte sich ab Richtung Heimat.

So hockte er sich auf eine Bank in der Fußgängerzone und erfreute sich an den vielen Frauen, die an diesem Sommertage kurze Röcke trugen und Schenkel zeigten, die für ihn erektionsfördernd waren. In Gedanken tat er es mit mindestens dreien, ohne sich dabei als Schwein zu fühlen, denn vor einigen Tagen hatte er bei «Vox» eine Sendung mit Lilo Wanders gesehen, und da hatten sie gezeigt, wie in England eine Frau nacheinander – für das Buch der Rekorde – von 363 Männern «geliebt» worden war. Die Idee zu diesem Rekordversuch war von ihrem eigenen Ehemann gekommen. Spengler hätte sein «Untergang des Abendlandes» umschreiben müssen. Noch mehr als diese Bilder faszinierte ihn aber das, was in seinem Kopfkino geschah: Es lief der Film «Tegel im Jahre 1950». Da hatte er oft als Junge an dieser Stelle, an der Kreuzung Alt-Tegel, Schloß- und Berliner Straße, gestanden und fasziniert verfolgt, wie die Straßenbahnzüge hier hielten, rangierten, warteten und wendeten. Die 25 und die 41, die zum Wedding fuhren, hatten die Endstelle hier, und die 28 und die 29 fuhren weiter durch den Wald nach Heiligensee beziehungsweise Tegelort. Er hatte die Gesichter der Triebwagen noch plastisch vor Augen: den Tw 24 mit dem kantig-quadratischen Nietengesicht, die Maximum-Tw mit ihrem schmalen und hohen Aristokratengesicht, die Wagen vom Typ «Stube und Küche» mit ihrer überhängenden Krempe.

«Hallo, Jürgi, was machst du denn hier?»

Seine Mutter. Er fuhr hoch und sah sich sofort, wie vor fünfzig Jahren, unter Rechtfertigungszwang. Da hatte sie ihn doch wieder mal beim Müßiggang erwischt, und es blieb ihm nichts als zu lügen. «Ich observiere einen Mann, der eben zu C & A gegangen ist.» Aber warum drehte er den Spieß nicht einfach um. «Sag mal: Wo hast du denn den Papst gelassen!?»

«Der steht im kühlen Zimmer und schläft.»

«Das kannst du doch nicht machen! Wenn da 'n Feuer ausbricht oder 'n Wasserrohr platzt!»

Es klappte, seine Mutter hatte im Nu ein schlechtes Gewissen und eilte wieder zurück. «Aber komm nicht zu spät nach Hause und übernimm dich nicht. Paß auf dich auf!»

«Ja, auf dich auch.»

Sie eilte davon, und er träumte wieder von Straßenbahnen und von geilen Frauen. Wie er da rücklings auf der Bank lag, sie mit gespreizten Beinen über ihm standen und...

Neben ihm begann ein Akkordeonspieler mit dem Radetzkymarsch, und zwar ebenso laut und schrill wie falsch. Mannhardt sprang auf und ging zum Taxistand zurück. Dort hatten sich inzwischen vier Wagen aufgereiht, und er konnte mit seinem Fragespielchen beginnen. Wie vom Tonband: Wie er hieß, warum er hier war, ob sie Wolfgang Wuttkowski gekannt und womöglich einen Blick vom Fahrgast, seinem mutmaßlichen Mörder, erhascht hatten.

«Nee, tut ma leid. Ick hab zu der Zeit nich uff'm Bock jesessen, aba vielleicht der Kollege hinter mir.»

«Bedauere sehr, mein Herr.»

«Nein, und solange wir nicht die Todesstrafe für Taximörder haben, wird das immer wieder passieren.»

«Hätt ich mich schon gemeldet, wenn ich was gesehen hätte.»

Mannhardt stand ein wenig hilflos da. Der junge Mann, mit dem er zuletzt gesprochen hatte, war offensichtlich einer von den vielen Akademikern, die sich als Taxifahrer über die Runden brachten. Immerhin hatte er ein Buch von Hans Fallada neben sich liegen. «Sagen Sie mal bitte: Ich brauche ein wenig Nachhilfe über das Taxifahrergewerbe... Um mich besser in die Fahrer hineinversetzen zu können... Kennen Sie da jemanden, der...?» Irgendwie schaffte er es nicht, seine Sätze ordentlich zu Ende zu bringen. Alzheimer im Anfangsstadium? Das war die Frage und eine neue Angst dazu.

«Da fahren Sie mal zu Grete Furmaniak nach Friedrichsfelde raus, die baut da gerade ein kleines Museum auf.»

Mannhardt schrieb sich die Adresse auf und machte dann weiter mit seinen Interviews. Erst der achte Kollege, ein ehemaliger Fernfahrer von sechzig Jahren, hatte Wuttkowski persönlich gekannt.

«Toten soll man ja nichts Schlechtes nachsagen...»

Mannhardt wurde hellhörig und schaltete schnell. «Keine Angst: Wir wissen, daß er Kontakte zu Exknackis hatte.»

Der Mann stieg aus und lehnte sich mit beiden Armen breit auf das Dach seines Wagens, auf dessen anderer Seite Mannhardt stand. «Und wegen übler Nachrede wird er mich ja nicht mehr verklagen können, also... Ich möchte mal nicht ausschließen, daß er auch was mit Autoschiebern zu tun hatte.»

«Kfz-Sachwertdiebstahl, ah, ja...» Vielleicht doch kein Fixer, der ihn erschossen hatte, sondern eine Sache im Rahmen der OK? Berlin war ja auf dem besten Wege, wenigstens in dieser Beziehung Metropole zu werden. Der Fall Wuttkowski schien langsam doch etwas exotischer zu werden, und Mannhardt freute sich. So richtig in Entzücken geriet er allerdings erst beim Kollegen Nummer elf.

«Hör'n Se uff mit Wutti! Manchmal isset sicher 'n Vorteil für die janze Menschheit, wenn der eene oda andere vorzeitig aus'm Verkehr gezogen wird.»

«Wieso'n das...?» Mannhardt sah den kleinen Hysteriker,

der das gesagt hatte, neugierig an. Der Mann war wie ein fetter Brummer, der im Zimmer hin und her sauste und den Weg nach draußen nicht mehr fand.

«Wieso'n das, wieso'n das, mein Herr, was für 'ne Frage!? Weil ich seine verstorbene Frau gekannt habe, sehr gut sogar, die Marina, und wissen Se, wat die mir gesteckt hat?»

«Nein, woher...»

«Daß der Wuttkowski sich an seiner Stieftochter vergriffen hat, immer wenn er besoffen war...»

Mannhardt zuckte zusammen. «Vergriffen haben» konnte allerdings auch heißen, daß er sie nur verprügelt hatte. Darum fragte er noch einmal nach. «Sie meinen, daß er das Kind sexuell mißbraucht hat?»

«Jenau ditte.»

In diesem Moment war sich Mannhardt sicher, den Mörder Wuttkowskis zu kennen: Daniel, Claudias Freund. Er hatte sie gerächt und ihren Peiniger ermordet. Sie schien das gewußt, ganz sicher aber geahnt zu haben, anders ließ sich ihre Reaktion auf dem Flugplatz nicht erklären.

Sosehr Mannhardt seinen Beruf mitunter auch haßte und gegen das immer gleiche Muster wetterte – die Leiche finden, den Mörder suchen, der Gerechtigkeit zum Siege verhelfen –, einen Vorteil hatte er: Man lernte immer wieder neue Menschen und neue Lebenswelten kennen. Diesmal nun das Taxifahrergewerbe. So setzte er sich auch in die Bahn und fuhr mit der S 10, halb dienstlich, halb privat, nach Spindlersfeld hinaus, wo die Witwe Grete Furmaniak dabei war, in einer alten Wäscherei das Berliner Taximuseum einzurichten. Wilhelminischer Backstein bröckelte da, aus den Dachrinnen wuchsen die Birken, und nahebei floß die trübe Oberspree.

Grete Furmaniak war gerade auf Rente gegangen, hatte aber lange Jahre selber hinterm Lenkrad gesessen, erst beim VEB Taxi und nach der Wende dann als Selbständige. Robust war sie und ein Original, eine Mischung von verrückter Chansonette und Kugelstoßerin. Wer sich in diesem Männerberuf behaupten wollte, mußte wohl so sein. Sie führte Mannhardt durch die Halle, in der sie ihre angehäuften Schätze alsbald den Leuten präsentieren wollte.

«Mein Vater hatte 'n Taxibetrieb, meine Mutter ist gefahren, und wahrscheinlich bin ich auch auf'm Rücksitz einer Taxe gezeugt worden – sonst wär ich nich so verrückt nach allem, was mit Taxen zusammenhängt.»

Mannhardt lachte. «Fehlt Ihnen bloß noch, daß der Fürst von Thurn und Taxis sie geheiratet hätte.»

«Macht nichts: Arbeit adelt ooch.»

Dann zeigte sie Mannhardt alles, was sie in Jahrzehnten zusammengetragen hatte: Neben unzähligen Fotos mehrere Rufsäulen, Taxameter aus vielen Jahrzehnten, eine «beschußsichere» Panzerglasscheibe aus dem Jahre 1967, die den Fahrer vom Fahrgast trennen und damit schützen sollte, aber dennoch von ihm kaum geliebt wurde («Der Tod fährt hinten mit spazieren, wenn wir's Bremspedal berühren!»), eine wetterfeste Berliner Motordroschkenchauffeurskluft von 1904, mehrere Reliquien vom «Eisernen Gustav», Berlins berühmtesten Droschkenkutscher, und seiner triumphalen Heimkehr aus Paris, diverse «Fackeln», einen «Propusk», das heißt eine russische Taxi-Konzession im Nachkriegsberlin, und eine Reihe wundervoller Plakate wie «Fuhrherren Berlins! Kauft keine Kraftdroschke ohne die neue hochrentable BRENNABOR-Einheits-Droschke» oder «Autodroschkenbesitzer! Bedenkt: das Publikum wählt nur die neuen Wagen!» Mannhardt fand das alles ausgesprochen drollig. Grete Furmaniaks großer Stolz aber waren eine guterhaltene volkseigene Kraftdroschke vom Typ EMW 340 und eine Wolga-Taxe aus dem Jahre 1979.

Dann lächelte sie spitzbübisch. «Die große Überraschung für Sie findet sich aber in der alten Garage hier... Da hab ich alles über Taximörder gesammelt. Ich hab da nämlich auch 'n Faible für und les auch viele Krimis. Kommen Sie...»

Mannhardt freute sich, staunte aber, daß sie «Taximörder» und nicht «Taxifahrermörder» sagte, denn die Täter mordeten doch die Fahrer und nicht den Wagen. Nun ja...

Die ersten Fotos zeigten Taxifahrer aus den sechziger Jahren, die mit Plakaten wie «Wir fordern die Todesstrafe für Mörder an Taxifahrern!» dagegen protestierten, «Freiwild» zu sein.

«Der Henker als der beste Freund des Taxifahrers», kommentierte Grete Furmaniak diese Bilder.

«Mein Berufsrisiko ist auch nicht gerade geringer», meinte Mannhardt. «Und daran würde auch keine Todesstrafe was ändern.»

«In Deutschland werden fünf bis sechs Taxifahrer täglich überfallen», sagte Grete Furmaniak. «Und von 1990 bis 1993 sind 19 Kollegen von mir ermordet worden.»

«Ich bin hier, um dem Mörder von Wolfgang Wuttkowski auf die Spur zu kommen.» Er rang die Hände ein wenig theatralisch dabei. «Und ich hoffe auf die Intuition hier bei Ihnen in der Halle.»

«Dann lesen Sie das mal hier... Als sie unseren Kollegen von Schalepanski ermordet hatten.» Grete Furmaniak zeigte ihm eine Vitrine mit dem Fachblatt «Die Kraftdroschke» vom 16. Dezember 1929.

Es läßt sich nur schwer verhindern, daß ein Mordbube im Einzelfalle bei günstiger Gelegenheit seine Waffe abdrückt. (...) Wenn leidenschaftlicher Haß, Eifersucht oder Rachsucht den Entschluß zur Tat reifen lassen, wenn die Tat hundertmal überlegt und sorgfältig vorbereitet ist, wird das Opfer dem aufs höchste gesteigerten, sicher und kraftvoll durchgeführten Vernichtungswillen des Täters schließlich nicht entrinnen können, selbst wenn es auf der Hut ist. In solchen Fällen pflegt auch der Tatort dem Täter an sich gleich zu sein, wie ja auch Mord und Totschlag auf offener Straße nichts Ungewöhnliches sind. Der Raubmörder, für den in seiner Vertiertheit ein Menschenleben nichts bedeutet, wird sich regelmäßig darüber klar sein, daß es seinen Kragen kostet, wenn er gefaßt wird. Seiner Lebenseinstellung entsprechend wird er sich Opfer suchen, von deren Geldtasche er, bei für ihn gleichbleibender Gefahr, das meiste zu erwarten hat.

Für Mannhardt brachte dieser über sechzig Jahre alte Text die Erkenntnis, daß der Wuttkowski-Mörder nicht unbedingt nur daran interessiert gewesen sein mußte, schnell zu Geld zu kommen. Auch andere Motive und Affekte konnten im Spiel gewesen sein. Es sprach also doch einiges für bzw. gegen diesen Daniel.

Mannhardt bedankte sich bei Grete Furmaniak und bat sie, ihm doch bitte eine Taxe zu rufen.

7

Die «ProOrg» («Problemlösungen für Organisationen aller Art») hatte vor knapp zehn Jahren als reines Abwehr-, Detektei- und Sicherheitsunternehmen begonnen, was naheliegend war, da Thomas Catzoa, der Firmengründer, ein Kriminalbeamter war, der seinen Dienst aus den verschiedensten Gründen quittiert hatte. Anfangs noch unter dem Firmennamen «Safety First», und nebenher hatte Catzoa Industriebetrieben und Einzelhandelsketten zwischen Flensburg und Frankfurt geholfen, kriminelle Mitarbeiter dingfest zu machen und Topmanager wie Transporte zu schützen. Auf den ersten Prospekten las sich das so: «Beobachtungen und Ermittlungen zum Zivil- und Strafrecht – Industrie- und Wirtschaftsrecherchen – Betriebs-Diebstahlanalysen – Spezial-Video-Observation – Bewaffneter Personenschutz – Leibwächtergestellung – Reisebegleitung – Transportsicherung». Catzoa hatte aber bald gemerkt, daß dieser Art von unternehmerischer Betätigung jener Schmuddelgeruch anhaftete, dem er um alles auf der Welt entfliehen wollte. Beim heftigen Nachdenken darüber, wie er das Niveau seiner

Firma anheben konnte, war er auf die Heerscharen der diplomierten Betriebswirte, Soziologen und Psychologen gestoßen, die jedes Jahr die Universitäten verließen, ohne einen Job zu finden, und hatte gleichzeitig bei der Lektüre der Fachzeitschriften bemerkt, welch immens großer Beratungsbedarf in Verwaltung und Privatwirtschaft bestand. Alles schrie nach neuen Rezepten und ihrer Umsetzung. Was lag da näher, als sich gute junge Leute einzukaufen und den verunsicherten Firmen Rettung zu verheißen. Mit Gründung der «ProOrg» schaffte es Thomas Catzoa, immerhin auch Diplomverwaltungswirt, auf dem hart umkämpften Markt der Beraterfirmen Fuß zu fassen. Auf seinen beiden Spezialgebieten *Outplacement* und *Generationswechsel im Familienbetrieb* galt Catzoa bei Insidern als die Nummer eins in Westeuropa, und sogar US-Firmen zeigten schon Interesse an seinen Erfolgen. Er genoß es sehr, denn er kam aus ärmlichen Verhältnissen, sein Vater war Müllwerker und seine Mutter Reinemachefrau, vermied aber alles, um von den Medien ausgeschlachtet zu werden. Nach Scheidung, Quittierung des Staatsdienstes und Kappen aller Wurzeln im Norden war er mit der «ProOrg» nach Berlin gezogen und hatte sein Büro in der Kronenstraße eröffnete, gleich am U-Bahnhof Stadtmitte und keine fünfhundert Meter vom Gendarmenmarkt entfernt. Fast hundert Mitarbeiterinnen und Mitarbeiter standen jetzt in seinen Diensten, und er dachte immer noch an Expansion. Bei aller Belastung nutzte er aber jede freie Minute, um seine Dissertation fertigzustellen, denn seit dem dritten Schuljahr träumte er von einem großen Namensschild draußen am Haus, auf dem zu lesen stand: **Dr. Thomas Catzoa**. Im Herbst dieses Jahres war es geschafft. Sein Thema war eine Mischung aus Psychologie und Organisationswissenschaft und lautete «Der *Einmaligkeitswahn* als Grundproblem des Nachfolgedilemmas bei Familienbetrieben». Beispiele dafür konnte er viele anführen; eines davon erwartete er um 12 Uhr 30 zum Mittagessen. Vorher aber war noch mit Zuchenberg von der GFL zu reden, der «German

Fuzzy Logic». Der GFL-Boß wurde gerade von seiner Sekretärin gemeldet und in sein Zimmer geleitet.

Ihr Warm-up-Geplauder ergab sich aus Catzoas Grinsen, als das Wort Fuzzy mehrfach gefallen war, denn mit dieser Bezeichnung versah man ja im allgemeinen jüngere Menschen, die ein wenig flippig und chaotisch waren. Da setzte Zuchenberg an.

«Das ist schon ein komisches Wort, fuzzy, aber dahinter steckt eine Idee, die die Welt fast so verändert hat wie die Chaostheorie selber. Fuzzy heißt ja im Englischen nicht nur faserig und fusselig, sondern auch undeutlich und verschwommen, unscharf. Und darum geht es bei uns in der GFL auch im wesentlichen. *Fuzzy Logic*, das ist die neue Wunderwaffe für die Industrie. Mit ihr verringern wir den Ausschuß, optimieren wir die Durchlaufzeiten, überwachen wir die Produktion.»

«Ich weiß...» Catzoa reagierte ein wenig gekränkt. «Trotzdem muß ich immer wieder schmunzeln, wenn ich was von Fuzzy höre, denn so heißt ein Freund von mir, der immer alles durcheinanderbringt, Zahlen verdreht, einem am 25. zum Geburtstag gratuliert, wenn man ihn schon am 15. gehabt hat – und so weiter. Der Fuzzy – mit u ausgesprochen und nicht mit a wie im Englischen.»

Zuchenberg, klein und bärtig, eher ein irrer Klaviervirtuose oder der Waldschrat in einem Shakespeare-Stück als ein Topmanager, genial eben, echauffierte sich, war ein gutes Stück überagiert bis schon hysterisch. «Das ist es ja: Statt genauer Zahlen und präziser Ja-Nein-Befehle arbeiten unsere Fuzzy-Steuerungsprogramme mit verbalen Werten wie ‹wenig› oder ‹viel›, ‹heiß› oder ‹kalt› – und das ist der große Erfolg. Mit der Fuzzy-Software bringen wir so konträre Ziele wie Kapazitätsoptimierung und Termintreue total in Einklang miteinander. Und unschlagbar sind wir, wenn es um die komplizierte Koordinierung von biologischen, chemischen und mechanischen Prozessen geht, bei Kläranlagen beispielsweise.»

Catzoa lehnte sich zurück. «Bei soviel Euphorie – da bin ich mal gespannt, wo bei Ihnen nun die Probleme liegen, die Sie zu mir führen...»

«Tja...» Zuchenberg mußte sich erst eine Zigarette anzünden. Süchtig zog er daran. «Ich bin von Hause aus Diplomingenieur, und es geht mir immer erst um die Sache. Nun ja: Vor fünf Jahren habe ich mit zehn Leuten angefangen, jetzt sind es knapp hundert... Und in der großen Expansionsphase, da habe ich die guten Leute mit Riesengehältern geködert, vor allem aber mit langfristigen Verträgen... Jetzt aber wächst die Konkurrenz von Tag zu Tag, und ich müßte einige von meinen Topleuten entlassen, kann das aber nicht... Und deswegen bin ich hier. Insider meinen, daß Sie da die Nummer eins in Deutschland sind und das Geheimrezept dafür haben...»

Catzoa sagte, daß ihm das schmeicheln würde, und für Sekunden dachte er an die Schmähungen zurück, mit denen sie ihn in seiner Zeit als Polizist in Bramme reichlich bedacht hatten: *das Möwengesicht mit den Hakenkreuzpupillen*, *der faschistoide Eiterpickel am verfetteten Gesellschaftskörper*, *unser Bonsai-Napoleon – mehr Matsch als Macho*, *Catzoa – zum Kotzen, Kotzbrocken der.* Er hatte Mühe, sich zu konzentrieren.

«Nun, Herr Zuchenberg, für mein Spezialgebiet gilt dasselbe wie für das Ihre: *Outplacement* boomt ebenso wie *Fuzzy Logic*. Überall dasselbe: In den fetten Jahren kettet man seine Leute mit allen Mitteln an sich, mit Unkündbarkeitsklauseln und satten Betriebsrenten, und wenn man sich dann von ihnen trennen muß, weil die Konjunktur den Bach runtergeht, dann darf man für eine fällige Trennung so tief in die Tasche greifen, daß man Konkurs anmelden muß.»

«So ist es!» Zuchenberg drückte seine nur halb aufgerauchte Zigarette so hektisch aus, daß er sich dabei die Finger verbrannte. «Ich hab 'ne E-Lok und werde meine Heizer nicht mehr los. Der Dr. Gallenbeek und der Buckau sind mal zwei exzellente Software-Leute gewesen, aber jetzt muß ich sie unbedingt loswerden. Die halbe Million, die sie mich dieses Jahr kosten, die hab ich nicht mehr, die treiben mich in den Ruin. Sie oder ich – das ist hier die Frage!»

Catzoa sah auf seine Fingernägel. «Da hilft nur eins: einen Grund für eine fristlose Kündigung finden.»

«Das merken sie, da sind sie zu gerissen für.»

«Wenn Sie einen Vertrag mit uns schließen, schleuse ich einen meiner Spezialisten bei Ihnen ein, einen *Agent provocateur*, und der schafft das dann schon.» Mit der peniblen Überprüfung aller Spesen und einer schikanösen Kontrolle jeder seiner Dienstreisen war der Abschußkandidat dahin zu bringen, daß er den entscheidenden Fehler beging, zumindest aber mit seinen Nerven am Ende war und ohne große Abfindung ging. Wenn noch immer nicht, dann mußte man sie ab und zu mal anrufen... «Wir verstehen das schon, solche Leute weichzukochen. Die sagen dann ja zu jedem Auflösungsangebot, das ihnen unterbreitet wird.»

Zuchenberg lachte. «Der Dr. Gallenbeek hat mir gedroht, zur Konkurrenz zu gehen...»

«Das soll er man: Dann haben wir endlich einen Grund für eine fristlose Kündigung und können ihn außerdem noch anzeigen wegen versuchter Erpressung.»

«Dann zeigt er mich an wegen dieses oder jenes Vergehens gegen irgendein Gesetz.»

«Das wird er nicht, wenn er damit selbst in den Knast wandern würde.»

«Und wenn er nun 'ne reine Weste hat?»

«Dann sorgt mein Mitarbeiter dafür, daß schnell ein paar Flecken drauf sind. Oder eine Mitarbeiterin. Siehe Korruption, siehe sexuelle Belästigung am Arbeitsplatz – da läßt sich ganz schnell etwas inszenieren.»

Zuchenberg zückte seinen Kugelschreiber. «Ich sehe schon: Sie sind wirklich 'n Profi. Her mit dem Vertrag!»

Catzoa war froh, daß das so gut gelaufen war, und konzentrierte sich schnell auf seine nächste Klientin, eine Frau. Annekathrin Kablow, stand auf seinem Terminkalender, Firma «Kablow Bau Berlin».

Sie war eine attraktive Frau von etwa vierzig Jahren, die ihn mit ihren übereinandergeschlagenen Beinen mehr irritierte, als es ihm für sein Geschäft lieb sein konnte, und so hatte er Mühe, sich ihrem Problem mit der Aufmerksamkeit zu widmen, die sie sicherlich erwartete.

«Mein Vater ist zweiundsiebzig und will meinem Bruder die Geschäftsführung übertragen.»

«Und da sind Sie dagegen?»

«Nein...»

«Dann scheint doch alles in bester Ordnung zu sein...»

«Ja – bis auf den Umstand, daß mein Bruder nicht will, weil er gerade beschlossen hat, sich mit der Bhagawadgita zu beschäftigen und für ein paar Jahre nach Indien zu gehen, um dort zum spirituellen Meister heranzureifen.»

Catzoa stöhnte auf. «Nun haben Sie die ganze Last zu tragen...»

«Ich will aber nicht, ich will meine ganze Kraft in meine Galerien stecken.»

«Dann verkaufen Sie.»

«Das tut mein Vater nicht, weil er einmal an der Firma hängt und zum zweiten der Sohn seiner... – wie hat man früher gesagt? – Mätresse Architektur studiert und die Firma gerne haben würde. Für geschenkt natürlich. Wofür ich ihn – unter uns gesagt – ermorden könnte.»

Catzoa überlegte einen Augenblick. Er wußte aus Erfahrung, daß 95 Prozent seiner Arbeit nichts weiter war als reine Psychologie. Wahrscheinlich wollte der alte Kablow das Zepter noch lange nicht aus der Hand geben, sondern seine Familie nur ein wenig ärgern. Der Abschied von Macht, Geld, Einfluß und Ehre fiel den meisten Gründern furchtbar schwer, und sie neideten den Erben nicht nur ihre Jugend, sondern vor allem die Tatsache, daß sie sich so einfach ins gemachte Nest setzen konnten. Und sicherlich ging es auch bei der «Kablow Bau», die einen guten Namen hatte, nicht nur um die Existenzsicherung der Firma, sondern vor allem um Familiengeschichten, um Liebe, Eifersucht und Haß, um Absicherungen und Versicherungen, um Ängste und Emotionen, um Mythen und die Frage der Denkmalpflege. Und die Nachfolgeregelung innerhalb der eigenen Familie war die schwierigste der Übergabevarianten. Vielleicht sollte er Frau Kablow gleich zu fremden Managern raten? Am besten war es, ihren Fall zunächst einmal mit seinen Experten durchzusprechen. «Gehen wir gleich einmal zu Dr. Richter, unserem Juristen, dem Mann für solche Fälle, und anschließend reden wir mit unseren Organisationsfachleuten, wie sich die Dinge aus ihrer Sicht am besten zum Guten wenden lassen.»

Das alles dauerte mehr als eine Stunde, und als er in sein Büro zurückkam, teilte ihm die Sekretärin mit, daß soeben ein Herr Dr. Schrotzer angerufen habe.

Catzoa blieb stehen und kratzte sich den Kopf. «Schrotzer, Schrotzer...? Nie gehört.»

«Er sagt, er hätte Sie gestern abend in der Hotelbar getroffen.»

«Ach, der! Ja, da hat mich einer angesprochen, 'n Soziologe, der bei 'ner französischen Firma arbeitet, dort aber nicht so recht zu Rande kommt. Hat er etwas hinterlassen?»

«Ja, daß er morgen früh noch mal anrufen wird.»

«Soll er. Keine große Priorität.»

«Gut.»

Catzoa sah auf die Uhr. «Ich geh dann zum Essen.»

«Ja, guten Appetit.»

«Danke. Ihnen auch.»

8

Dr. Richard Schrotzer saß auf dem Bett und blätterte die Flugpläne durch. Eigentlich hatte er schon heute nach Grenoble zurückfliegen wollen, doch Prof. Schadow vom Innovationspark Friedrichsheide hatte ihn noch überredet, zu einer Party mitzukommen, zu der auch einige chinesische Wirtschaftsfunktionäre vom «Guangzhou Economic and Technological Development District» in der Provinz Guangdong eingeladen worden waren. Schrotzer sah das als Wink des Himmels an, denn wenn es ihm gelang, Kontakte zu dieser gigantischen Wirtschaftszone im äußersten Süden Chinas herzustellen, stand er sicherlich nicht mehr auf Savournons Abschußliste. Und als halbes Sprachgenie, das er war, hatte er in den letzten Jahren schon genügend Chinesisch gelernt, um schnell einen Fuß in der Tür zu haben. Und wenn er den Chinesen dann ein kleines Geheimnis aus der französischen MCI-Innovationsküche verriet, kam er vielleicht groß mit ihnen ins Geschäft, denn wie hieß es doch in einem ihrer Strategeme: *pa zhuan yin yu* – dem anderen einen Backstein hinwerfen, um später einen Jadestein dafür zu erhalten.

So war er also bei guter Laune, obwohl er Gabi und Marius nun erst morgen Mittag sehen würde. Seine Frau hatte sich verständnisvoll gezeigt und nur ein ganz leises Murren hören lassen. Die erste Maschine nach Paris ging ja auch schon 7 Uhr 35 ab Tegel.

Schrotzer, nur mit einem schwarzen Slip bekleidet, besah sich im Spiegel und fand, daß er attraktiver als mancher Dressman wirkte. Fast so groß wie ein Basketballspieler war er, braungebrannt wie ein Beachvolleyballstar und konnte seine Muskeln so spielen lassen wie ein Stammgast im Bodybuilding-Studio. Doch was ihn von Männern dieser Art deutlich unterschied, waren sein IQ von 140 und mehr und sein Sprachtalent. Wenn er nur die letzten fünfzehn Jahre seines Lebens nicht mit dieser Scheiße von Sozialwissenschaft verplempert hätte. Woanders spielte die Musik. Ja, es war schon richtig gewesen, zu Savournon zu gehen und in und mit der MCI Karriere zu machen. Er legte sich aufs Bett, schloß die Augen und betrieb seine Übungen im autogenen Training bis zur Schlußformel hin: *Ich habe die Kraft, es wird alles geschafft!* Er wußte, daß er endgültig aus seinem «Tal der Depressionen», wie er es nannte, herausgekommen war. Was er der MCI aus Friedrichsheide mitgebracht hatte, war wahnsinnig viel. Dieser Schadow war wirklich genial.

Sein Reisewecker, auf 19:00 gestellt, klingelte sanft. Schrotzer rasierte sich noch einmal, betupfte sich mit einer sündhaft teuren Essenz, die ein neuer Grenouille gemixt haben mußte, zog sich an, fuhr in die Hotelhalle hinunter, warf seinen Zimmerschlüssel ein und bat den Mann an der Rezeption, ihm eine Taxe kommen zu lassen.

«Gerne, Herr Dr. Schrotzer, einen Augenblick bitte...»

Es freute Schrotzer, daß man ihn nicht nur höflich, sondern fast schon ein wenig devot behandelte. Wenn er bedachte, daß seine Eltern einige Zeit mit ihm im Obdachlosenheim gelebt hatten und bei ihren Reisen noch heute vornehmlich in Jugendherbergen übernachteten, dann war das schon etwas, das ihn leise erbeben ließ.

Er trat auf die Straße und hörte Joe Cocker singen «Summer in the city». Es mochten vierundzwanzig Grad sein, und die Luft war voll vom schweren Duft der blühenden Linden. War ihm Berlin vor Christos Reichstagsverhüllung eher als häßliches und ewig keifendes Weib erschienen, so gab es sich nun als beschwingte Schöne mit einem Parfüm, das einen zwang, ihr für immer zu verfallen. Es kam ein Augenblick, wo er eins war mit sich und dem Kosmos, dahinglitt ohne Wenn und Aber.

«Bitte sehr, der Herr...!» Die Taxe hielt an seiner Seite, und der Fahrer beugte sich weit über seinen Sitz, um die rechte hintere Tür für Schrotzer aufzustoßen.

«Danke sehr.» Schrotzer stieg ein, schlug die Tür wieder zu und schnallte sich an. «Nach Ferch bitte. Zum Schwielowsee.»

«Ist ja eine schöne Fuhre noch am Abend», sagte der Taxifahrer und gab schon Gas. «Nehmen wir gleich die Autobahn, oder wollen Sie lieber über die Dörfer, wo 'n bißchen was zu sehen ist?»

«Fahren Sie mal über Wilmersdorf, Steglitz, Lichterfelde, Teltow – und erst in Ludwigsfelde auf die Autobahn rauf.»

Der Taxifahrer drehte sich um. «Sie kennen sich ja bestens aus bei uns in Berlin...?»

Schrotzer lachte. «Ich hab 'ne ganze Weile hier gelebt und hier gearbeitet.» Er war in Plauderstimmung und erzählte einiges von sich und seinen Jobs.

Als sie die Bundesallee hinunterfuhren, tat ihm der Taxifahrer den Gefallen und machte einen kleinen Schlenker in die Koblenzer Straße. «Gratis für Sie, damit Sie noch mal sehen können, wo Sie gewohnt haben.»

Schrotzer freute sich über das Wiedersehen mit seinem alten Kiez. «Das waren schöne Jahre hier... In der Vater-Unser-Kirche sind meine Frau und ich getraut worden, und im Gertrauden-Krankenhaus hinten ist mein Sohn zur Welt gekommen. Aber immer von der Arbeitslosigkeit bedroht zu sein, das nimmt einem die Lebensfreude schon ein bißchen. Wie läuft es denn bei Ihnen so?»

Der Taxifahrer zuckte mit den Schultern. «Mehr recht als schlecht. Ohne Mauer, da gibt's ja kaum noch Touristen hier, und die Firmen, die sparen auch alle und lassen ihre Leute nicht mehr so ohne weiteres Taxi fahren. Heute vormittag hab ich in Frohnau am Zeltinger Platz fast eine Stunde lang gestanden und gewartet.»

«Ah, da bei *Pantalone* am Donnersmarckplatz, da war ich gestern mit Prof. Schadow essen. Exquisit.»

«Dazu reicht es bei mir nicht ganz», sagte der Taxifahrer. «Aber wenn wir erst richtige Hauptstadt sind...»

Nun schwiegen sie eine Weile. Schrotzer hing wieder seinen

Erinnerungen nach. In den Geschäften der Schloßstraße hatten Gabi und er manche Mark gelassen, im «Bierpinsel» ab und an gegessen und im Schloßpark-Theater dem großen Bernhard Minetti gehuldigt. Hindenburgdamm, Klingsorstraße – im Klinikum Steglitz hatten sie ihm die Gallensteine rausgenommen. Goerzallee – in einer Seitenstraße hatte Karen gewohnt, Gabis Vorgängerin. Mit der hatte er seinen Rekord aufgestellt: sechsmal am Tag. Sie kamen nach Teltow und Stahnsdorf und kurz dahinter durch sozusagen böhmische Dörfer wie Schenkenhorst, Nudow oder Ahrensdorf. Die Dämmerung brach langsam herein, und die Mark Brandenburg gab sich alle Mühe, es, was die seidige Luft, die lichten Farben und die klaren Formen betraf, mit der Toskana aufzunehmen. Schrotzer fühlte sich so leicht wie nach mehreren Gläsern Champagner.

«Nudow», sagte er. «Klingt ja ganz nach Nudisten.»

«Die wird's wohl hier weniger geben.»

Schrotzer hatte eine Idee. «Wenn ich eine Badehose mithätte, würde ich Sie bitten, mal kurz anzuhalten. Der Abend ist so herrlich, daß man einfach schwimmen muß.»

Der Taxifahrer machte ihm einen ganz konkreten Vorschlag. «Nachher in Ferch, da ist 'ne schöne Badeanstalt.»

«Wenn ich schon das Wort Anstalt höre! Nein, allein und im Freien.»

Der Taxifahrer sah kurz auf die große Karte, die er neben sich auf dem Beifahrersitz ausgebreitet hatte. «Wie wär's denn da mit dem Großen Seddiner See…? Da können Sie nackt ins Wasser rein, und wir sind dann nachher gleich in Ferch drüben, unter der Autobahn durch und am Bahnhof Ferch-Lienewitz vorbei.»

«Na, wunderbar, machen wir das.»

Der Taxifahrer wußte Bescheid. «Das ist hier die sogenannte Zauche. Gleich werden wir die Nuthe kreuzen und nachher die Nieplitz.» Er nannte noch x andere Namen.

Schrotzer nickte und hoffte nur, daß es nicht gewittern würde, bevor er sein Bad genommen hatte. Als sie am Siethener

See vorbeikamen, zog hinter den Glauer Bergen eine schwarzgraue Gewitterfront auf.

«Haben Sie keine Angst?» fragte er den Taxifahrer.

«Vor dem Gewitter?»

«Nein: allein mit einem Fahrgast in der Einöde hier... Es passiert ja genug in letzter Zeit. Wie hieß der Kollege, den sie gestern nacht ermordet haben?»

«Wuttkowski, Wolfgang Wuttkowski. Aber das war in Lübars oben.»

«Was hab ich neulich gelesen: Der Bundesverkehrsminister will Taxischilder einführen, die blinken, wenn der Fahrer Alarm auslöst...?»

«Das ist doch Quatsch», sagte der Taxifahrer. «Wenn es draußen hell ist, sieht das ohnehin keiner. Außerdem haben wir ja alle Alarmknöpfe am Lenkrad dran, und die setzten sofort akustische Signale in Gang. Außerdem blinken die Scheinwerfer und die Rücklichter alle, und in der Taxizentrale heulen die Sirenen auf.»

Schrotzer fragte sich, warum das in Lübars denn alles nicht geklappt hatte. «Hat Ihr Kollege da geschlafen oder was?»

«Vielleicht hat er seinem Fahrgast zu sehr vertraut... Das ist eben unser Berufsrisiko.»

«Wie viele Tote gibt's denn so pro Jahr?» wollte Schrotzer wissen.

«Etwa dreißig Überfälle haben wir und im Schnitt einen, der ermordet wird. Kopfschüsse, Messerstiche... Man dreht ja dem potentiellen Täter ständig den Rücken zu.»

Diese Diskussion löste bei Richard Schrotzer etwas aus, das ihn zutiefst erschrecken ließ. Er verspürte nämlich das heftige, ja triebhafte Verlangen, den Mann links vor ihm zu töten. Ihm ein Messer in den Hals zu stechen, ihn mit einer Axt den Schädel einzuschlagen, ihm eine Kugel in die Schläfe zu jagen. Er haßte diesen Kerl, und er war für ihn die Zusammenfassung aller Männer, die er in den letzten Jahren hatte umbringen wollen, solche aus dem privaten Umfeld wie Politiker, Diktatoren,

Manager und Menschenschlächter. Vielleicht ging es mit dem Regenschirm, dem Knirps, den er mitgenommen hatte, weil es im Laufe des Abends regnen sollte. Seine rechte Hand umschloß ihn schon.

«...ja, die Versuchung ist groß», sagte er mit heiserer Stimme.

Der Taxifahrer schien indes von seinen Vibrationen nichts zu merken und blieb ganz sachlich beim Thema Sicherheit. «Am besten wäre schon eine Videokamera in jeder Taxe, die alles aufzeichnet und in die Zentrale überträgt. Wie bei den Banken überall. Oder eben bargeldloses Fahren mit dem ‹Cab-Charge-System›, wie bei 'ner Telefonkarte beispielsweise.»

«Früher hat es ja eine Zeitlang mal Trennscheiben gegeben», sagte Schrotzer und hatte dabei das Gefühl, daß ein dritter Mann im Wagen diese Worte sprach. Seine Lust, mit dem Schirm auf den Mann am Steuer einzuschlagen, wuchs von Sekunde zu Sekunde, und er belegte den Taxifahrer im inneren Monolog mit Begriffen wie: Arschloch, Penner, Dumpfmeier und debiler Kutscher. Aus seinen Psychologie-Vorlesungen wußte er, daß solche neurotischen Aggressionsschübe durchaus möglich waren. Wenn man als Kind zu sehr gedrillt worden war und ein tyrannisches Über-Ich die Triebansprüche des Es rigoros unterdrückte, konnten die verdrängten und unterdrückten Triebansprüche plötzlich mit Urgewalt hervorschießen und sich in einer Affekttat wie dieser entladen. Er mußte tief durchatmen und krallte seine Finger wie im Gebet ineinander.

Sie kamen durch eine kleine Ortschaft mit dem niedlichen Namen Jütchendorf, dann ging es über die kanalisierte Nuthe hinweg in Richtung Schiaß.

«Schiaß!» rief Schrotzer. «Klingt ja richtig bayerisch.» Und wie die Aufforderung an einen Menschen, endlich zu schießen.

«Sind schon komische Ortsnamen bei uns in Brandenburg», sagte der Taxifahrer. «Oben bei Rathenow gibt es ein Wassersuppe, und zwischen Nauen und Ketzin hat es mal ein Dorf gegeben, das den schönen Namen Möseritz hatte. Da möchte ich als Frau nicht hergekommen sein.»

Schrotzer stimmte in das Lachen des Fahrers mit ein. «Ich war mal zum Skifahren in Mösern, das ist bei Seefeld oben.»

Sie sauten noch ein Weilchen herum, bis sie einen halben Kilometer vor Blankensee ein Waldstück erreichten und der Taxifahrer bremste.

«Ein Reh?» fragte Schrotzer.

«Nein, ich muß mal auf der Karte sehen, ob ich schon hier rechts durchkomme nach Seddin oder erst um den ganzen See rumfahren muß...» Er hielt, beugte sich nach rechts und faßte unter seine aufgeschlagene Karte.

Als Schrotzer, der seitwärts aus dem Fenster geblickt hatte, den Kopf wieder herumdrehte, starrte er in den Lauf einer Pistole. Das sah irgendwie albern aus, und er vermochte es nicht, irgendeinen Zusammenhang mit sich und seiner Situation als Fahrgast zu erkennen, verstand das alles nicht.

«Was soll denn das...?»

Das waren seine letzten Worte. Dann fiel die Welt in sich zusammen wie ein Fernsehbild, wenn der Stromkreis unterbrochen wurde.

9

Mannhardt hatte eine echte voyeuristische Lust daran, in den Sachen anderer Leute zu kramen, während Yaiza Teetzmann fremde Wohnungen eher danach taxierte, wie wohl sie sich in ihnen gefühlt hätte, wäre sie die Mieterin gewesen.

«Sieh mal an, nach Bangkok ist die alte Sau zweimal im Jahr geflogen», stellte Mannhardt fest.

«Such doch mal die Adresse des Hauseigentümers raus – vielleicht kann ick die Wohnung kriegen.»

«Deswegen hättest du den Wuttkowski doch nicht umbringen müssen.»

«Hab ick doch inna Fortbildung jelernt: die Verhältnismäßigkeit der Mittel wahren.»

Mannhardt sah auf. «Wie bitte?»

«Beseitigen, wat ei'm im Wege is.»

«Klar, immer Kosten-Nutzen-analytisch denken und: Menschen haben wir zu viele, Wohnungen zu wenig.»

Sie durften und mußten sich in Wolfgang Wuttkowskis Wohnung umsehen, weil nicht auszuschließen war, daß sein Mörder in einer engen Beziehung zu ihm gestanden haben konnte. Weisestraße 50, 12049 Berlin. Vor vier Jahren war Wuttkowski hierher nach Neukölln gezogen, ins alte Rixdorf zwischen der vermieften Hermannstraße und dem Flugplatz Tempelhof, in eine Gegend, die immer mehr herunterkam. Soviel Hundekacke wie hier hatte er noch nirgends gesehen. Auch wenn man die Augen stets auf die Gehwegplatten oder das Kleinpflaster gerichtet hatte und Slalom um die Haufen lief, trat man irgendwann doch einmal in das hinein, was ältere Berliner das «volle Menschenleben» nannten. Schön, als Eingeborener hatte er so manche Technik entwickelt, die Hundescheiße wieder von der Schuhsohle abzubekommen, doch ärgerlich war es allemal. Dabei ging doch die Sage, daß es Glück bringen sollte. Am leichtesten war die Reinigung, wenn man die braune Schmiere an irgendeinem Grasbüschel abwischen konnte. Auch Pfützen waren gut, weil man den verdreckten Schuh in ihnen gleichsam baden konnte. Aber was tun, wenn der GAU – sprich: Doggenschiß – eingetreten war und es weder Regenwasserreste noch Grasbüschel gab? Blieb das bloße Abstreifen am Kantstein, wobei aber zwischen Sohle und Hakken noch soviel an Fäkalienmasse hängengeblieben war, daß es in Wuttkowskis Wohnung nun ein wenig zooähnlich roch.

«Bloß jut, detta det nich mehr mitbekommt», fand Yaiza Teetzmann. «Wo't doch hier so sauba is.»

«Für einen Junggesellen sehr erstaunlich», stellte Mannhardt fest. «Dieser Mensch muß von einer krankhaften Ordnungsliebe erfüllt gewesen sein. Hinter der Fassade allerdings...»

Sie fanden allerlei Hinweise auf Wuttkowskis nicht ganz so bürgerlichen Lebenswandel. Anhand von angekreuzten Telefonnummern auf den entsprechenden Anzeigenseiten von BZ und anderen Blättern ließ sich schließen, daß Wuttkowski gerne die sexuellen Hilfen molliger Damen in Anspruch genommen hatte, und säuberlich abgeheftete Rechnungen von meist exjugoslawischen Speiselokalen im Großraum Kreuzberg und Neukölln zeigten ihnen an, daß der ermordete Taxifahrer ab und an eine Gruppe von fünf bis acht Personen bewirtet hatte.

«Sieht ganz nach 'ner Gang aus», merkte Mannhardt an, «und korrespondiert mit der Aussage des einen Taxifahrerkollegen in Tegel, daß Wuttkowski möglicherweise auch Autos nach Polen verschoben haben könnte.»

«Mann, du drückst da ja heute wieda so jewählt aus», kritisierte Yaiza Teetzmann ihn, auf das «korrespondiert» bezogen.

«Muß ich ja jetzt, damit mein Sohn keine sprachlichen Defizite mit in die Schule bringt.»

«Als Papst spricht er doch eh nur Latein.»

«Na, hoffentlich sind wir mit unserm Latein nicht bald am Ende, denn wenn Wuttkowski wirklich einer dieser Mafiagruppen von jenseits der Oder angehört hat...»

«Konzentrieren wir uns lieba uff diesen Freund von seiner Stieftochta da, diesen Daniel...»

«Wie heißt der weiter, hast du das schon rausgekriegt?»

«Ja, Mindermann.»

«Wär ja schön, wenn wir von diesem minderen Mann hier was finden würden: eine Drohung beispielsweise, Wuttkowski umzubringen.»

«Suchet, so werdet Ihr finden!»

«Diese verdammten Tauben hier!» Mannhardt ging deren aufdringliches Gegurre langsam auf die Nerven. Sie brüteten im stillgelegten Leuchtreklamekasten, der sich auf Höhe des ersten Stockwerks befand. Im ehemaligen Obst- und Gemüseladen lebten inzwischen Kriegsflüchtlinge aus Bosnien, von denen die Tauben oft gefüttert wurden. «Tauben, das sind nichts wie fliegende Ratten, scheißen alles voll und stecken voller Zecken.»

Mannhardt riß das Fenster auf, sah eine Reihe von Tauben oben auf dem inzwischen vom Vogeldreck weiß gestrichenen Reklamekasten sitzen und griff nach einem von Wuttkowskis Blumentöpfen, um ihn nach unten zu feuern. Doch während er noch zielte, bekam er von oben eine Ladung Wasser auf den Kopf. Die Mieterin über Wuttkowski kämpfte mit dieser Methode schon seit Jahren gegen die Neuköllner Taubenplage an. Während Mannhardt fluchte, bog sich nicht nur seine Kollegin vor Lachen, sondern auch die Alkis drüben vor der Kneipe, die schon die ganze Zeit über prolohaft gelärmt hatten, prusteten los. Mannhardt warf das Fenster wieder zu.

Nach einer Stunde hatte er wieder Hoffnung auf sein erstes richtiges Erfolgserlebnis, denn in Wuttkowskis Mülleimer fanden sich Papierschnipsel, die auf einen zerrissenen Brief hinzudeuten schienen. Er klaubte sie heraus, trug sie auf den Balkon hinaus, der mit sauberem Kunstrasen ausgelegt war, breitete sie neben zwei Gartenzwergen aus und machte sich mit Yaiza zusammen an das Puzzle. Es brauchte nicht lange, dann hatten sie herausgefunden, daß es der Versuch eines Briefes an seine Tochter war.

Liebe Claudia!
Was sie Dir erzählt haben, ist eine üble Verleumdung Deiner verstorbenen Mutter. Sie hat sich nur an mir rächen wollen. Dein Freund will mich dafür vors Gericht schleppen, sagt er. Warum haßt er mich so? Darum also, frage ich Dich. Dann ist das ein fürchterlicher Irrtum. Ich habe Dich öfters geschlagen, wo Du zehn Jahre alt gewesen bist, das gebe ich zu, und es tut mir leid, aber ich habe Dich niemals …

«Hm...» Yaiza Teetzmann fand, dies sei eher als Beweis seiner Schuld als seiner Unschuld anzusehen. «Warum hat er aufgehört und alles wieder zerrissen? Weil ihm alles wieder hochgekommen ist, wie er sie mißbraucht hat.»

Mannhardt war der Ansicht, daß sie nie herausbekommen würden, was da wirklich abgelaufen war. «Entscheidend ist doch nur die Rolle, die dieser Daniel Mindermann dabei gespielt hat. War er Wuttkowskis letzter Fahrgast und hat seine Chance genutzt...?»

«Welche Chance?»

«Na die, daß man den Mord garantiert in der Schublade Beschaffungskriminalität ablegen würde.»

«Schon komisch, dassa aus Berlin vaschwunden ist. Der Mindermann. Holt seine Freundin nich vom Flugplatz ab, sagt keenem, wo'a abjebliem is...» Sie hatten es schon mehrere Male in seiner Einraumwohnung versucht, Kreuzberg, Adalbert-, Ecke Oranienstraße, immer umsonst. Und Claudia Wuttkowski behauptete, keine Ahnung vom Aufenthaltsort ihres Herzallerliebsten zu haben.

«Erinnere dich, Mensch, daß du Staub bist und Staub wieder werden wirst», sagte Mannhardt mit Pastorenpathos.

«Meinste, der Mindermann ist ooch den Weg alles Irdischen gegangen?»

«Stell dir vor, es ist Fernsehen und du hast eingeschaltet. Was wäre dann? Der Daniel ist sehr sensibel, und er liebt seine Claudia in leicht neurotischer wie archaischer Weise. Also bringt er den Mann um, der sie geschändet hat. Als er wieder zur Besinnung kommt, merkt er, daß er damit auch sein Leben ruiniert und nichts zu Claudias Heilung beigetragen hat. Im Gegenteil: Die schlimme Sache ist nur noch schlimmer geworden. Was bleibt ihm da anderes, als an Selbstmord zu denken.»

«Noch issa nich jefunden word'n!» Yaiza Teetzmann sah das ganz pragmatisch.

«Das Schwarze Loch Berlin schluckt vieles», sagte Mannhardt in Anspielung auf Heikes vielbeachteten Artikel.

«Apropos schlucken: Ich hab Durst.»

«Trink deinen Urin, den haste schließlich immer bei dir.»

«Willste was ab?»

«Gehen wir lieber was essen und trinken in den Balkan-Grills, wo Wuttkowski immer war.» Mannhardt wies auf die herumliegenden Rechnungen.

«‹Serbisches Reisfleisch› – bäh! Wenn ick det Wort serbisch höre, krieg ick schon det große Kotzen.»

Mannhardt hob beschwichtigend die Hände. «Als Deutscher sollte man mit so was vorsichtig sein, und vielleicht sind es auch Kroaten, Slowenen oder Bosnier. Ich geh auf alle Fälle was essen.»

«Das Land Berlin is so arm, daß dit bestimmt nich uff Spesen jeht.»

«Komm mal trotzdem...»

Der Wirt des Lokals in der Hermannstraße war in der Tat Kroate und hieß Ivaniesevic, war aber im Gegensatz zum Tennisstar gleichen Namens untersetzt und mehr als dickbäuchig. Eine Hose für seine Bundweite hatte er noch finden können, sein Hemd aber ließ sich bei weitem nicht schließen. Er war völlig verschwitzt, und die wenigen schwarzen Haare lagen wirr auf seiner Platte, auch sonst paßte er wunderbar in die Zeiten Karl Mays, in die Schluchten des Balkans oder ins Land der Skipetaren. Es stellte sich heraus, daß er Wuttkowski ganz gut gekannt hatte.

«Wir haben immer viel Spaß mit Wutti gehabt, aber...»

Mannhardt blickte auf. «Aber...?»

«Er hat viel mit Menschen zu tun gehabt, die nicht gut waren.»

«Inwiefern?»

«Haben all gesessen, alle mit Dreck am Stecken.»

Yaiza Teetzmann blätterte weiter in der Speisekarte und schien das Ganze für wenig ergiebig zu halten. «Das bringt doch nischt hier, komm...»

Doch Mannhardt blieb stur. «Ich esse meinen Grillteller wie seit zwanzig Jahren.»

«Mit Rinderwahnsinn!»

«Wo alles Wahnsinn ist, kommt es auf den einen mehr oder weniger auch nicht mehr an...» Mannhardt fragte Ivaniesevic nach Wuttkowskis Freunden und bekam auch einige Namen genannt.

«Bluhm... Petschek... Bulkowski, der Bulli... Smigielski... Jesse...»

Als sie eine Stunde später zur ISVB-Abfrage am Computerbildschirm saßen, verriet ihnen das «Informationssystem Verbrechensbekämpfung», daß ein gewisser Martin Smigielski, wohnhaft Treptower Straße 79a, 12059 Berlin, eine klassische kriminelle Karriere hinter sich hatte: nichteheliches Kind, Vater ohne Beruf, aber dafür mit etlichen Haftstrafen, Mutter mehr oder weniger auf dem Strich, Heimaufenthalte, schon mit zwölf Jahren kleinere Delikte, Schule abgebrochen, Lehre abgebrochen, und dann fröhlich weiter im Text mit Diebstahl eines Portemonnaies im Freibad (Einstellung gem. Paragraph 45 JGG), unbefugte Kfz-Benutzung in TE mit Fahren o. Führerschein, Kfz-Diebstahl, Mitglied einer jugendlichen Autoknackerbande (ein Jahr Jugendstrafe), Urkunden- und Scheckfälschung, Einbrüche, räuberischer Diebstahl in TE mit gefährlicher Körperverletzung sowie zwölf Fälle des schw. Diebstahls (fünf Jahre Freiheitsstrafe).

«... und zuletzt wurde gegen ihn wegen des Verdachts ermittelt, Autos gestohlen und nach Polen verbracht zu haben.» Mannhardt ging zum Telefon, fragte den federführenden Kollegen, was denn damit sei, und erhielt die Auskunft, daß ein dringender Tatverdacht schon bestünde, man aber noch nicht die berühmten gerichtsverwertbaren Erkenntnisse hätte, die zu einem Haftbefehl benötigt würden.

«... und taucht da bei euch der Name Wuttkowski auf, Wolfgang Wuttkowski...?»

«Der Taxifahrer, den sie... Ja, der ist mehrfach mit Smigielski in Kostrzyn gewesen. Angeblich nur als Tourist zum Einkaufen, aber...»

Mannhardt fand, daß man Smigielski schon mal etwas genauer nach seinen «geschäftlichen» Beziehungen zu Wuttkowski fragen sollte. «Der ist ja hier in Berlin mit seiner Taxe viel herumgekommen und konnte immer mal was ausbaldowern. Und irgendwann mag er der Gang zu gefährlich geworden sein, und sie haben ihn sicherheitshalber aus'm Verkehr gezogen...»

«Du, det is hier keen Krimi aus 'er Vorabendserie», warnte Yaiza Teetzmann.

«Alles Leben ist nur noch Seifenoper.»

«Fahr'n wa zu diesem Smigielski und sehn wa weita.»

Smigielskis Wohnblock am Neuköllner Schiffahrtskanal, gleich an der Treptower Brücke, hatte den Charme eines Zementsilos, wirkte fast ein wenig ärmlich, doch es wohnten offenbar Leute hier, die niemals schwarz mit der U-Bahn fuhren, nie die Steuer betrogen und die alte preußische Maxime «Üb immer Treu und Redlichkeit» noch voll verinnerlicht hatten. Ein Hausmeister war gerade beim Rasenmähen, und vorsichtige Erkundigungen ergaben, daß Smigielski bei einer ehrbaren Friseuse als Untermieter und/oder Lover wohnte.

«Allet Klischee», sagte Yaiza Teetzmann.

«Gott...» Mannhardt mußte ein Weilchen nach der besten Formulierung suchen. «Fast alles ist Klischee in diesem Leben, und am meisten sind die Klischee, die sich darüber aufregen, daß 'n Exknacki bei 'ner Friseuse wohnt.»

«Kann die dir gleich ma die Haare schneiden.»

«Bei Dienstleistungen dieser Art werden sie mir 'n Disziplinarverfahren anhängen.»

«Nur, wenn de nachher mit ihr schläfst.»

«Und mich ihr Macker dann erschießt.» Mannhardt hielt inne. «Wenn nun Wuttkowski das wirklich getan haben sollte – und Smigielski ihn dafür...»

Yaiza Teetzmann stöhnte auf. «Wir sind hier nich bei 'ner Fernsehserie mit 'nem Preis für den Scheiß.»

Mannhardt war ein wenig gekränkt und verwies auf einige reale Fälle, wo Knackis sich blutig an denen gerächt hatten, die während ihrer Zeit im Gefängnis ihre Bräute gebumst hatten. «Das ist nun wirklich nicht an den Haaren herbeigezogen. Womit wir wieder bei der Friseuse wären... Also: klingle mal...»

Yaiza Teetzmann tat es, aber durch die Gegensprechanlage meldete sich ein Mann. «Ja, wat is'n...!?»

«Sind Sie Herr Smigielski?»

«Kommt drauf an, um wat et jeht...»

«Um Ihren totel Kumpel Wutti.»

«Denn komm Se mal ruff!»

Mannhardt hatte das Gefühl, Martin Smigielski schon des öfteren gesehen zu haben, was aber nur daran lag, daß Männer seines Typs an jedem Fußballsamstag zuhauf über den Bildschirm flitzten, und zwar als sogenannte Manndecker, was er wegen der Mehrdeutigkeit des Wortes «decken» eh schon immer witzig fand. Stuten wurden gedeckt, Hündinnen, Häsinnen. Nun auch noch Männer – und das mitten auf dem Fußballplatz. Kein Wunder, daß die CSU den abendländischen Werteverfall lauthals beklagte. Manndecker waren in aller Regel ein wenig bullig, ein wenig brutal – und ein wenig blöd. Smigielski schien genau von dieser Art zu sein. Auf Klischees war halt immer Verlaß.

«Na gut, der Wutti war immer mein Kumpel, astrein. Und freundschaftsmäßig haben wir nie Streß miteinander gehabt.»

Mannhardt sah sich in der kleinen Wohnung um und fand, daß die Einrichtung mehr gekostet haben mußte, als eine Friseuse und ein Haftentlassener eigentlich investiert haben durften. Und in dem TUI-Katalog, der offen auf dem Couchtisch lag, war als Reiseziel Puerto Plata angekreuzt, die Karibik also.

Yaiza Teetzmann nahm den Faden auf. «Können Sie sich vorstellen, wer Wutti erschossen hat?»

Smigielski pulte herabgeflossenes Wachs vom Tisch und legte es auf den Kerzenständer. «Na, eener von die Fixer doch. Wie't inne Zeitung steht.»

«Eine reine Routinefrage...» Mannhardt fixierte ihn, um ihn dann zu fragen, ob er ein Alibi für die Zeit habe.

Smigielski fuhr hoch. «Wenn Se mir det anhängen wolln...!»

«Nein, nein. Wie gesagt, das haben wir alle zu fragen.»

Smigielski hatte nicht lange nachzudenken. «Mit meine Freundin hier vorm Fernseha.» Und er nannte, ohne dazu aufgefordert worden zu sein, den Film, den sie in der Tatnacht gesehen hatten.

Mannhardt fand, daß der Mann rundum ein Profi war. War er aber auch so cool und hart, einen echten *contract-killer* abzugeben? Das war abzuwarten.

«Wir hören noch voneinander», sagte Mannhardt, als sie die Wohnung wieder verließen.

Zunächst aber hatten sie sich um Daniel Mindermann zu kümmern, Claudia Wuttkowskis Freund, den die brandenburgischen Kollegen in der Nähe des Großen Lotzinsees gesehen haben wollten. Ein entsprechendes Fax von Volker Vogeley war vorhin eingetroffen.

«Wo issen dit?» wollte Yaiza Teetzmann wissen.

«In'er Schorfheide. Aber das müßtest du als Ex-DDR-Bürgerin doch am besten wissen...»

«Weil ick mit Erich imma uff da Jagd jewesen bin, klar.»

Der Oranienburger Kollege hatte ihnen auf dem Wege der Amtshilfe grünes Licht für die Ermittlungen im Bundesland Brandenburg gegeben, mit dem man sich zwar vereinigen sollte und mehrheitlich auch wollte, in dem sich aber Mannhardt und andere Westberliner noch immer fast so wie im Ausland fühlten, in Österreich etwa. Wenn die Bauern hinter ihren Zäunen standen, mißtrauisch guckten und den Westler witterten, kam er sich zuweilen auch so vor, als wanderte er durch Länder, in denen die Nazis mal gewütet hatten. Überschrift: Wenn Blicke töten könnten…

Gleichviel, mit ihm zog die neue Zeit, und die Schorfheide war ein wunderschönes Waldrevier von fast schon amerikanischen Maßen, wenn auch manchmal etwas monoton und vom Namen Göring noch immer geschändet. Der hatte hier mit Karinhall seine Residenz gehabt.

Sie kamen die B 109 herauf und passierten Orte mit so klangvollen Namen wie Klosterfelde, Lottsche, Zerpenschleuse oder Sperlingsaue, bis sie hinter Groß Schönebeck auf Nebenstraßen zweiter Ordnung gerieten.

In der Nähe von Altlotzin, das man mit nur einem leicht verfallenen Anwesen nicht mal mehr als Weiler bezeichnen konnte, parkten sie ihren Audi 80 und suchten unweit des Sees ein Plätzchen, wo sie sich auf die Decke legen konnten und den Weg am Ufer im Auge hatten, ohne selber gesehen zu werden.

«So 'n Arbeitsurlaub ist doch was Schönes», sagte Yaiza Teetzmann, packte ihren Yoghurt aus und blätterte in der «Berliner Zeitung».

Mannhardt holte sich eine «Barnarne» aus der Tasche und vertiefte sich in den Karl-May-Band Nr. 5, der den Titel «Durch das Land der Skipetaren» trug. Auf der Seite 302 fand er den schönen Satz: «Bei uns ist kein Verbrecher so schlau, daß nicht irgendein Polizist noch viel schlauer wäre.» Wobei Kara Ben Nemsi natürlich Deutschland gemeint hatte. Nun, sonderlich schlau war es vielleicht nicht, hier zu liegen und auf Daniel Mindermann zu warten, aber bequem. Und vielleicht war das ja auch gar kein Verbrecher.

Jedenfalls tauchte Daniel Mindermann in der nächsten Stunde nicht am Ostufer auf. Der Große Lotzinsee war alles andere als groß und zog sich lediglich in einer Länge von nicht ganz anderthalb Kilometern als schmaler Schlauch leicht gekrümmt von Nord nach Süd, sah auf Mannhardts Karte wie eine Krabbe aus.

«Wenn wir ihn einmal umrunden, sind das gerade mal drei Kilometer...»

«Was willsten damit sagen?» Sie sah von ihrer Modezeitschrift auf, die sie ebenfalls mitgebracht und mit leuchtenden Augen verschlungen hatte.

«Daß wir wohl nicht länger warten können, daß er uns in die offenen Arme läuft.»

Yaiza Teetzmann maulte ein wenig. «Und wenna nu gar nich hier is, sind wa völlig umsonst jelatscht... Vielleicht haben sich die sehr geehrten hiesigen Kollegen auch jeirrt.»

«Der Heidereiter will ihn anhand des Fotos von Claudia Wuttkowski ganz genau erkannt haben.»

«Heidereiter? Kenn ick nich.»

Mannhardt belehrte sie. «Ein Heidereiter, das war früher 'n Art Landpolizist. Das hab ich nur im übertragenen Sinne gemeint.»

Yaiza Teetzmann stand auf und reckte sich. «Du, det hab ick mir schon imma jewünscht, det mal zu wissen. Wie gehn wa denn nu um'n See rum: links oder rechts?»

«Losen wir's aus.» Er riß zwei Schnipsel von ihrer Zeitung ab und schrieb auf den einen ein L und auf den anderen ein R. «Meine Damen und Herren, Sie sehen, wie die Entscheidungsfindung bei der Berliner Kriminalpolizei im Zeitalter der Hochtechnologie modernsten Erkenntnissen Rechnung trägt. Zieh mal.»

Sie tat es und popelte das Papierkügelchen wieder auseinander. «Rechts.»

«Wenn die Götter es so wollen...»

Sie verschlossen ihre Sachen im Wagen und machten sich auf den Weg um den See. Zuerst machte es Spaß, doch hinter der Nordspitze begann ein sumpfiges Stück, und sie holten sich, da der letzte Gewitterregen noch nicht gänzlich abgeflossen und verdunstet war, gehörig nasse Füße. Zudem rutschte Yaiza noch aus und fiel hin.

«Meine schönen hellen Jeans!»

«Sieht aus, als wenn du eingepullert hättest.»

«Danke für den Hinweis...» Sie zog sich ins Gebüsch zurück.

Mannhardt, ganz Kavalier, ging weiter, wenn auch leise stöhnend. Wenn er sich so vorstellte, wie sie da... Plötzlich ein Schrei. Er fuhr herum. «Was is'n!?»

«Nur 'n Mückenstich und die Bremsen...»

«Ich kann mich auch kaum noch bremsen.»

«Wie?»

«Nichts.» Er bückte sich und suchte nach eßbaren Beeren, doch bis Yaiza wieder an seiner Seite war, hatte er weder Erdnoch Him-, Brom- oder Blaubeeren gefunden. «Na: alles gut abgelaufen?»

«Ja, danke für die Nachfrage.»

Sie gingen weiter, und Yaiza Teetzmann schwärmte ihm vor, welches wunderschöne Haus Fabios Eltern in Amalfi hatten.

«Heirate ihn, zieh hin und lade mich und Heike ein. Die hat da mal in den Armen anderer Fabios wunderschöne Tage und Nächte verlebt, und der Papst kann gleich 'n bißchen Italienisch lernen.»

«Du, da steht 'n Zelt!» rief die Kollegin.

Mannhardt mißverstand das. «Ich will nicht am Lotzinsee zelten, sondern in Amalfi wohnen.»

«Quatsch! Ich meine, ob in dem Zelt da nicht der Mindermann...?»

«Das wär ja 'n Ding...!»

Sie näherten sich langsam, und Mannhardt fühlte sich ebenso an seine Jugend wie seine vorherige Karl-May-Lektüre erinnert. Es war immer auch etwas albern, wenn man als Erwachsener Polizist zu sein hatte.

«Herr Mindermann...?» rief Mannhardt leise.

«Wir hätten Sie gerne in der Mordsache Wuttkowski gesprochen», fügte Yaiza Teetzmann hinzu, die lupenreines Hochdeutsch sprechen konnte, wenn es denn nötig war.

Keine Antwort. Das Zelt bewegte sich zwar, aber das konnte

auch der auffrischende Wind gewesen sein. Sie sahen sich an, zogen ihre Waffe heraus und stürmten das Zelt.

«Leer!» stellte Mannhardt fest.

«Aber Sachen liegen drin.»

Es roch nach Hasch. Hier war zweifellos in letzter Zeit reichlich gekifft worden. Unter Kleidungsstücken, Eßwaren aller Art, Zeichenblöcken und diversen Malutensilien fanden sie auch einen Studentenausweis der HdK, der Hochschule der Künste – ausgestellt auf Daniel Mindermann.

«Funna!» rief Mannhardt und strahlte.

Yaiza Teetzmann ließ ihre Hand vor der Stirne kreisen. «Spinnste nu völlig?»

«Nee, das hat mein Sohn als Zweijähriger immer gerufen, wenn er Ostereier entdeckt hatte: Funna!»

«Nu biste ja schon 'n bißchen älta als der – oda?»

«Ja, das ist die Regression, ich regrediere. Aber das ist doch das Höchste, was ein Mensch erreichen kann: zum Kinde zu reifen, denn nur Kinder können doch wirklich glücklich sein.»

«Ach, du Scheiße: Wat meinste, wie oft ick als Kind unglücklich jewesen bin.»

Mannhardt grinste. «Klar, als junge Pionierin: Immer mit dem blauen Tuch um'n Hals, auch wenn du gar keine Halsschmerzen hattest...»

«Det hat doch nüscht mit der DDR zu tun, du Arsch!»

Wenn sie so war, dann liebte Mannhardt sie fast so sehr wie Heike. «Und was machen wir nun: Kriechen wir beide ins Zelt und warten da auf Mindermann?»

«Det könnte dir so passen.»

«Dir vielleicht auch.»

«Komm!»

Mannhardt tat so, als wollte er sie in die Arme nehmen. «Ja, gerne.»

Yaiza Teetzmann wich ihm aus. «Mann, wir müssen den suchen: Vielleicht hatta Selbstmord begangen und liegt hier irgendwo im Wald oder im Wasser. Wenn er wirklich Wuttkowski auf'm Gewissen hat und nach der Flucht hierher durchgeknallt is...»

Mannhardt gab sich nun wieder dienstlich-sachlich. «Ich bin eher dafür, daß wir uns auf den Hochsitz drüben setzen und das Zelt im Auge behalten.»

Sie fügte sich, wenn auch nur murrend, und so hockten sie von 17 Uhr 33 an auf dem wackligen Ding, das von irgendwelchen Hobbyjägern eilig zusammengezimmert worden war. Mannhardt war das gar nicht einmal unlieb so, denn wenn sie «es» hier oben wirklich getan hätten, wären sie garantiert zusammengekracht und mit gebrochenen Knochen ins Krankenhaus gekommen.

Genau 18 Uhr 20 näherte sich Daniel Mindermann, von Westen kommend, wahrscheinlich aus der Ortschaft Schluft, seinem Zelt. Nach Umfang und Schwere seines Rucksacks zu schließen hatte er sich Proviant für mindestens eine weitere Woche besorgt.

Mindermann war ein eher schmächtiges Kerlchen, ein «schmales Handtuch», wie die Berliner sagten, und er trug scheinbar schwer an seiner Last. Nicht nur an der auf seinem Rücken, sondern auch an der des Lebens. Ernst sah er aus, fast schon verhärmt. Mit seinem blassen schmal-ovalen Gesicht erinnerte er Mannhardt ein wenig an den gekreuzigten Jesus. Das schwarze Haar war zu einem Zopf zusammengebunden. Zu schwarzen, kurz über dem Knie abgeschnittenen Jeans trug er ein schwarzes Hemd und darüber eine braune Lederweste. Auffällig waren auch seine blassen, aber stark behaarten Beine, die etwas Affenhaftes an sich hatten.

Sie warteten, bis er das Zelt aufgeklappt hatte und hineingeschlüpft war. Vorsichtig stiegen sie vom Hochstand herab, erst Mannhardt, dann Yaiza, und gingen zu ihm hin.

«Keinen Schreck kriegen!» rief Mannhardt aus etwa dreißig Meter Entfernung. «Wir sind's nur.» Was zwar gut gemeint, aber doch etwas schwachsinnig war, weil der Kunststudent sie ja schwerlich kennen konnte.

Aber vielleicht war es der väterliche Ton in Mannhardts Stimme oder Yaiza Teetzmanns spöttisches Kichern, jedenfalls steckte er den Kopf aus seinem Zelt, ohne irgendwie eine Waffe aus dem Rucksack gerissen zu haben oder Fluchtimpulse zu zeigen.

Daniel Mindermann richtete sich vollends auf und begrüßte sie mit einer hellen, fast kicksenden Stimme. «Die Kripo – herzlich willkommen.»

Mannhardt blieb stehen. «Sieht man uns das an?»

«Ich hab eben in Schluft in der Zeitung gelesen, daß Wuttkowski ermordet worden ist.»

Yaiza Teetzmann sah ihn an. «Und da sind Sie nun mächtig erschüttert.»

Mindermann sah zum See hinüber. «Ja...»

«Obwohl Sie ihm die Pest an den Hals gewünscht haben...?» fragte Mannhardt.

«Dann wissen Sie also, was er mit Claudia gemacht hat?»

«Er streitet es ab, andere behaupten es...» Yaiza Teetzmann stieß mit der Fußspitze einen Kienapfel in ein Karnickelloch. «Für Sie dürfte es allemal ein Motiv gewesen sein.»

«Kann sein...»

Mannhardt bemühte sich um einen fast heiteren Ton. «Geflüchtet sind Sie ja hierher an den See, und diese Flucht läßt uns natürlich fragen, weswegen Sie denn geflüchtet sind...»

«...da fällt uns natürlich der Wuttkowski ein, den Sie ja von Herzen gehaßt haben», fügte Yaiza Teetzmann hinzu. «Nachweislich.»

Daniel Mindermann warf seinen Kopf so heftig herum, daß der Pferdeschwanz nach vorne flog. «Ich bin nicht deswegen geflüchtet, sondern wegen Claudia.»

«Vor der Liebe?» spöttelte Mannhardt.

«Ich muß malen, ich muß mich konzentrieren. Sie lenkt mich ab, sie saugt mich aus. Es ist Schluß mit ihr. Andererseits... Ich bin nicht losgekommen von ihr. Und darum bin ich einfach untergetaucht.»

«Seit wann sind Sie denn schon hier?» wollte Yaiza Teetzmann wissen.

«Seit letzter Woche... Seit Mittwoch.»

Mannhardt nickte. «Dann haben Sie also, als Wolfgang Wuttkowski in Lübars erschossen worden ist, schon hier im Zelt gelegen?»

«Ja.»

«Und wie sind Sie hergekommen?»

«Mit dem Zug. S-Bahn bis Karow, Regionalbahn bis Groß Schönebeck und dann die paar Kilometer zu Fuß.»

Mannhardt überschlug die Fahrzeiten. In zweieinhalb Stunden konnte man es geschafft haben, von Berlin hierher zu kommen. Mit einem geliehenen oder gestohlenen Auto noch wesentlich schneller. Daniel Mindermanns Alibi war also für die Katz. Aber ihm etwas nachzuweisen schien fast unmöglich zu sein. Das Spielchen «Wer hat ihn wann und wo gesehen?» brachte selten etwas ein. Typen wie er fuhren in Massen herum, und die Leute hatten zuviel mit sich selber zu tun, als daß sie sich noch groß um andere kümmerten.

Mannhardt beschloß, seine Depression zu nehmen.

10

Hartmut Tscharntke fuhr auf seinem Mountainbike durch die Fresdorfer Heide, deren höchste Erhebung, der Backofenberg, immerhin eine Höhe von 90,9 Metern hatte. Da kam er schon ganz schön ins Keuchen. Aber der Arzt hatte ihm das als Ausgleich zum ewigen Sitzen im Wagen dringend angeraten.

Eine Wandergruppe. Alles nur Frauen. Tscharntke hielt an und starrte ihnen hinterher. Er sehnte sich danach, mit einer im Gras zu liegen. Wie vor langen Jahren mit Katja beim Ernteeinsatz in Zehdenick. Seit der Trennung von ihr blieben ihm nur noch die Frauen, für die man zahlen mußte, und das war eher etwas Medizinisches für ihn, eine Art Schutzimpfung davor, daß er nicht mal durchdrehte, wenn eine im kurzen Rock in seine Taxe stieg. Was er wollte und brauchte, war Katja und sonst nichts auf der Welt. Wenn sie ihn wieder akzeptierte, war alles gut.

Er liebte die märkischen Endmoränenhügel mit ihren lichten Kiefernwäldern. Das hatte etwas Südliches, zumal an diesem heißen Sommertag, und er dachte an Mallorca und die Pinienwälder hinter Cala Ratjada. Wenn sie mit Marc und Maja zum Strand gegangen waren. Aus und vorbei, seit dieser Dr. Witt nach der Wende seinen VEB hingerichtet hatte. *Von nun an ging's bergab*... Das alte Lied der Knef steckte in den Schaltkreisen seines Gehirns wie ein Virus im Computer und wirkte im Sinne einer *self-fulfilling prophecy*. Erst die Arbeitslosigkeit, dann der Alkohol und schließlich die Trennung.

Geblieben war ihm nur der alte, halb verfallene Bauernhof zwischen Wildenbruch und dem Seddiner See, der mehr war als eine x-beliebige Datsche. Er hatte ihn 1985 von Vera Lewandowski gepachtet, einer einheimischen Bauersfrau, der es gelungen war, ihn aus der LPG herauszuhalten. Seitdem war er von Anfang April bis Ende Oktober fast jedes Wochenende mit seiner Familie von Ostberlin nach Wildenbruch gefahren, im Bogen um Westberlin herum, was aber, weil man über Karlshorst, Schöneweide, Grünau und Schönefeld schnell die Autobahn erreichen konnte, gar keinen sonderlichen Umweg bedeutet hatte.

«Hallo, Hartmut!» Am Ortseingang lief ihm Ute über den Weg, eine Psychologin aus Wilmersdorf, die sich hier in einem ausgebauten Bauernhaus von ihren Klienten erholte. «Hast du den Backofen schon angeworfen?»

«Hab ich. Wenn ich die Asche und die Holzreste rausgeholt habe, könnt ihr gleich... Um achtzehn Uhr vielleicht.»

«Wunderbar!» sie eilte davon, ihre Brote zu formen. «Bis dann.»

Unter den Westberliner Ökofreaks, die sich hier angesiedelt hatten, war es guter Brauch geworden, nicht nur über die Dörfer zu ziehen und Getreide aus biologischem Anbau und Eier von bodengehaltenen Hühnern zu kaufen, sondern sein Vollkornbrot auch artgerecht in einem original Hexenofen zu bakken. So trug man dann seine wohlgeformten Laibe alle vierzehn Tage zu Hartmut Tscharntke und schob sie eigenhändig auf einer langen hölzernen Schaufel in den Ofen hinein.

«Herr Tscharntke, Momentchen mal!» Wieder wurde er aufgehalten, diesmal von einem Deutschlehrer aus Berlin, der sich hier eingemietet hatte, um sozusagen an Ort und Stelle die literarische Geschichte der Zauche zu schreiben, so hieß der Landstrich hier. «Mein Computer streikt mal wieder und meldet nur noch das...!» Er zog einen Zettel aus der Tasche und hielt ihn Tscharntke hin.

FEHLER IM ANWENDUNGSPROGRAMM
MSWORD verursachte eine allgemeine Schutzverletzung
im Modul 256_1280.DRV an Adresse 0002 : 5 CAA.
Schließen

«Muß ich mir mal ansehen...» Tscharntke fuhr neben dem Lehrer her, der froh zu sein schien, einmal jemanden zum Reden zu haben, und ihn förmlich zuschüttete.

«Ich war gerade dabei, Fontane auszuschlachten, den Band ‹Havelland›. Wissen Sie eigentlich, welche von den Wendenstämmen hier gelebt haben?»

«Nein.»

«Die Stodoraner, die Heveller und die Spriavaner. Und ich habe auch den Verdacht, daß unser Ort Siethen hier – am Siethener See – auf die Sitna zurückgehen könnte. Worum's mir aber eher geht, ist das Kloster Lehnin. Sie wissen ja: die Zisterzienser... Da kennen Sie sicher die Geschichte des Abtes Siebold...?»

«Nein, leider nicht...»

«1190 ist das gewesen. Siebold hat im Klosterdorfe Prützke gepredigt, und als er zurückgeht nach Lehnin, bekommt er im Dorfe Nahmitz Hunger und Durst und betritt einen Bauernhof. Die Wenden haben Angst vor ihm und stieben auseinander. Die Bäuerin flüchtet sich unter den umgedrehten Backtrog, der nichts weiter als ein ausgehöhlter Eichenstamm ist. Der Abt Siebold ahnt das nicht und legt sich auf den Trog, um sich ein wenig auszuruhen. Die Kinder laufen indessen zum See, um die Männer zu holen, und melden dabei: ‹Der Abt ist da und liegt auf der Mutter!› So jedenfalls bei Willibald Alexis in seinem wunderbaren Roman ‹Die Hosen des Herrn von Bredow›. Die Wenden deuten dies als Vergewaltigung, zumindest aber als einen feindlichen (Liebes-)Akt, und stürzen nach Hause, um Siebold zu lynchen. Der kann fliehen und trotz seiner beträchtlichen Leibesfülle einen Baum erklimmen, in dessen dichtem Laub er sicher zu sein scheint, sosehr sie ihn auch suchen. Da fällt ihm das Schlüsselbund aus seiner Kutte, und die Wenden entdecken ihn.»

«O Gott, der Ärmste!» rief Tscharntke aus.

«Natürlich weigert er sich, hinabzusteigen. Was nun? Der Säckelmeister des Klosters bietet den Wenden ein hohes Lösegeld, und der Abt selber sichert ihnen den Erlaß des Zehnten, also ihrer Steuern, zu, doch nichts hilft mehr: Sie fällen den Baum und erschlagen ihn.»

«Pech gehabt. Aber Mönche hat's ja genug gegeben.»

Damit waren sie an dem Gehöft angekommen, wo der Lehrer und Literaturforscher sein Zimmer hatte, und Tscharntke machte sich an die Reparatur des Computers, was ein Klacks für ihn war.

«Wenn wir Sie nicht hätten!»

Tscharntke bekam eine Flasche Rotwein geschenkt und radelte zu seinem kleinen Bauernhof zurück. Die Leute hier achteten, ja, hofierten ihn sogar in einer ganz gewissen Art und Weise, etwa so wie früher in der DDR die Verkäuferinnen, die etwas mit der «Bückware» zu tun hatten, oder die «Kader», die einem eine Urlaubsreise nach Ungarn vermitteln konnten. Es war ein schönes Gefühl.

«Hallo, Herr Tscharntke...!» Vera Lewandowski stand vor ihrem guterhaltenen Fachwerkhäuschen und winkte ihm zu. Fast schon war es ein Befehl, anzuhalten und mit ihr ein paar Worte zu wechseln. Mit ihren drei übereinander angezogenen Kittelschürzen wirkte sie so aufgeplustert wie ein Gendarm zu Kaisers Zeiten. «Ich brauch mal wieder Ihre Hilfe.»

Gottergeben bremste Tscharntke. An sich hatte sie das Geld, sich eine Frau zu leisten, die für sie wusch und kochte und für sie einkaufen ging, doch Vera Lewandowski schwor noch immer auf die Solidarität aller Dorfbewohner, und als solchen sah sie auch Hartmut Tscharntke, obwohl der ja eigentlich Berliner war und nur hier wohnte, weil seine Frau ihn rausgeschmissen hatte.

«Womit kann ich dienen?» fragte Tscharntke.

«Montag um acht muß ich beim Arzt in Potsdam sein, zur Blutabnahme. Wenn Sie mich da hinfahren könnten.»

«Aber ja, Frau Lewandowski.» Tscharntke zog einen kleinen bunten Zettel aus der Jackentasche und schrieb sich alles auf. Sicher, die alte Frau war immer nahe dran, ihn – wie viele andere auch – ein wenig auszubeuten, doch immerhin war sie gehbehindert und kam ohne ihre Krücke kaum voran, und er mochte sie auch, weil sie ihn an seine eigene Oma erinnerte und die Zeiten, da er nicht geahnt hatte, welchen Weg er einmal gehen würde, gehen mußte, um zu überleben. Zudem mußte er sich die Lewandowski warmhalten, damit sie nicht auf die Idee kam, ihren Bauernhof an einen anderen zu vermieten oder gar zwecks Bebauung an einen Makler zu verkaufen.

Vera Lewandowski kramte ihren Einkaufszettel aus der Schürzentasche. «Und das hier aus der Kaufhalle... Wenn Sie heute noch hinfahren... Oder Montag gleich, wenn Sie aus Potsdam kommen.»

«Aber ja...» Tscharntke versprach auch das und wollte sich mit einem schnellen Gruß wieder aufs Rad schwingen, doch erst noch war ein kleines Schwätzchen zu halten. Vera Lewandowski bestand darauf. Erst als die Kirchturmuhr ewig lange schlug und er beim Mitzählen bei der Zwölf angekommen war, wurde ihm gestattet weiterzufahren.

Jetzt galt es, im Akkordtempo das zu schaffen, was heute noch erledigt werden mußte. Kaum war er auf seinem Hof zurück, warf er das Rad in die Ecke und verschloß alle Türen. Der Backofen stand nicht auf dem Hof, sondern befand sich in einem separaten Gebäude. Das minimierte die Gefahr, mit Schrotzers Leiche gesehen zu werden. Wenn er sie von der Scheune, wo er sie aus seiner Taxe gezogen hatte, über den Hof schleifte, würde ja nicht gerade ein Polizeihubschrauber über Wildenbruch kreisen, obwohl man ja nie wußte.

Er ging in die Scheune und schlug das Stroh zurück. Um Schrotzers zerschossenen Kopf hatte er einen blauen Müllsack gewickelt. Diesen Anblick ertrug er am wenigsten. Er griff sich die Beine des Soziologen und schleifte ihn zur Tür. Die Totenstarre begann sich zwar schon langsam zu lösen, aber dennoch hatte er das Gefühl, daß es sich um eine Schaufensterpuppe handelte. Als er auf den Hof kam, drehte er sich um und zog Schrotzer hinter sich her. Auf dem alten Kopfsteinpflaster hüpfte der Kopf des Toten auf und ab wie ein Ball auf der Minigolfbahn.

Es ging alles glatt, und er übergoß Schrotzer noch ein wenig mit Brennspiritus, ehe er ihn mit einem kraftvollen Ruck in den Backofen stieß. Natürlich erreichte er nicht die Hitze, die in den Brennkammern eines Krematoriums herrschte, aber immerhin kam er seinem Ziel ein gehöriges Stück näher, daß sich nämlich ein Mensch in Luft auflöste. Gegen den verräterischen Geruch, der beim Verbrennen von Leichen entstand, versuchte er dadurch anzukommen, daß er mit Lindenholz heizte und eine reichliche Menge von Kräutern der Provence hinzugefügt hatte. Zudem hatte er im Abzug selbstentwickelte Filter installiert. Zu allem Überfluß grillte er auch noch mit möglichst großer Rauchentwicklung draußen im kleinen Kräutergarten.

Die Taxe zu säubern hatte ihn trotz der auswechselbaren Schonbezüge eine ganze Nacht gekostet. Diese feinen Spritzer von Blut und Gehirn waren teuflisch schwer zu finden und zu beseitigen, aber er hatte sich in dieser Sache allmählich zu einem absoluten Spezialisten entwickelt.

Als die Gäste kamen, die Brotbäcker wie die anderen, war die Asche mitsamt den übriggebliebenen Knochenstücken längst aus dem heißen Ofen gefegt. Sie war abgelöscht und ruhte in einem alten Faß, das er im Keller eingeschlossen hatte.

Die nächsten beiden Stunden vergingen wie im Fluge. Während die Brote im Ofen steckten, saßen sie in froher Runde beisammen und tranken das Bier, das gerade Mode war, den «Märkischen Landmann», einen dicken braunen Saft. Die meisten kamen aus Potsdam und Berlin, einige auch aus Wolkenstein im Erzgebirge. Die Sachsen erzählten gerade von der einst stillgelegten Schmalspurbahn im Preßnitztal, die sie teilweise wieder in Betrieb genommen hatten. Ein Sitcom-Schreiber berichtete, wie er seine Gags immer erst in der Praxis ausprobierte und gerade am Grabe eines vor einem Jahr verstorbenen Bekannten, dessen Frau eine «selten dämliche Planschkuh» sei, das vom Nachbargrab geklaute Schild angebracht hatte: *Liegezeit abgelaufen – Bitte bei der Friedhofsverwaltung melden.* Ein Schwabe aus Bad Urach sang die Moritat von der Anna Schäufele aus Kaltental.

Die «Tagesschau» war schon vorbei, als sich die letzten wieder in Bewegung setzten.

«Komm noch mit zu uns.»

Tscharntke winkte ab. «Nein, danke, du...»

Diese Ablehnung verwunderte keinen, denn man nahm es als ganz natürlich hin, daß es nach der Trennung von seiner Frau und dem Verlust der beiden Kinder Momente gab, wo ein Mann wie er mit sich ins reine kommen mußte. Trotzdem.

«Willste denn wieder alleine rumsitzen hier?»

«Ich hab noch soviel hier zu tun auf'm Hof.»

Das stimmte, denn das Anwesen war ziemlich zerfallen gewesen, als er es übernommen hatte, und sie hörten ihn manchmal nächtelang bohren, Beton mischen und mauern.

Auch schöpfte niemand Verdacht, daß er sich immer einschloß und eine Alarmanlage besaß, die er manchmal schon am späten Nachmittag scharfgeschlossen hatte, denn man war nahe an der Autobahn, und Banden von jenseits der Oder machten von Jahr zu Jahr Brandenburg unsicherer.

Vera Lewandowskis Mann hatte vorgehabt, aus dem Hof ein kleines Bauernmuseum zu machen und dann die Städter für fünfzig Pfennig darin herumzuführen. Die Renten in der DDR waren nicht derart üppig gewesen, daß man keine Lust bekam, einen kleinen Nebenverdienst ins Auge zu fassen. Seine Krebserkrankung war dazwischengekommen, aber immerhin hatte er seinem Pächter neben dem Backofen einiges hinterlassen, was ebenso funktionsfähig war wie dieser, einen tiefen Brunnen beispielsweise und den Mühlstein vor dem alten Getreidespeicher.

Den nun drehte Tscharntke Stunde um Stunde, um die Knochen von Dr. Schrotzer zu zermahlen. Dabei hatte er einen Walkman im Ohr und hörte Wagner. Mit dem Zwerg Mime summte er mit: «Unheil wohnte immer bei mir...»

Als er fertig war, mischte er die Asche aus dem Ofen und die zerriebenen Knochen unter seine tiefschwarze Blumenerde und karrte alles zum Kräutergarten hinaus. Diesmal wollte er sehen, ob er zum Rosenzüchter taugte. Vielleicht gelang ihm eine neue Form und Farbe. Dann wollte er sie Katja nennen.

Er war todmüde, als er das Licht ausmachte. Sekunden später war er eingeschlafen.

11

Mannhardt verstand die Welt nicht mehr. Seit Jahren war das Verhältnis seiner Vorgesetzten, der Kriminaloberrätin Karin Aurak, zu ihm nur mit einem Wort zu umreißen gewesen, dem Wort *Mobbing*, heute aber war die Dame ausgesprochen freundlich, scheißfreundlich schon.

«Mein lieber Herr Mannhardt, was Sie sich da ausgedacht haben, ist sicherlich die optimale Möglichkeit, uns im Fall Wuttkowski voranzubringen.»

Mannhardt sah sie an, denn jetzt hätte eigentlich das große Aber kommen müssen, verdienten sich doch die meisten Vorgesetzten ihr Geld als Bedenkenträger. Und in bestem vorwegnehmenden Gehorsam fragte er schon selber: «Aber...?»

«Kein Aber. Wir machen es so.»

Er war über ihre Entscheidung derart verblüfft, daß er nun selber alle seine Bedenken aufzuzählen begann. «Ich hab den P-Schein nicht...»

«Das ist kein Problem, ich habe schon mit der Innung und den in Frage kommenden Ämtern geredet. Sie kennen sich ja bestens aus in Berlin, einen Führerschein haben Sie auch, das polizeiliche Führungszeugnis ist kein Problem, und daß Sie keine ansteckenden Krankheiten haben, können Sie sich schnell mal vom Amtsarzt bestätigen lassen... Also... Für kurze Zeit geht das schon mal. Wo in Berlin alles von Verwaltungsreform redet, sind schon mal welche flexibel.»

«Und mit dem Geld, das ich da einnehme...? Da muß man doch extra das Haushaltsgesetz für ändern, damit das irgendwo verbucht werden kann...»

«Kein Problem: Sie liefern das bei der Firma ab, von der wir die Taxe geliehen bekommen.»

«Aber versicherungstechnisch: Wenn ich mit einem Fahrgast im Wagen einen Unfall habe und der sich verletzt, möglicherweise totgeht dabei...»

«Auch das ist geklärt. Das Land Berlin übernimmt die volle Haftung.»

«Wie das?»

«Taxifahrermorde haben einen hohen Stellenwert für das Sicherheitsgefühl der Bürger. Sagen wir es einmal zynisch...» Die Aurak zündete sich eine Zigarette an. «Kein Berufsstand macht soviel Geschrei, wenn eines seiner Mitglieder bei der Arbeit beziehungsweise im Dienst ermordet wird.»

«Abgesehen mal von Staatsmännern und Politikern», entfuhr es Mannhardt, und er zuckte sofort zusammen, war doch nun sicher, daß sie ihn mächtig zusammenscheißen würde.

Doch die Aurak lächelte nur milde. «Was wir mal nicht so laut sagen wollen...»

Mannhardt konnte es noch immer nicht fassen. «Dann steht dem also nichts mehr im Wege, daß ich mich in eine Taxe setze und selber fahre?»

«Nein. Wenn wir für zwei Tage und Nächte eine anmieten, ist das auch nicht viel teurer, als wenn Sie pausenlos als Fahrgast drinsitzen. Außerdem hab ich darauf hingewiesen, daß Sie ja auch als Lockvogel fahren.»

«Ja, ich hab ja gesagt, daß ich mich bevorzugt an die Plätze stellen werde, wo die Leute einsteigen, um in die abgelegenen Außenbezirke zu fahren: Tegel vor allem und Waidmannsluster Damm, aber auch andere Plätze im Norden, dann Rudow, Wannsee und so weiter.»

«Ja, machen Sie mal.»

«Ich muß wirklich 'n Gefühl für das Milieu kriegen, sonst wird das nie was, daß wir den Täter fassen.»

Wieder lächelte sie. «Ach, geben Sie doch zu: Es war schon immer Ihr Kindertraum, mal Taxifahrer zu werden.»

«Nein, das auf keinen Fall. Ich wollte immer vorne in der S-Bahn im Führerstand stehen.» Und die Stimmung war so gut, daß er unwillkürlich das typische Fahrgeräusch der über sechzig Jahre alten Berliner S-Bahn-Züge nachmachte. «Öööhhhh...»

«Hoffen wir auf einen S-Bahn-Mörder demnächst», sagte die Aurak.

«Einen zweiten. Den ersten gab's ja schon: Paul Ogorzow, 1940–41. Fünf Morde und zwei Mordversuche auf der S-Bahn, einige weitere an der S-Bahn-Strecke.»

Die Aurak nickte. «Richtig. Hoffen wir, daß unser Taxifahrermörder nicht auch eine so große Strecke haben wird. Ich drücke Ihnen jedenfalls alle verfügbaren Daumen.» Sie stand auf, um Mannhardt die Hand zu geben.

«Herzlichen Dank, ja...»

Als er draußen auf dem Flur stand, kam er sich vor wie ein Schüler, der zum Rektor gerufen worden war und statt der erwarteten Strafe ein dickes Lob erhalten hatte.

Sie saßen bei *Pantalone*, dem Frohnauer Italiener, im schattigen Garten.

«Sei froh now...» Mannhardt zerlegte seine Seezunge. «Kannst du mir erklären, warum die Aurak plötzlich eine ganz andere gewesen ist?»

Heike rollte ihre Spaghetti auf die Gabel. «Das kannst du dir doch denken...»

«Kann ich eben nicht.»

«Kleine Eselsbrücke: Es hängt mit mir zusammen...»

Mannhardt ärgerte sich langsam über ihre Arroganz. «Hast du mit ihr geschlafen?»

«Gott, an was anderes können Männer auch nicht denken!»

«Nein, wozu auch? Das hat sich doch über die Jahrtausende bewährt, und alles andere gefährdet nur das Patriarchat.»

Ihre Stimmen waren unwillkürlich etwas schriller geworden, und sofort begann ihr Sohn zu schreien.

Heike blaffte ihn an. «Mußtest du unbedingt den Papst wach machen!?»

Mannhardt hob segnend die Arme. «Pax tecum. Der Friede sei mit dir, o Geliebte!»

Die italienischen Ober kamen herbeigestürzt, um Silvester

wieder zu beruhigen. Sie schoben den Wagen hin und her und sangen Wiegenlieder. Das war gut gemeint, schürte aber das Feuer weiter an.

Heike strahlte. «So sein, das können nur die Italiener.»

Mannhardt wußte, daß sie einige italienische Männer gehabt hatte, und schaffte es nicht, seiner postkoitalen Eifersucht Herr zu werden. «So **r**ein, das können nur die Italiener...»

«Womit du so recht hast!»

«Dann kannst du's ja mit mir bleibenlassen.»

Heike stöhnte auf. «Können wir bitte das Thema wechseln.»

«Okay: Ich wechsele das Thema – und du die Windeln.»

«Umgekehrt.»

«Na schön. Der Dümmere gibt nach.» Mannhardt stand auf, rollte den Kinderwagen ein wenig zur Seite und machte sich ans Werk. Nachdem er die volle Windel drinnen im Lokal entsorgt hatte, durfte er seine kalte Seezunge zu Ende essen. Ihr Gespräch kam nur schleppend wieder in Gang.

«Schmeckt dir's?» fragte er.

«Hast du 'ne Fortbildungsveranstaltung besucht: ‹Wie mache ich Konversation mit einer Frau, der ich nichts zu sagen habe›...?»

Er stand auf und küßte sie. «Außer, daß ich sie immer noch liebe, ich Idiot. Ich dich mehr als du mich.»

«Umgekehrt.»

«Nein.»

«Doch!»

Sie konnten sich nicht einig werden, und Silvester krähte schon wieder. Mannhardt gab schließlich Ruhe und kam auf den Ausgangspunkt zurück. «Warum ist denn nun die Aurak plötzlich so furchtbar lieb zu mir?»

«Weil sie mitgekriegt hat, daß wir mit Bianca Broch befreundet sind, und derzeit das Gerücht geht, Bianca könnte Innensenatorin werden, also ihre höchste Vorgesetzte.»

«Das ist einleuchtend, ja...» Mannhardt mußte zugeben, daß er darauf auch selber hätte kommen können, und wandte sich dem Thema Bremen zu. «Was hat's denn in der alten Heimat noch so gegeben...?»

«Nichts weiter, außer daß ich nun das Bundesverdienstkreuz erwarte, weil ich euch den Mörder frei Haus geliefert habe, den von Sabine Becker-Bornschein.»

Mannhardt polkte eine vergessene Gräte aus seiner Seezunge heraus. «Ohne Leiche kein Mord.»

Heike begann erneut, sich aufzuregen. «Deine Bremer Kollegen haben das Geständnis von Immo Schwier. Und es gibt viele Belege dafür, daß er zur Tatzeit wirklich in Berlin gewesen ist.»

«Nun ja...»

«Nimm's mir nicht übel, aber irgendwie scheinst du neidisch zu sein. Ich hab auf meiner Schiene Erfolg gehabt, während ihr dem Taxifahrermörder noch immer hinterherhechelt.»

Mannhardt grinste. «Ich seh dich aber auch schon wieder hecheln...»

«Wenn ich kurz vor Ladenschluß einkaufen gehen muß, weil du wieder mal alles vergessen hast, was ich dir aufgetragen hatte.»

Mannhardt überhörte es. «Laut Morgenzeitung soll ja nun schon wieder ein Manager in Berlin verschwunden sein, dieser Dr. Richard Schrotzer, und du als Expertin dafür...»

«Ich hab schon angerufen bei der MCI in Grenoble, aber die wissen auch nur, daß Schrotzer zu irgendeiner Party nach Ferch wollte... Dort angekommen ist er aber nie.» Heike bestellte sich die nächste Weißweinschorle.

«Soviel ich gehört habe, will man bei uns extra eine Soko gründen – hab ich ganz vergessen, dir zu sagen –, und die soll nach dir benannt werden.»

Da er das ganz ernsthaft gesagt hatte, fiel sie prompt darauf rein. «Was denn: Heike Hunholz?»

«Nein: Schwarzes Loch.»

«Na, immerhinque. Damit akzeptieren sie endlich die These, daß da kein Zufall hinter stecken kann.»

«Nein: das sind die Außerirdischen», spottete Mannhardt. «Die befinden sich in 'ner schweren Wirtschaftskrise und holen sich zu ihrer Rettung Topmanager von unserem Planeten.»

Heike bemühte La Bruyère: «Spottsucht ist oft Armut an Geist.»

«Danke. Aber, nee, du: Ich bin mir sicher, daß es Hunderte von Berufsgruppen gibt, bei denen drei, vier Mitglieder irgendwie verschwunden sind, das hat bisher nur keiner ausgezählt. Busfahrer, Versicherungsvertreter, Maurer – hast du mal herausgefunden, wie viele da im Schwarzen Loch Berlin verschwunden sind? Geh mal zu den Fernsehleuten hin, da, wo sie die Gefühlssülze produzieren, da wissen die bestimmt 'ne Menge drüber.»

«Aber doch nicht so exponierte Leute wie dieser Dr. Witt und der Schrotzer und die anderen beiden...» Sie mußte überlegen. «Vollstedt und O'Brien.»

Mannhardt ging in Deckung, bevor er es sagte. «Und deine Freundin Sabine Becker-Bornschein nicht zu vergessen.»

Sie nahm es diesmal gelassen. «Die fällt da zweifellos aus dem Rahmen raus...»

Mannhardt konnte es nicht lassen. «Es sei denn, dieser Immo Schwier hat sie alle auf'm Gewissen. Machen wir überall Schilder an: ‹Manager, Achtung! Es mordet hier der Immo Schwier!›»

Dafür bekam er eine Olive an den Kopf geworfen. «Treffer!»

Mannhardt war etwas verstimmt und griff sich die *zitty*, die im Körbchen unterm Kinderwagen lag. «Da lese ich lieber, als daß ich mit dir...»

«Ja, lies mal die Rubrik ‹Taxijobs›, hab ich extra rot angestrichen für dich.»

Mannhardt tat es und fand die Lektüre recht anregend:

– Wenn Du ich wärst, dann hättest Du schon den Taxischein.
– Bis 56 Prozent Provision für studentische Taxifahrer.
– Keinen Bock auf Großbetrieb, dann ruf einfach Harald an.
– Frauentaxibetrieb sucht Fahrerinnen.
– Wir schulen Euch alle. Kostenlos.
– Ohne Moos nix los? Dann mach doch den Taxischein.
– Intensivo oder Normalo? 12 Uhr mittags oder nach Sonnenuntergang?
– Schluß mit der Arbeitslosigkeit. Kostenlose Taxifahrer-Ausbildung.
– Du würdest gerne Dein BaföG aufbessern?
– Studieren und Taxifahren? Aber klar doch.
– Ihr neuer krisenfester Arbeitsplatz könnte eine Taxe sein.
– Die verschärfte Variante – in 11 Wochen intensiven Trainings bis zum bestandenen P-Schein!!!
– Über Sein oder Nichtsein ... entscheidet oft der P-Schein.
– Dusche mit angeschlossenem Taxibetrieb sucht Leute, die vor dem Duschen gern Taxe fahren würden.

Mannhardt staunte. «Da haben wir so viele Arbeitslose, und sie suchen Taxifahrer noch und nöcher.»

«Scheint doch nicht der absolute Traumjob zu sein. Aber geh doch mal hin zu so einer Taxischule und hör dich da um.»

«Gute Idee. Kann ich wenigstens behaupten, ohne rot zu werden, daß ich wirklich mal eine Taxifahrerschule besucht habe. Die hier klingt gut: ‹Rikscha›.»

Hinter dem Namen «Rikscha-Taxis» verbarg sich eigentlich nur ein Taxiunternehmen in der Kreuzberger Nostizstraße, das Übungsmaterial verteilte und zweimal in der Woche einen pädagogisch begabten Studenten über seine Erlebnisse als Kutscher plaudern ließ. Der Chef und Eigentümer von drei Dutzend Wagen war Claudius, ein 68er mit Chinesenzopf und panthergrauen Haaren. Er hatte zwanzig Semester Psychologie hinter sich gebracht und dann die Schnauze voll gehabt. «Weißt du, wer zum Psychiater geht, sollte sich auf seinen Geisteszustand untersuchen lassen.» Mannhardt hatte er auf den zweiten Blick durchschaut. «Du willst doch gar nicht Taxifahren lernen bei mir, du bist doch einer von den Kripomännern, die den Wuttkowski-Mörder finden sollen.»

«Nicht schlecht...»

«Junge, was willste denn nu wissen von mir?»

«Alles, was mich weiterbringen könnte.»

Claudius nickte. «Hol mal deinen Block aus der Tasche... Zum Mitschreiben: 7000 Taxen haben wir in Berlin und 23 000 geprüfte und amtlich zugelassene Fahrer.»

Mannhardt war im Kopfrechnen eine Klasse für sich. «Kommen auf jeden Wagen 3,3 Fahrer... Da is ja kaum noch Platz für die Fahrgäste...»

«Ja, besonders für die 0,3, die Torsos alle. Aber das ist ja dein Bier. Aber trotzdem sind wir immer knapp an Fahrern. Besonders dann, wenn wieder einer dahingemeuchelt worden ist.»

«Vielleicht ist auch der Stundenlohn nicht hoch genug», gab Mannhardt zu bedenken.

«Komm, Junge! Dreißig Mark die Stunde kannste machen, wenn du 'n bißchen clever bist und den richtigen Instinkt dafür hast. 'ne Spielernatur mußte sein.»

«Aber beim P-Schein kann man nicht tricksen...?»

«Bei der Ortskundeprüfung: knallhart sind die. Etwa zwanzig prüfen sie die Woche – und die Hälfte von denen fällt durch. Diese verdammten Zielfahrt-Fragen. Sagen Sie mal, Herr Mannhardt, wie kommt man auf dem kürzesten Wege von hier zum Gertrauden-Krankenhaus?»

Mannhardt schloß die Augen und schoß los. «Bergmann-, Kreuzberg-, Monumenten-, Langenscheidt-, Grunewald-, Berliner Straße. Dann links ab in die Uhlandstraße und über die Mecklenburgische zur Paretzer Straße.»

«Mann, Klasse!» Claudius umarmte Mannhardt und küßte ihn links, rechts auf die Wange. «Willste gleich morgen anfangen bei mir? Wenn du immatrikuliert bist, kriegst du 52 Prozent Kasse bei mir.»

«Wenn das kein Angebot ist. Was studier ich denn da…?»

«Machst du Kriminologie, kannste doch schon alles.»

«Das hat es als Fach an der Uni nur im Osten gegeben, früher, jetzt nur noch an der Fachhochschule… und da kann man nur hin, wenn man Berufsanfänger ist und nicht als Kommissar.»

«Dein Pech, du. Bei mir sofort. Den P-Schein hast du in acht Wochen. Dreihundert Mark und 'n Vertrag, daß du später nur für ‹Rikscha› fährst.»

«Ich in meinem Alter: andauernd die Nachtschichten, der Raubbau an der Gesundheit. Außerdem: Ich muß erst mal Wuttkowskis Mörder finden. Hast du nicht 'n Tip für mich?»

«Du, ich hab mir früher mal so viel an Psychologie reingezogen, daß ich sagen würde, es war 'ne Beziehungstat. Der hat den Wuttkowski nicht wegen der paar Groschen umgebracht, sondern aus'm Affekt heraus.»

Mannhardt nickte und hätte fast gesagt: Daniel Mindermann, na klar.

Es war 21 Uhr, und Mannhardt stand mit seiner Taxe am U-Bahnhof Alt-Tegel. Was kein Zufall war, denn anhand des Fahrpreises auf Wuttkowskis Uhr hatten sie schließen können, daß dessen letzter Fahrgast etwa sieben Kilometer mit ihm gefahren war, und in diesem Umkreis lagen die Halteplätze: Tegel/Karolinenstraße, Frohnau/Zeltinger Platz, U-Bhf. Holzhauser Straße, Waidmannslust/Zabel-Krüger-Damm, Wittenau/Taldorfer Weg, Wilhelmsruher Damm und Pankow/K.-Fischer-Platz. Nun konnte es natürlich sein, daß Wuttkowskis Mörder die Taxe von einer Gaststätte beziehungsweise Wohnung aus bestellt oder auf der Straße herbeigewinkt hatte, aber in dieser Hinsicht hatten die Befragungen seiner Kolleginnen und Kollegen wie der Leute in den Funkzentralen nichts ergeben, auch hatte sich bislang niemand mit «zweckdienlichen Hinweisen» bei der Mordkommission gemeldet. Wie auch immer, sie hatten beschlossen, daß er sich vornehmlich im Umkreis des Tatortes aufhalten sollte, das heißt in der 10-Kilometer-Zone um ihn herum, denn es gab zwar viele Möglichkeiten, aber einiges sprach ja doch dafür, daß der Mörder Nordberliner war, also spezielle Ortskenntnisse aufzuweisen hatte. Sicherlich hatte er, um ihn nicht mißtrauisch werden zu lassen, Wuttkowski sein Ziel ganz genau genannt: «Lübars, Am Rohrbusch» und nicht «Fahren Sie mal irgendwo hin, wo es mächtig einsam ist». Sicher, alles konnte Zufall sein und der Mann aus Wittstock, Wladiwostok oder sonstwo stammen, aber irgendwo war schließlich anzusetzen, wollte man nicht nur im Büro sitzen und auf ein Wunder hoffen. Mannhardt hatte folgenden Tatablauf im Kopf: Der Mann kommt in Tegel mit der U-Bahn an, braucht Geld für Alk, Dope, Frauen oder zum Begleichen seiner Schulden, sieht die Taxen aufgereiht und mit leuchtenden Fackeln vor dem Tegeler Hafen stehen und hat eine Idee... Lübars kennt er, das Tegeler Fließ. Er weiß, daß er den Taxifahrer an einer Stelle ausrauben muß, von der aus er fliehen kann, ohne gleich von x Polizeifahrzeugen gejagt zu werden. Da bietet es sich an, in «den Osten» hinüberzulaufen, nach Glienicke, ins Land Brandenburg. Oder aber er wohnt gleich in der Nähe...

Mannhardt wunderte sich, daß so wenig Morde begangen wurden, wo es doch so furchtbar schwer war, einen Mörder zu finden, wenn der nur halbwegs geschickt zu Werke ging. Neidvoll sah er zur Tegeler Insel hinüber, auf der gerade die Nordberliner «Krimi-Nacht» mit ihren Lesungen lief. Seine Kolleginnen und Kollegen in den Romanen und Filmen, Kommissare wie *private eyes*, konnten sicher sein, daß alles, was sie taten, einem Plan entsprach, hingearbeitet war auf das Ende des Buches oder Stückes, wie immer das beschaffen war. Doch bei ihm? Da war alles nur *trial and error*, alles nur Chaos. Es sei denn, es gab diesen einen Gott oder es war wenigstens so, wie die Esoteriker dachten, daß nämlich alles Geschehen schon existierte und die Menschen es nur nach und nach erfuhren. War also das Drehbuch seines Lebens längst geschrieben, und er durfte nur noch nachspielen, was ihm vorgegeben war...? Wenn der nächste Fahrgast nun als sein Mörder kam...?

Noch war es nicht soweit, denn er stand erst als fünfter in der Reihe. Im Crashkurs hatte er sich bei der Innung mit dem vertraut gemacht, was er wissen mußte. Zum Beispiel, daß eine Beförderungspflicht für ihn bestand, wann der «Winktarif» galt und daß sie generell einen degressiven Tarif hatten: Bis 6 km kostete der gefahrene Kilometer bei Normaltarif (Stufe 2 am Tage) den Fahrgast 2,10 DM, fiel dann bis zum zehnten Kilometer auf 1,90 und danach sogar auf 1,70 und 1,50 (ab 15 km). Wobei noch der Grundpreis (DM 4,00) und die Wartezeit an Ampeln und Staus dazugerechnet werden mußten. Eine Stunde Wartezeit war mit 40 DM anzurechnen. Und was seine Ortskenntnisse betraf, da hätte er spielend den P-Schein geschafft, denn da allenthalben Totgut anfiel, kam er viel herum in Berlin. Angst vor meckernden Fahrgästen brauchte er also keine zu haben, was ihm aber zu schaffen machte, war das ewige Warten. Am besten, er stieg noch einmal aus und stellte sich zu den drei echten Taxifahrern, die sich an der Rufsäule 4339994 versammelt hatten.

«Was denn: Sie ooch uff'm Bock!? Ick hab Sie erst für 'n Aushilfswixa jehalten, älteret Semesta, aba nu...»

Mannhardt zuckte zusammen. Scheiße, der eine hatte ihn erkannt. In seiner Polizistenrolle hatte er ihn gleich am Morgen nach dem Wuttkowski-Mord befragt. Aber andererseits, was machte es schon, daß sie ihn geoutet hatten? «Ich hoffe, daß der Täter eines Tages bei mir im Wagen sitzt.»

«Wär ja 'n mächtiger Zufall, wa?»

«Nee, Spaß beiseite: Ich will mal sehen, wie das so läuft bei euch. Vielleicht krieg ich 'n Einfall dabei, den ich im Büro nicht bekommen hätte. Aber sagt mal: Kennt ihr den hier?» Er hielt ihnen ein Foto von Daniel Mindermann hin.

«Nie jesehn.» Alle drei waren dieser Meinung.

Mannhardt steckte das Foto wieder ein und musterte seine drei Kollegen. Der erste war vom Typ Altberliner Bierkutscher, dick und gemütlich, beim zweiten tippte er auf Ex-DDRler, Stasi- oder NVA-Leutnant, grau und verkniffen, und der dritte sah aus wie ein Psychologie-Student zwischen Diplom und Dissertation.

«Hast du mal nachgefragt, ob wieder welche aus der Nervenklinik hier oben ausgebrochen sind?» fragte der vermeintliche Psychologe.

«Ja, da war aber nichts.» Mannhardt kam zu seiner Standardfrage. «Hat denn keiner Wuttkowski hier in Tegel losfahren sehen oder irgendwo anders vom Halteplatz?»

«Nee. Wir ham uns ooch schon umjehört.» Das war der Bierkutschertyp.

Mannhardt hoffte auf die Stasi-Erfahrung des zweiten Fahrers und sah ihn erwartungsvoll an. «Aber einer muß doch vor oder hinter Wuttkowski gestanden haben, wenn er an einem Halteplatz gewartet hat.»

«Ja, wenn… Und außerdem gibt es ja auch Zeiten, wo man alleine an einem Halteplatz steht.»

«Richtig, ja.» Daran hatte Mannhardt nicht gedacht. «Hat denn sonst einer von euch 'ne Idee, was man noch machen könnte…?»

Die drei Taxifahrer sahen nachdenklich zum Wasser hinüber, wo sich die Fahnen wie die Gewänder tanzender Frauen im Nachtwind bauschten.

«Die Todesstrafe für Taxifahrermörder wäre das einzige», sagte der verkniffene Typ.

«Das hilft bestimmt», erwiderte der Psychologe. «Sieht man ja in den USA: Kein Mord mehr in den Bundesstaaten, wo sie die Todesstrafe haben.»

Der Bierkutscher lachte. «Hoffen, det et 'n Serientäter is – und ihm denn beim zweetenmal erwischen.»

«Nachdem er dich umgebracht hat!» riefen die anderen.

«Dafür bin *ich* ja da: zum Umgebrachtwerden», sagte Mannhardt. «Wenn 'n Verdächtiger bei euch einsteigen will, reicht ihn bitte weiter durch bis zu mir nach hinten.»

«Okay.»

Doch die Sache klappte nicht, was er bekam, war eine Rentnerin von über achtzig Jahren, und die brach ihm den Wagen mit Worten voll. «Da hat man drei Kinder und acht erwachsene Enkel – und keiner ist in der Lage, mich vom Kudamm abzuholen. Aber erben wollen sie alle. Fünfhunderttausend Mark hab ich für meine Apotheke bekommen. ‹Oma, wir tun alles für dich!› Ja, mit dem Mund. In meinem Alter nachts noch alleine auf der Straße... Klar, wenn mir was passiert, kommen sie ja eher an mein Geld heran. In der U-Bahn: diese vielen Ausländer und Bettler alle. Dauernd steigt einer ein und macht Musik, dieser Lärm! Oder die vielen Aidskranken.»

Mannhardt nutzte den Moment, in dem die alte Dame Luft holen mußte, und fragte, wohin sie denn wolle.

«Ins Altenheim, Falkentaler Steig. Alle haben sie ja Häuser und große Wohnungen, aber keiner nimmt mich bei sich auf.»

«Nicht jeder will eben Selbstmord begehen...», murmelte Mannhardt.

«Wie...!?» Zum Glück hörte sie schwer. «Und was eine U-Bahn-Fahrt heute alles kostet!»

«Hätten Sie sich doch gleich am Kudamm 'ne Taxe genommen...»

«Wie...!? Ach so, nein, das ist mir zu teuer.»

«Ich denke, Sie haben eine halbe Million...»

«Trotzdem. Ich bin ja Krankenschwester gewesen... Immer die alten Menschen waschen und aus'm Bett heben, da kann ich meine Arme kaum noch bewegen. Ja, damals in Lychen, da war das noch was anderes. Nette Leute hatten wir da. Mit der Frau von Rudolf Heß bin ich über den See gerudert. Eine schrecklich nette Frau. Aufgewachsen bin ich aber in Tegel, kennen Sie Tegel? Ja, sicher. Wie haben wir als Kinder immer gesagt: ‹Auf dem Tegeler See, kocht ein Segler Tee.› Taxifahrer – da haben Sie's ja auch nicht leicht. Immer diese Morde. Na, vor mir brauchen Sie keine Angst zu haben. Ich fahr ja selten Taxe. Mein Enkel aus Lübars, der fährt öfters Taxe, wenn er zuviel getrunken hat. Obwohl er nie Geld hat. Keine Laus auf der Naht, wie man früher gesagt hat. Immer 'ne schicke Freundin und schnelle Autos, aber keine Arbeit. ‹Oma, kannst du mir mal hundert Mark borgen?› Mach ich aber nicht mehr, soll er sehen, wie er weiterkommt.»

Mannhardt horchte auf. Nein, das wäre des Guten zuviel gewesen, und soviel an Zufall war nicht mal in einem schlechten Drehbuch erlaubt. Oder doch? Wie kam er an den Namen des Knaben heran. Ganz einfach: Er erbot sich, die alte Dame mit der Logorrhöe – so lautete, wie er von Heike wußte, die medizinische Bezeichnung für den krankhaften Redefluß – bis zur Tür zu bringen, und fragte sie dann, auf welchen Klingelknopf er drücken müßte.

«Auf *Schumacher*. Aber das ist doch Quatsch, junger Mann, da ist doch niemand. Ich lebe allein. Mein Mann ist seit dreißig Jahren tot.»

«Das war sicher eine richtige Entscheidung.»

«Wie ...!?»

«Daß Sie nicht noch einmal geheiratet haben.»

«Ja, danke.» Sie holte einen Zehn- und einen Fünfmarkschein sowie zwei Markstücke aus der Tasche und hielt sie Mannhardt hin. «Der Rest ist für Sie.»

«O danke! Das ist ja fast die halbe Urlaubsreise nach Mallorca.» Der Fahrpreis hatte 16,80 DM betragen.

Mannhardt ging zum Wagen zurück und fragte sich, wann denn nun das große Abenteuer begann. Wann kam der Millionär, der eigentlich aus dem Leben scheiden wollte, doch von ihm am Suizid gehindert wurde und ihm als Dank dafür Schloß Hohen-Vietz schenkte? Wo blieb die Frau, die er mit einem Spontanfick auf dem Rücksitz von all ihren Qualen erlösen sollte? Wo der Talk-Show-Master, der so begeistert von ihm war, daß er ihn in seine Sendung holte? Wo der Mann, der Wuttkowskis Geld inzwischen ausgegeben hatte und neues brauchte?

Er fuhr den Falkentaler Steig und die Frohnauer Straße hinunter, bog dann zweimal rechts ab und kam über die Alemannenstraße zum Sigismundkorso, auf dem es so lebendig zuging wie auf dem Testbild eines Fernsehsenders. Über den Ludolfinger Platz und die Frohnauer Brücke, vorbei am «Reichelt», an Post, Johanneskirche, Buchhandlung «Haberland» und der «Berliner Bank», erreichte er den Halteplatz mit der Rufnummer 401 68 68 auf dem Zeltinger Platz. Zu seiner Überraschung stand keine andere Taxe da. Offensichtlich rechneten sich die Profis keine großen Chancen aus, abends von hier aus eine lohnende Fuhre in die Stadt zu bekommen. Pech für ihn, daß er nun niemand hatte, den er auf Wuttkowski ansprechen konnte. Jetzt hieß es warten.

Er machte es sich in seinem Wagen bequem, schaltete die Innenbeleuchtung ein und schlug sein Karl-May-Buch auf. Jedes Jahr im Sommer las er eines. Diesmal war *Der Schut* an der Reihe. Bis auf einige wenige – als da waren: *Der Silberbauer*, *Der Wurzelsepp*, *Der Peitschenmüller* und *Der alte Dessauer* – hatte er die Karl-May-Romane alle schon mindestens einmal gelesen. Er hatte sich bereits bis zu der Passage vorgearbeitet, wo der Köhler Scharka, ein übler Mörder und Serientäter, Kara ben Nemsi, Hadschi Halef, Osko und Omar in der Teufelsschlucht vernichten wollte. Auf Seite 99 belauschte Kara ben Nemsi gerade die Schurken, die Gefolgsleute des Schut waren, des größten aller Verbrecher zwischen Adria und Schwarzem Meer. Ungläubig las Mannhardt, was da über die Lage auf dem Balkan geschrieben stand:

«Jetzt gärt es überall. Man spricht nicht mehr von Räubern, sondern von Patrioten. Das Handwerk hat den politischen Turban aufgesetzt. Wer nach dem Besitz andrer trachtet, der gibt vor, sein Volk frei und unabhängig machen zu wollen.»

Karl May als politischer Hellseher. Mannhardt kam aber nicht mehr dazu, weiter über das Jetzt und Früher nachzudenken, denn in diesem Augenblick kam eine der attraktivsten Frauen, die er je gesehen hatte, über die Brücke gerannt und auf ihn zugeschossen. Sie war groß und schlank und total in schwarzes Leder gehüllt. Ihr Gesicht war zum Malen schön, gleichermaßen der Bericht über ein Leben voller Katastrophen und wie das Lächeln eines der reichen jungen Mädchen aus Denver oder Dallas. Mannhardt war sich sofort bewußt, daß er sie vor langen Jahren einmal auf der Leinwand gesehen hatte, in einer großen Glamourrolle, und jetzt vor kurzem wieder in einem winzig kleinen Auftritt in einer deutschen Seifenoper; nur auf ihren Namen kam er nicht. Sie riß die Tür rechts hinten auf und warf sich auf den Sitz.

«Nur weg von hier. Dieses spießige Frohnau! Die Deutschen sind alle Faschisten! Offen oder verkappt.»

Mannhardt beugte sich zur Seite, um seine Uhr einzuschalten. «Wo darf's denn hingehen...?»

Sie nannte den Namen eines Hotels in der Innenstadt und schimpfte dann weiter. «Diese Autoren, diese Regisseure hier in Deutschland – alles Mittelmaß, zum Kotzen. Sie wollen die *Medeia* machen und begreifen gar nicht, was die Medeia ist, daß sie ihre Söhne nicht tötet, um sich an Iason zu rächen, sondern weil sie eine psychisch kranke Frau ist, die Iason auf dem Gewissen hat. Er hat sie doch verlassen, er hat sich doch mit Glauke eingelassen. Man muß doch die Verletzung dieser Frau in den Mittelpunkt stellen. Aber mit den deutschen Männern kann man ja nicht reden. Es gibt keine Salons mehr in Deutschland, keine niveauvollen Diskussionen, keinen Film mehr, keine Literatur. Bescheuerte Kriminalromane lesen die Leute. Geschrieben von bescheuerten Autoren. Ich komm da gerade von einem. Die *Medeia* lassen sie zum Krimi verkommen. Ich will wieder nach Paris, ich will wieder nach New York. Deutschland ist doch nur noch intellektuelles Brachland. Keine geistige Größe, kein Niveau, finsterste Provinz. Nichts können sie hier. Sie sehen mich, zucken zusammen und merken, was für Zwerge sie sind. Die Männer – Kastraten alles! Deutsche

Bierbäuche, deutsche Schrumpfhirne! Die verstehen nicht einmal, das *tapfere Schneiderlein* zu analysieren, und wollen mir sagen, wie ich die Medeia anzulegen habe.»

«Wollten Sie die Rolle haben?» fragte Mannhardt. «Die Medeia spielen.»

«Woher wissen Sie, daß ich Schauspielerin bin?»

«Ich glaube, ich hab Sie mal in einem Sexfilm gesehen.»

«Halten Sie an, ich kann es in diesem Wagen nicht mehr aushalten. Luft! Lassen Sie mich raus!» schrie die Diva. «Die deutschen Taxifahrer müßte man alle ermorden, alle!»

Mannhardt hielt vor dem Hermsdorfer Friedhof. «Den Fahrpreis erlasse ich Ihnen. Damit Sie 'ne Anzahlung für Ihren Psychiater haben!» Ein derart hysterischer Charakter war ihm noch nie begegnet, diese furchtbare Überhöhung des eigenen Wertes und der Anziehungskraft, diese Großtuerei, dieser Hang zur Furie, wenn man ihr nicht zustimmen wollte. O Gott! Er gab Gas, und das war gut so, weil sie ihm einen Pflasterstein nachgeworfen hatte.

Mannhardt stöhnte. Die Nacht war lang, und wenn das so weiterging, war er morgen früh ein Wrack. Was tun? Er beschloß, erst einmal in aller Ruhe mit ausgeschalteter Fackel durch die Straßen zu rollen und sich wieder zu erholen. Zu viele Leerkilometer, Schrecken aller richtigen *cab drivers*, hatte er ja nicht zu befürchten.

So kurvte er einige Zeit durch Hermsdorf, Waidmannslust und Wittenau, immer auf der Suche nach einem jungen Mann, der so aussah, wie man sich einen Drogenabhängigen vorzustellen hatte. Im geheimen wußte er natürlich, daß das irgendwie blödsinnig war, blinder Aktionismus, wie man früher gesagt hatte. Nichts sprach dafür, daß der Täter innerhalb so kurzer Zeit zum zweitenmal einen Taxifahrer erschoß. Oder doch einiges? Was hatte er bei seinen Fortbildungslehrgängen in Psychologie immer gelernt: Verhalten, für das wir belohnt werden, wiederholen wir. Also. Und auf dieser Annahme beruhte ja auch der ganze Perseveranz-Ansatz.

«Hallo, Taxi!»

Oranienburger Ecke Wittenauer Straße stand ein Mann von knapp dreißig Jahren auf der Straße und winkte. Mannhardt wollte erst gar nicht halten, denn das war nun wirklich nicht der Typ, nach dem er fahndete. Der Kopf gestylt wie bei einem Triathleten, schwarze Borstenhaare, Schnauzbart, Haut mit Sonnenstudiotönung, Goldkettchen, weißes Hemd mit dunklem Schlips, schwarze Hosen und nachgemachte Rolex-Uhr. Wahrscheinlich ein Vertreter. Versicherungen, Alarmanlagen, Leasing von diesem und jenem. Mannhardt stoppte nun doch, ohne recht zu wissen, warum.

Der Schickimicki öffnete die hintere Tür und schwang sich in den Wagen. «...'n Abend. Zum Bahnhof Schöneweide.»

«Ja.» Mannhardt zeigte wenig Begeisterung, denn es ging auf 23 Uhr zu, wurde also langsam spannend, und er wäre liebend gern im Norden geblieben. Nach Schöneweide aber mußte er nun durch die ganze Stadt hindurch – und wußte nicht einmal genau, wie er zu fahren hatte. Natürlich kannte er Stadtteil wie Bahnhof, aber als Westberliner war er noch immer etwas unsicher, was die Fahrerei in Ostberlin betraf. Das war nicht nur eine Sache der verständlicherweise lange nicht so gut entwikkelten Ortskenntnisse, sondern hing auch mit der immer noch nicht ganz abgebauten Angst vor den als sehr willkürlich empfundenen Vopo-Kontrollen zusammen. Reflexhaft hörte er die alten Sprüche: «Nu machen Se doch mal den Kofferraum auf», «Fahrn Se mal rechts ran», «Kann ich mal Ihre Papiere sehn», «Was liegt'n da im Kofferraum?». Vielleicht hätte er doch auf den Stadtplan sehen sollen, aber das verbot ihm sein Stolz als Eingeborener. Die ungefähre Richtung wußte er – Alexanderplatz, Friedrichshain, dann irgendwie durch Kreuzberg durch, Treptow oder Neukölln. Zum Glück schien sein Fahrgast nicht aus Berlin zu sein.

«Sind Sie Ausländer?» fragte er.

Mannhardt war verblüfft. «Nein, wieso?»

«Weil ich heute morgen mit einem Türken und heute mittag mit einem Polen gefahren bin. Ich hab Sie auch für einen Polen gehalten.»

Mannhardt wurde langsam hellhörig. Ob der junge Schnösel – für cool und clever genug schien er sich ja zu halten – ihn anmachen wollte, vielleicht mitzuhelfen, Autos nach Polen zu verschieben? Es wurde ja gemunkelt, daß Wuttkowski in einer solchen Connection dringesteckt hatte. Schaden konnte es ja nicht, auf dieses Spielchen einzugehen, wenn es denn eines war. «Haben Sie etwas gegen Polen?»

«Nein.»

«Dann kann ich Ihnen ja gestehen, daß ich aus Polen komme. Aussiedler, 1987 heim ins Reich. Aus Kattowitz. Da kommen die Ebertowskis alle her.» Auf der Suche nach einem passenden Namen war ihm der Schriftsteller Jürgen Ebertowski eingefallen, der groß auf dem Plakat zur Tegeler Krimi-Nacht gestanden hatte.

«Und – kann man denn leben vom Taxifahren hier in Berlin?»

«Es gibt zu viele Taxen und zu wenig Fahrgäste. Nach dem Fall der Mauer kommen ja kaum noch Touristen her. Christo, na ja, aber danach...» Mannhardt hoffte, daß jetzt die Frage käme, ob er denn an einem kleinen Nebenverdienst Interesse hätte. Und sie kam.

«Wenn Sie gelegentlich 'n paar Mark dazuverdienen wollen...»

Mannhardt drehte sich um. «Ja, gerne...» Auch nach so vielen Dienstjahren verspürte Mannhardt noch eine fast prekoitale Spannung.

«Zehn Prozent Provision, wenn Sie mir einen Kunden bringen... Hier meine Prospekte.»

Als er sah, worum es ging, hätte Mannhardt laut loslachen können. Einen Computershop betrieb der Mann, weit draußen in Zeuthen. Nicht mal ein Bordell. Dennoch versprach er, sein Bestes zu tun.

Am Bahnhof Schöneweide angekommen, zeigte die Taxenuhr 45,80.

«Das darf doch nicht wahr sein!» rief der Computerhändler. «Für dieselbe Strecke hab ich noch nie mehr als vierzig Mark bezahlt. Da müssen Sie aber 'n ganz schönen Umweg gefahren sein. Wohl neu im Geschäft?» Natürlich spielte es für Mannhardt nicht die allergeringste Rolle, ob er da fünf Mark mehr oder weniger ablieferte, und dennoch schnellte sein Adrenalinspiegel schlagartig hoch, und er fuhr kampfbereit herum. «Hier wird bezahlt – sonst ruf ich die Polizei.»

«Tun Sie das! Und dann vergleichen wir mal die optimale Route mit der Strecke, die Sie gefahren sind. Ich hab das alles notiert.»

Da flippte Mannhardt aus. Obgleich das unbegreiflich für ihn war. «Meintwegen nur vierzig Mark, aber Ihre Scheißprospekte, die können Sie sich an den Hut stecken.» Er warf sie dem Computerhändler gegen die Brust. Der sah genauso rot.

«Komm doch raus, du Arsch!»

«Erst wenn du ausgestiegen bist, du Penner!»

Der Mann tat es und erwartete Mannhardt. Als Taxifahrer verspürte er jetzt nur noch den einen Impuls: das Schwein zusammenzuschlagen, als getarnter Kripomann aber bekam er sich noch einmal in den Griff. Bloß kein Disziplinarverfahren! Schnell trat er aufs Gaspedal und raste davon.

Immer noch erschrocken über sich und das Sosein der Welt fuhr er in den Norden zurück. Die nächsten beiden Stunden vergingen damit, ein Liebespaar aus Leipzig, Steffen und Franziska, vom Hauptbahnhof nach Lichterfelde zu fahren und einen Betrunkenen von Steglitz nach Tiergarten hinauf. Dann war da noch der so seriös wirkende leitende Angestellte in der Roedernallee, der sein Portemonnaie vergessen hatte, nur mal eben schnell in die Wohnung hinauf wollte, das Geld zu holen, und nie mehr gesehen wurde... «Fahrgeldprellerei» hieß das im Fachjargon, wie Mannhardt auch schon wußte. Weiterhin gab es eine sogenannte «vergebliche Anfahrt»: Als er nämlich am Senftenberger Ring 34 auf eine Frau Matuschewski wartete, zu der er von seiner Funkzentrale hinbeordert worden war, passierte gar nichts. Ein Kollege hatte ihm die Fuhre weggeschnappt.

Insgesamt machte ihm die Sache Spaß, und er verstand, daß manche sagten, Taxifahren sei wie eine Droge. Auf den nachtleeren Straßen konnte er sich richtig treiben lassen, und er genoß das On-the-road-Gefühl, wie er es aus Filmen kannte, das Freiheitsgefühl des *truckers*, auf berlinerisch: Mir kann keena. Die Nacht gehörte ihm. Obwohl: Die Augen brannten schon, und die Bandscheibe schmerzte... Profis hatten ihm erzählt, daß sie es in ihren Nachtschichten bis auf 250 Kilometer Stadtfahrt brachten.

Gegen Mitternacht war er am U-Bahnhof Osloer Straße, im Wedding also, und hatte endlich den Typ von Fahrgast hinter sich, auf den er schon die ganze Zeit gewartet hatte: NN, den Junkie mit seinen verfilzten Haaren und seinem Schmuddellook, bereit, für den nächsten Schuß alles auf sich zu nehmen, auch einen Mord.

«Konradshöhe raus», nuschelte NN.

«Und wo da bitte?»

«Sag ick Ihnen schon, wenn wa da sind.»

Konradshöhe war nicht ganz so einsam wie Lübars, aber immerhin als Tatort auch bestens geeignet.

Mannhardt schaltete das Taxameter ein und fuhr los. Im Augenblick war er sich ganz sicher, Wuttkowskis Mörder hinter sich zu haben. Die Chemie, die Wellen... Er hatte Angst, fühlte sich aber gleichzeitig durch die freigesetzten körpereigenen Drogen zu einem Gipfel hochgepuscht, wie er ihn nur selten erreichte. Risikokletterer erlebten ihn, Fallschirmspringer, Formel-1-Rennfahrer, und es gab nur das eine Wort dafür: WAHNSINN. Für einen Augenblick wünschte er, NN würde seine Waffe hervorholen und ihn wortlos erschießen. In diesem Moment zu sterben wäre schön gewesen.

Sofort aber erwachte die Kraft in ihm, die programmiert war

auf das Weiterleben, auf den Erhalt des Organismus. *Halt an, steig aus, schenk ihm hundert Mark! Hol deine Waffe unterm Sitz hervor!* Zugleich wußte er aus kriminologischen Studien, daß Bewaffnung das Opferrisiko erhöhte, weil Waffenträger in Spannungssituationen eher eine konfliktverschärfende Handlungsstrategie verfolgten, also nicht mehr lange fackelten, sprich: diskutierten, sondern gleich losballerten und damit auch Gefahr liefen, selber getroffen und getötet zu werden. Soweit die Theorie. Sie war insofern richtig, als daß NN, wenn er seine Pistole in der Hosentasche stecken hatte, viel eher abdrücken konnte als er selber. Ehe er unter den Sitz gegriffen und sich umgedreht hatte...

Was Mannhardt vor allem in seinem Urteil bestärkte, in NN Wuttkowskis Mörder im Fond seiner Taxe zu wissen, zumindest aber einen gewaltbereiten Kriminellen, war die Tatsache, daß der Mann die ganze Zeit über nach draußen starrte und ihn, Mannhardt, als Menschen gar nicht wahrzunehmen schien. Er hatte lange genug als nebenamtlicher Dozent an der HÖV Bramme wie an der FHVR Berlin unterrichtet, um nicht sofort die Namen Sykes & Matza und M. J. Lerner im Gedächtnis zu haben. Das Stichwort bei Sykes & Matza war: die *Entpersonalisierung des Opfers*. Danach mußte ein Täter, um seine artspezifische wie anerzogene Tötungshemmung zu überwinden, das Opfer erst degradieren, also herabwürdigen, indem er es zum Beispiel als «Schwein» oder «Arschloch» bezeichnete, und es dann, um gar kein Mitgefühl oder Mitleid aufkommen zu lassen, quasi als seelenlosen Gegenstand oder als Symbol ansehen. Nach Lerners «Theorie der *just world*» fühlten sich Raubmörder sozusagen zur Tat berufen, weil sie damit für einen gerechten Ausgleich zwischen den Menschen Sorge trugen: Sie nahmen denen etwas weg, die zuviel davon hatten, und brachten denen Unglück, die bis dato ein Übermaß an Glück genossen hatten.

Mannhardt wußte, daß nichts passieren würde, solange sie durch Straßen fuhren, auf denen viele Autos unterwegs waren, etliche Menschen spazierten und alle fünfzig Meter die Laternen brannten. Erst in Konradshöhe, in der dunklen Einöde am Ufer der Oberhavel, würde NN ihn erschießen.

Lindauer Allee, Waldstraße, Wittestraße, Tegel... Es waren noch gute fünfzehn Minuten bis Konradshöhe.

12

Yaiza Teetzmann war bei der Jagd nach Wuttkowskis Mörder die Rolle des Fahrgastes zugefallen. Aber nicht nur im Wagen, sondern auch an den Halteplätzen interviewte sie die Fahrer anhand eines schnell gefertigten Fragebogens. Sie hoffte, auf diese Weise zu einer Reihe von Täterbeschreibungen zu kommen, die sie dann mit den Daten schon aktenkundig gewordener Männer abgleichen wollte. Ihre These war, daß sich der Täter kontinuierlich entwickelt hatte, also schon eine Reihe leichterer «Taxi-bezogener» Delikte wie Fahrgeldprellerei, Nötigung oder gefährliche Körperverletzung aufweisen mußte.

Sie war mit voller Hingabe dabei, so wie es das Gesetz verlangte, wie sie überhaupt eine der wenigen Ostberlinerinnen war, die nicht jammerten und stöhnten, sondern sich des Lebens freuten. Mit einem Filmtitel von James Bond verkündete sie im holprigen EOS-Englisch bei jeder sich bietenden Gelegenheit «You only live twice», was besagen sollte, daß sie ihr Leben in der DDR voll bejahte und dankbar abgeschlossen hatte, um nun im neuen einig Vaterland als eine gänzlich andere Yaiza Teetzmann ihre Rolle zu spielen. Sie fand alles herrlich. Mehr Geld zu haben, mehr Klamotten, ein schnelles Auto, die kleine Wohnung in Karlshorst, die Flüge auf die Kanaren, nach Thailand, in die Karibik und überallhin, wozu sie Lust hatte, die *latin lover* wie Nikos oder Fabio, das Essen beim Italiener, Griechen, Mexikaner oder Inder. Und im Beruf: Mit Mannhardt kam sie glänzend aus, der ließ sie machen, dem fehlte jede Begabung, streng zu sein, der war ein liebenswerter Chaot, der geriet ein jedes Mal in Ekstase, wenn er sie im Rock mit ihren braungebrannten Beinen sah, und sie konnte ihn so richtig um den Finger wickeln. Sie war zu intelligent, um nicht zu wissen, wie kitschig und blödsinnig das war, aber ab und an summte sie einen alten Schlager, den Roy Black mit irgendeinem kleinen Mädchen mal gesungen hatte: «Es ist schön, auf der Welt zu sein, sprach die Biene zu dem Stachelschwein.» Sie besaß die seltene Gabe, alles auf die Reihe zu bringen: dies zu singen und trotzdem PDS zu wählen, einer ermordeten und von einem Mann übel zugerichteten Frau den Körper nach Kratzern abzusuchen und sich dabei vorzustellen, wie Fabio sie von hinten vögelte, Geld für die Rettung der Regenwälder zu spenden und sich dennoch, weil sie seit ihrer Kindheit davon geträumt hatte, einen Schrank aus tropischen Edelhölzern zu kaufen. *Das ist nun mal so. Damit muß man leben.* Ihre ganze Lebens- und Überlebensphilosophie ließ sich mit diesen beiden Sätzen erfassen.

Es war 0 Uhr 23, als sie in Waidmannslust am Zabel-Krüger-Damm ihr zwölftes Interview begann, diesmal mit einer Fahrerin, die mit einem selbständigen Taxiunternehmer verheiratet war und gerne half, das Familieneinkommen zu mehren. «Wir schuppern jetzt wie die Irren, damit wir uns in zehn Jahren in Spanien 'ne alte Finca kaufen können.»

Yaiza Teetzmann fand, das sei ein schöner Lebensentwurf. «Aber schnell mal zu meinen Fragen … Sind Sie im letzten Jahr von einem Fahrgast angegriffen oder überfallen worden?»

«Ja.»

«Wo haben Sie den Fahrgast aufgenommen?»

«In Tegel, Berliner, Ecke Schaperstraße.»

«Ist er bei einer Leerfahrt zugestiegen, oder hat er von einer Wohnung oder einer Gaststätte aus angerufen?»

«Bei einer Leerfahrt zugestiegen.»

Yaiza machte ihre Kreuzchen. «Hatten Sie schon so ein komisches Gefühl, als er zugestiegen ist?»

«Ja.» Die junge Frau überlegte nicht lange.

«Was hat Sie an diesem Fahrgast mißtrauisch gemacht, wodurch ist bei Ihnen das Gefühl entstanden, daß er gefährlich werden könnte?»

«Er sah heruntergekommen aus und hat überhaupt nichts gesagt.»

Yaiza Teetzmann nickte und fragte nach Alter, Körperform und Kleidung des Mannes, notierte «etwa 25», «leptosom», «Jeans, weißes T-Shirt und Baseballmütze» und fuhr dann fort mit ihrer Frage 9: «Wo nahm der Mann im Wagen Platz?»

«Hinten rechts.»

Da hatte Wuttkowskis Mörder auch gesessen. «Wo sollte die Fahrt hinführen?»

«Nach Lübars.»

Yaizas Spannungspegel stieg weiter an. «Wann wurden Sie angegriffen?»

«Am Ende der Fahrt, am Schildower Weg, schon fast auf den Wiesen draußen.»

«Kannten Sie die Umgebung da?»

«Nein.»

«Und der Fahrgast? Machte er den Eindruck, daß er sich an diesem Ort gut auskennen würde?»

«Ja, hinterher ist er da direkt in die Siedlung gelaufen.»

Yaiza Teetzmann kam zum vorletzten Punkt. «Und wie spielte sich der Angriff ab?»

«Er hat mich mit einer Pistole bedroht und gesagt, daß ich ihm alles Geld geben sollte. Dabei hat er gedroht, daß er mich erschießt, wenn ich Alarm auslösen würde.»

«Und was haben Sie gemacht: ihm das Geld ausgehändigt, ohne auf den Alarmknopf zu drücken?»

«Ja. Dann hat er mich gezwungen, auszusteigen und mich vom Wagen zu entfernen. Als ich etwa dreißig Meter weg war, ist er losgelaufen.»

«Haben Sie das bei der Polizei angezeigt?»

«Ja. Man hat ihn aber nie geschnappt. Das ist nun schon im März gewesen.»

Yaiza Teetzmann zog das Foto von Daniel Mindermann heraus. «Ist es der hier gewesen?»

«Nein. Aber warten Sie mal: eine gewisse Ähnlichkeit mit dem hat er schon gehabt...»

Yaiza Teetzmann war gar nicht einmal so unzufrieden. Mit dieser Information und den Angaben auf ihren anderen Fragebögen konnten sie möglicherweise den Computer schon dahinbringen, den einen oder anderen Namen auszudrucken. Neben ihr bremste eine Taxe.

«Bei mir haben Sie alles umsonst, meine Dame!»

Es war Mannhardt.

«Na, haste deinen ersten großen Einsatz überlebt?»

«Ja.» Mannhardt lachte. «Obwohl ich in Konradshöhe einen harmlosen Pfarrersohn für Wuttkowskis und meinen Mörder gehalten habe. Also: Außer Spesen nichts gewesen... Fehlanzeige bei mir. Und bei dir?»

«Ich bin da guter Hoffnung...»

«Was!? Wir beiden hatten doch gar nicht... Fabio also?»

«Quatsch! Fahr mich mal nach Hause, morgen sehen wir weiter.»

13

Thomas Catzoa und Hartmut Tscharntke saßen am Samithsee und angelten. Obwohl nur zwanzig Gehminuten von der Autobahn Berlin–Pomellen und sieben Kilometer von der Kreisstadt Eberswalde-Finow entfernt, war es hier so still und einsam wie inmitten der kanadischen Wälder. Im weiten Grün des Barnims zog sich der Samithsee in anderthalb Kilometer Länge magenförmig von Nord nach Süd, und kaum jemand kannte ihn, wie man ihn auch in den Registern der Wanderführer nur selten fand. Dabei brauchte man auf der Straße zwischen Biesenthal und Finow nur kurz zu halten und ein paar Schritte durchs Unterholz zu machen. Den beiden Männern, die ihre

Füße ins Wasser baumeln ließen, konnte dies nur recht sein. Keine Datsche verunzierte das Ufer, kein Motorboot zog vorbei, kein Schwimmer tauchte prustend auf.

Catzoa stocherte mit seinen Zehen im Schlamm herum. «Für konspirative Treffen ist das wirklich eine wunderbare Stelle...»

«Als alter Angler...» Tscharntke zerteilte einen Regenwurm und spießte ihn auf seinen Haken. «Es muß ja nicht sein, daß man uns zusammensieht.»

«Ja. Berlin als Schwarzes Loch... Über diesen Artikel bin ich ebensowenig glücklich wie Sie.» Catzoa setzte seine Sonnenbrille ab. «Was machen wir da?»

Tscharntke grinste. «Sie sind der Profi.»

«Nein: Sie.»

Sie stritten sich eine Weile, was wohl mehr wiegen mochte: Erfahrungen mit westlicher Kripo oder mit östlicher NVA und Stasi, kamen aber zu keinem schlüssigen Ergebnis.

«Wie auch immer...» Catzoa holte aus zu seiner großen Rechtfertigungsrede. «Tatsache ist, daß nur im Sport die Frage von Auf- und Abstieg klar und gut geregelt ist, vielleicht auch noch in der Politik, nimmt man die Wahlen, sonst aber der Kreislauf der Führungskräfte – Eliten möchte ich nicht sagen – schlecht geregelt ist und nicht nur Millionen kostet, sondern die Effizienz und auf Dauer sogar die Überlebenschancen unserer Gesellschaft gefährdet. Wir haben keine institutionalisierten Mechanismen entwickelt, Versager immer rechtzeitig wieder in die Wüste zu schicken und diejenigen, die für die Zielerreichung absolut überflüssig geworden sind, aus einem System schnell wieder zu entfernen. Alle wollen in ihren Arbeitsverträgen Garantien für die Ewigkeit, die berühmte soziale Sicherheit. Und wenn man sie haben will, muß man ihnen dieses Zugeständnis machen. Aber Menschen sind nun einmal zu 99,9 Prozent Kurzleister und keine Marathonläufer, und ihr Vorrat an Kreativität, Motivation, Kampfeswillen und Fortune ist bald verbraucht. Was dann? Sie quälen sich über die Runden und nutzen den verbliebenen Rest an Energie nicht mehr, um ihre Arbeit zu tun, sondern um die nachrückenden Kräfte, die noch frisch und fähig sind, von der Spitze und den Futtertrögen wegzubeißen. Und wenn das viele tausendmal passiert, dann geht eine Gesellschaft garantiert den Bach hinunter – es sei denn, sie praktiziert ein Outplacement à la Catzoa. Der aber nichts wäre ohne seinen Mann fürs Grobe.» Er schlug Tscharntke auf die Schulter.

Tscharntke nickte. «Das haben Sie ja fast druckreif gesagt.»

«Das wäre die richtige Begründung, um mir das Bundesverdienstkreuz am Bande zukommen zu lassen. Immer wenn wir einen der überzähligen Manager aus dem Verkehr ziehen, retten wir ein ganzes Unternehmen und damit zwischen fünfzehn und hundertfünfzig Arbeitsplätze. Das ist wie vor Urzeiten auch: Ein Stamm opfert einen, damit alle anderen weiterleben können.»

«Ach, Catzoa, ich glaube nicht, daß die Leute das einsehen werden.»

«Klammheimlich denken die ebenso wie ich, nur das auch laut zu sagen, traut sich keiner. Diese ganze Humanitätsduselei, diese fürchterliche Gefühlssülze allenthalben. Wenn ich in Deutschland was zu sagen hätte, würde ich die Personalleiter per Gesetz dahinbringen, in die Verträge, die sie mit Topmanagern schließen, eine Harakiri-Klausel einzubauen.»

«Wie...?» Tscharntke verstand das nicht so recht, hatte auch mit seiner Angel Probleme, denn die Schnur hakte irgendwie.

«Harakiri – ritueller Selbstmord bei japanischen Adligen, wenn die Lebenslage entehrend war. Der Mann schnitt sich den Bauch auf, und sein Sekundant köpfte ihn dann. Ein wunderbares System. Absolut freiwillig ist das bei denen geschehen, von innen heraus. Stellen Sie sich vor, wieviel Image- und Substanzverlust Industrie und Banken in Deutschland erspart geblieben wären, wenn sich bestimmte Leute rechtzeitig per Harakiri selbst entsorgt hätten. Und etliche unserer Politiker dazu...» Er nannte auf Anhieb über zwanzig Namen.

«So ist es.» Tscharntke nickte. «Das klingt schon überzeugend.»

«Aber da es Harakiri bei uns nicht gibt, es aber zum Überleben unserer Gesellschaft absolut notwendig ist, müssen wir das besorgen.»

«Und verdienen ja nicht schlecht dabei...» Tscharntke hielt nicht viel von systemphilosophischen Gedankengängen und sah das alles viel pragmatischer.

«Wir verdienen nur das, was wir verdienen.»

«Ahnen denn die Unternehmer, die Ihnen ihre Outplacement-Aufträge erteilen nichts davon? Ich meine: die müssen doch merken, daß die Leute, die sie loswerden wollen, plötzlich verschwunden sind...»

Catzoa warf einen flachen Stein ins Wasser und freute sich, daß er zwei-, dreimal wieder hochschnellte, als er die Oberfläche touchierte, und erst dann versank. «Ja, wenn ich das so genau wüßte... Noch hat keiner Anzeige gegen mich erstattet. Wenn sie wirklich eine Ahnung haben sollten, werden sie's verdrängen, werden sie die Augen verschließen und es nicht wahrhaben wollen. Was nicht sein darf, das kann auch nicht sein. Und sie werden sich hüten, mit ihrem Verdacht zur Polizei zu laufen. Schon aus der Angst heraus, selber mit verdächtigt zu werden, vor allem aber wohl, um sich nicht bloßzustellen und an Image zu verlieren. Stellen Sie sich vor, ich stehe vor Gericht und nenne meine Auftraggeber. Natürlich schreien die dann, daß es so nicht gemeint gewesen sei, aber nur die wenigsten glauben ihnen das – und sie sind total erledigt. Also werden sie schweigen. Und wenn wir ihnen Videobänder schicken, auf denen zu sehen ist, wie sie ihre überzähligen Topmanager kunstvoll entsorgen, dann werden sie diese Bänder vernichten und nicht etwa zur Kripo damit laufen. Im Gegenteil, seit ich im Ruf stehe, jedes Outplacement-Problem folgensicher zu lösen, kommen immer mehr Unternehmer zu mir, auch welche, die genügend Phantasie haben müßten, sich das Geheimnis meines Erfolges denken zu können, und sie zahlen immer mehr. Und wenn es einmal hart auf hart kommen sollte, bekomme ich von ihnen auch das Alibi, das ich zum Überleben brauche. Nein, Tscharntke, unser Risiko, was das betrifft, ist geringer als das, mit einem Flugzeug abzustürzen.»

«Trotzdem wollen wir jetzt eine Pause einlegen...?» Tscharntke schien davon nicht eben begeistert zu sein.

«Diese Berichte über das Schwarze Loch Berlin könnten uns gefährlich werden. Es gibt leider immer noch zu viele Moralisten im Lande, und die Journalisten nutzen sie, um ihre Geschäfte zu machen.»

«Diese Sabine Becker-Bornschein aus Bremen ist ja nun von einem anderen aus dem Verkehr gezogen worden... Das wird diese Heike Hunholz bremsen.»

«Glücklicherweise. Und unser junger Freund, der im Hotel die Taxis gerufen hat – und Sie bei ganz besonderen Anlässen –, der ist jetzt Besitzer eines kleinen Hotels in Punta Cana, Dominikanische Republik.»

Tscharntke sah Catzoa schräg von unten an. «Das soll ich Ihnen glauben...?»

«Können Sie, die Methoden sind subtil geworden.»

«Falls nicht: Bei meinem Notar liegt ein Brief, nur im Falle meines ‹plötzlichen Ablebens› zu öffnen, und in dem steht, in wessen Auftrage ich wen aus dem Verkehr gezogen habe.»

«Danke für die Warnung.» Catzoa stand auf und schwenkte seinen rechten Fuß in der Luft, um ihn abtrocknen zu lassen und sich wieder Strümpfe anzuziehen. «Wenn Sie's in Kauf nehmen wollen, daß Ihre Kinder... Aber lassen wir das. Das Geld liegt bei Ihnen im Kofferraum... Seien Sie vorsichtig, wenn Sie es ausgeben...»

«Bei mir wittert keiner was.»

«Ich helfe Ihnen gerne, es so anzulegen, daß keiner Verdacht schöpfen wird.»

«Danke.»

«Ganz diskret. Ansonsten: Ich kenne Sie nicht, ich habe Sie nie im Leben gesehen.» Catzoa hüpfte nun auf dem rechten

Bein auf und ab, um den linken Fuß trocken zu kriegen. «Zwar haben mich damals vor einem Jahr zwei Leute in Ihre Taxe steigen sehen, aber wer sollte sich das gemerkt haben, nachts auf dem Kurfürstendamm...?»

«Keiner.»

«So ist es.»

Noch einmal klopfte Catzoa Tscharntke auf die Schulter, diesmal fast zärtlich, dann ging er.

14

Heike Hunholz hatte bald gemerkt, daß ihr mit dem Artikel über das Schwarze Loch Berlin fast so etwas wie eine Serie gelungen war. Immer wieder kamen Anfragen, ob sie denn nicht etwas über die anderen Manager schreiben wolle, die noch vermißt wurden, und sie wandte sich ganz automatisch dem nächsten Namen zu, der auf ihrer Liste stand: Dr. Wolfram Witt, 57, Diplomvolkswirt aus Hannover, im Auftrage seiner Firma, der Dachsanierung Ziegelmann GmbH, nach Berlin gekommen, um bei den hauptstädtischen Baufirmen zu antichambrieren. Seit dem 18. April war er spurlos verschwunden.

Als sie Mannhardt von ihrem Plan berichtete, sich nun auf Dr. Witt «zu stürzen», reagierte der nur mit gewohnter Blödelei. «Am besten, du suchst ihn bei den psychisch Kranken.»

Heike konnte ihm nicht folgen. «Versteh ich nicht...?»

«Na, weißt du nicht, wo die Karl-Bonhoeffer-Nervenklinik liegt: in Witt-enau. Wenn das kein Hinweis ist!»

«O Gott, du erzählst wieder ein Müll heute!»

«Bitte, mach was du willst...» Mannhardt küßte sie. «Das war's dann, Darling, do not forsake me now and ever, ich muß zum Dienst.»

Als er gegangen war, nicht ohne seinen Sohn noch gehörig zu herzen und zu küssen, nahm Heike den Papst aus dem Bettchen, um ihn zu säubern und zu wickeln. Viel lieber hätte sie sich jetzt an ihre Recherchen gemacht. Und während sie den rosigen Kinderpo küßte und dann mit Penatencreme bestrich und puderte, versuchte sie sich vorzustellen, wie wohl dieser Dr. Witt ausgesehen haben mochte. Mit seinen 57 Jahren war er gar nicht soviel älter als der Vater ihres Kindes. Volkswirt, Hannoveraner, Vertrieb von Dachziegeln. Silvester krähte fröhlich und bekam die Brust. Das Stillen war etwas, das sie glücklich machte. Dieses hemmungslos-gierige Saugen an ihrer Brust. Vielleicht auch, weil der Knabe nach dem Stillen wirklich still im Bettchen lag und sie endlich an die Arbeit gehen konnte. Aber war das hier keine, die Kindesaufzucht? Sie war es satt, die alten feministischen Sätze zu denken.

Als sie sich von der Telekom-Auskunft 0 11 88 die Nummer der Ziegelmann GmbH Hannover geben lassen wollte, brauchte sie sieben Anläufe, um durchzukommen, was ihr die Vorteile der Privatisierung des öffentlichen Dienstes deutlich vor Augen führte. Während sie wartete, fiel ihr ein, daß sie ja mit ihrem Artikel «Nomen est omen» immer noch nicht vorangekommen war, der Suche im Berliner Branchenbuch nach Namen von Firmen oder Selbständigen, die etwas mit der ausgeübten Profession zu tun hatten. In Bremen hatte sie von einem Arzt Dr. Blut gehört, Mannhardts Mutter hatte berichtet, daß es in Berlin-Baumschulenweg früher einen Schlächter mit Namen Schweinefuß gegeben haben sollte, und am Bundesplatz sollte ein Hans Grob als Zahnarzt praktizieren. Ob die wohl unter ihrem Namen litten oder davon profitierten?

Endlich hatte sie die Nummer der Firma Ziegelmann herausbekommen und konnte sich mit Hannover in Verbindung setzen. Entgegen ihren Befürchtungen gaben sich die Leute dort sehr offen.

«Uns ist jeder recht, der uns bei der Suche nach Dr. Witt unterstützt», betonte der Geschäftsführer der GmbH, nachdem sie ihr Anliegen vorgetragen hatte.

«Ich bin zwar nicht die Kripo», fuhr sie fort, «muß aber

dennoch fragen, ob irgend jemand in seiner Nähe ein Motiv gehabt haben könnte, ihn aus der Welt zu schaffen.»

«Nicht daß ich wüßte...» Der Geschäftsführer, von der Stimme her ein alerter Jüngling, frisch gekommen vom Institut für Betriebswirtschaftslehre einer Universität der Rangziffern 42–43, wie sie vage schätzte, aber einer Roland-Kaiser-Stimme, dachte nach. «Er war Single, die Ehefrau vor Jahren gestorben, die Kinder glücklich verheiratet in den USA und Südafrika... Was soll da groß gewesen sein, beziehungsmäßig?»

Wird er also in Berlin ins Bordell gegangen sein, dachte Heike Hunholz automatisch. Vielleicht aber hatte er die Dame auch zu sich aufs Zimmer bestellt. «Wo hat er denn gewohnt?»

«Warten Sie... Im Hotel ‹Spreeathen›.»

Heike Hunholz horchte auf. Auch Sabine Becker-Bornschein hatte dort Quartier genommen. Das mochte purer Zufall sein, war aber immerhin etwas, wo sie einhaken konnte. Sie sah auf ihren Notizblock. Da waren zwei weitere Fragen. «Was gäb's denn in Ihrer Branche noch für Motive, jemanden verschwinden zu lassen: Korruption und Leiharbeiter, vermute ich mal. Haben Sie dazu eine Idee, könnte Dr. Witt damit was am Hut gehabt haben?»

Der Geschäftsführer reagierte etwas ungehalten. «Bitte, was soll das!?»

«Und Selbstmord? Daß man seine Leiche nur noch nicht gefunden hat...»

Der Mann am anderen Ende der Leitung zögerte. «Er hatte meines Wissens schon vor zehn Jahren einen Suicid hinter sich. Mit Tabletten. Midlife-crisis wohl.»

«Ah, ja...» Heike Hunholz notierte das mit einer gedanklichen Fußnote folgenden Inhalts: Warum stößt er mich so direkt darauf? Soll die Selbstmordthese vom möglichen Mord ablenken? «Zum Selbstmord nach Berlin – keine schlechte Überschrift. Bliebe natürlich auch da die Frage: Wo ist die Leiche geblieben? Und sie stellt sich natürlich noch viel intensiver als bei einem Mord, denn ein Selbstmörder kann sich anschließend wohl kaum selber zerstückeln, vergraben oder im Säurebad entsorgen.»

Der Geschäftsführer meinte, daß ihm das zu makaber sei und er jetzt zu arbeiten habe.

«Dann will ich Sie nicht weiter... Herzlichen Dank auf alle Fälle...» Sie legte auf und verfluchte die Tatsache, nun junge Mutter zu sein, denn ohne den Papst am Hals hätte sie schnurstracks ins Hotel «Spreeathen» fahren und das Personal nach Dr. Witt befragen können. So aber mußte sie warten, bis Mannhardt wieder zu Hause war oder sie eine Babysitterin aufgetrieben hatte. Nach knapp einstündiger Suche fand sich eine Nachbarin namens Petra, deren Sohn Moritz so ausgezeichnet geraten war, daß man ihr auch den Papst anvertrauen konnte. Sie konnte also losziehen.

Als sie den Rand des Tiergartens in ihrem alten Golf erreicht hatte, schlugen die Glocken ringsum schon zwölf. Die Parkplatzsuche dauerte dann über eine Viertelstunde, doch sie nahm es als gerechte Strafe gelassen hin, denn als echte Altgrüne hätte sie natürlich die Pflicht gehabt, mit Bahn und Bus zu fahren. Das Besondere am Hotel «Spreeathen» war die Tatsache, daß es so aussah wie alle anderen seiner Preisklasse.

Sie betrat die Halle, sah sich um und versuchte zu realisieren, daß Sabine Becker-Bornschein und Dr. Wolfram Witt genau auf demselben Quadratmeter braun-gelb gemuschelter Auslegeware gestanden haben mochten, vielleicht nur wenige Stunden, bevor sie gestorben waren. Ob da irgendein diffuses Gefühl in ihnen gewesen war, die dunkle Vorahnung ihres Todes? Fühlten Lebewesen so etwas? Kaum hatte sie sich diesen Gedanken bewußt gemacht, da hörte sie es schon wie bei einer Schizophrenen: *Du wirst die Nächste sein.* Natürlich war das totaler Quatsch, aber dennoch... Sie dachte an das, was sie einmal in einem Artikel über die neuesten Esoterik-Trends geschrieben hatte: Präkognition (paranormales Wissen um zukünftige Ereignisse) heißt, anzunehmen, daß alles Geschehen bereits existiert und der Eindruck von Zeit für uns nur dadurch entsteht, daß wir es schrittweise erfahren. Danach stand ihr Tod schon fest, und sie erfuhr bzw. erlitt ihn auf alle Fälle so, wie er im Buch des Lebens festgeschrieben war, was immer sie tat. Denn alles, was sie tat, war ja ebenfalls bereits geschehen und wurde nur noch nacherlebt. Die Möglichkeit des freien Willens war demnach völlig ausgeschlossen. Ergo: Wenn ihr Tod an diesem Tag schon definitiv festgelegt war, dann war es durchaus logisch, daß ihr Organismus ihn längst instinktiv wahrgenommen hatte.

«Sie wünschen bitte?»

Heike Hunholz zuckte zusammen. Fast autistisch, gefangen im Kokon ihrer Gedanken, war sie an die Rezeption getreten. «Äh, ich...» Für Bruchteile von Sekunden wußte sie nicht mehr, wo sie war und was sie eigentlich an dieser Stelle wollte. Als würde das ihr Gehirn wieder funktionsfähig machen, schlug sie sich mit der flachen Hand, sich damit gleichsam auch entschuldigend, gegen die Stirn. «Ich hätte gern Dr. Witt aus Hannover gesprochen...»

«Einen Augenblick bitte...» Der Empfangschef des «Spreeathen» – wie man diese Angestellten im Hotelgewerbe offiziell nannte, wußte sie nicht – sah erst auf einer Liste nach und zog dann seinen Computer zu Rate. «Tut mir leid, ein Herr Dr. Witt ist nicht bei uns zu Gast.»

Das war natürlich klar, und ihre Überraschung schien ihr nicht sehr gut gespielt. «Wie...? Er hat mir doch aber... Könnten Sie mir vielleicht sagen, wann er abgereist ist.»

«Nur, was die letzten Wochen betrifft...» Der Empfangschef klickte sich mit seiner Maus durch etliche Fenster, die nacheinander auf seinem Bildschirm sichtbar wurden.

Sie hatte Zeit, den Mann zu mustern. Dreißig mochte er sein und wirkte fast klischeehaft smart und clever. Früher hatte man solche Typen als halbseiden bezeichnet. Sie saßen beim Boxen in der Nähe des Ringes.

Der Empfangschef wurde fündig. «Dr. Witt ist am 19.4. abgereist. Die Rechnung hat seine Firma bezahlt.»

«Und Sie wissen nicht wohin?»

«Das darf ich Ihnen leider nicht mitteilen.»

Heike Hunholz schob ihm einen Zwanzigmarkschein hinüber. «Für Ihre Mühe...»

Der Mann ließ den Schein unbeachtet liegen. «Danke. Aber ich weiß es wirklich nicht...»

«Okay.» Heike Hunholz steckte den Schein wieder weg und drehte sich um. Klar, wie sollte der Mann auch wissen, was seine Gäste anschließend machten. Andererseits wurde sie das Gefühl nicht los, daß er diesen Dr. Witt sehr wohl im Gedächtnis abgespeichert hatte. Vielleicht konnte Mannhardt etwas über ihn erfahren. Doch dazu brauchte sie seinen Namen. Namensschildchen gab es keine, sie mußte also fragen. «...falls ich später noch einmal anrufen sollte...»

«Pantlitz, Thomas Pantlitz...» Dies mit einem unmerklichen Zögern.

Sie hatte es dennoch registriert. Komisch. «Und Sie können sich nicht zufällig erinnern, was Dr. Witt am 18. April abends noch unternehmen wollte...?»

«Nein. Ich hatte zwar Dienst an diesem Tage, aber wir haben ja Hunderte von Gästen, und da...»

«Natürlich.» Heike Hunholz fragte sich ganz automatisch, aber da mochte auch ein wenig Eitelkeit im Spiele sein, weshalb der Mann denn ihren Artikel über die in Berlin verschwundenen Manager nicht gelesen hatte und sich an Dr. Witt nicht mehr erinnern konnte. Gott, was seither nicht alles geschrieben worden war. Aber trotzdem. «Nun...» Sie bedankte sich abermals und wandte sich zum Ausgang. Kurz vor der Drehtür stand eine Stecktafel, auf der alle Veranstaltungen aufgelistet waren, die an diesem Tage in den diversen Tagungsräumen und Sälen des «Spreeathen» stattfinden sollten, und ganz automatisch fiel ihr Blick auf eine Veranstaltung, in der das Wort Manager vorkam:

Kurfürstensaal
14.00 Uhr – KTG
Aufbau eines lean-gerechten Controlling- und Managementinformationssystems

Sie ging zum angegebenen Saal und sprach einen der Teilnehmer an, der, seine Pfeife rauchend, an der Eingangstür stand.

«Entschuldigen Sie bitte: Ich suche einen Herrn Dr. Witt von der Dachsanierung Ziegelmann GmbH.»

Der Pfeifenraucher lächelte. «Der ist im Schwarzen Loch verschwunden.»

Heike Hunholz staunte. «Sie kennen das...?»

«Die Zeitung ist doch voll davon: die Becker-Bornschein, der Wolfram Witt, der Dr. Schrotzer und noch zwei andere – alle lost in Berlin. Lesen Sie mal...» Er wollte sich bücken, um den entsprechenden Artikel aus seinem Aktenkoffer zu ziehen.

Heike Hunholz fiel ihm in den Arm. «Lassen Sie... Ich hab das selbst geschrieben. Heike Hunholz...»

«Ah, ja. Und da tun Sie so, als würde der arme Mann ausgerechnet hier wieder aufgetaucht sein...?»

«Entschuldigung, das war nur so 'ne Einstiegsfloskel. Der Mord an Sabine Becker-Bornschein ist ja nun durch meine Mithilfe aufgeklärt worden, und der Dr. Witt ist der nächste auf meiner Liste. Haben Sie ihn zufällig mal kennengelernt?»

«Nein. Ich bin ja aus der Pharmabranche. Aber da hinten steht ein Freund von mir, der auch aus Hannover kommt und Witt aus dem Golfclub kennen müßte...» Er zeigte in den Kurfürstensaal hinein, wo ein Glatzkopf am Laptop saß und so hingerissen auf den Bildschirm starrte, daß Heike Hunholz annahm, er würde sich einen Pornofilm ansehen. Doch es waren nur Tortendiagramme.

«Achim, Entschuldigung, die Frau Hunholz hier ist auf der Suche nach dem Wolfgang Witt...»

Der Glatzkopf stand auf, stellte sich vor und schüttelte ihr lang und innig die Hand. «Er hatte dasselbe Handicap wie ich.»

Heike Hunholz suchte dezent nach der Behinderung des Mannes, ohne aber auf den ersten Blick etwas erkennen zu können. Aber nachfragen mußte sie wohl, weil das hochwichtig war, um den verschwundenen Manager zu finden. «Welches Handicap war es denn bei Dr. Witt? Eine steife Hüfte, Kinderlähmung früher oder...?»

Die beiden Männer lachten nun los, und sie verstand die Welt nicht mehr. Wie konnte man sich über die Behinderung eines anderen Menschen derart ausschütten vor Lachen.

Der Pfeifenraucher hatte sich als erster wieder unter Kontrolle. «Gemeint ist das Handicap beim Golf.»

Heike Hunholz hatte Mühe, wenigstens ein wenig zu grinsen, war es doch das alte Muster: die Frau als kleines Dummchen.

Der Glatzkopf trank sein Selterswasser und sagte ihr dann, daß er Dr. Witt nur sehr flüchtig kannte, nie im selben Flight mit ihm gegolft hätte, aber die Selbstmordthese teile.

«Wieso?» fragte Heike Hunholz nach.

«Was man so erzählt. Jedenfalls kann ich mich an das Gerücht erinnern, daß ihn Ziegelmann ganz gerne losgeworden wäre.»

Heike Hunholz nickte. «Das wäre sicherlich ein Grund, aber ein Abschiedsbrief ist meines Wissens nie gefunden worden...»

«Wenn ich mich recht erinnere, habe ich ihn nie in Begleitung gesehen, zumindest war so etwas wie eine Ehefrau nie mit ihm bei Partys oder ähnlichem. Wem hätte er da schreiben sollen...?»

«Richtig. Und dennoch... Könnte er denn irgendwie krumme Geschäfte gemacht haben und dann erpreßt worden sein? Stichwort: Korruption. In der Baubranche ja so selten wie ein geschmückter Tannenbaum zur Weihnachtszeit...»

«Nun... Nein, nie was gehört, Dr. Witt war absolut sauber. Aber...» Der Manager zögerte. «Unseres Wissens war er homosexuell, aber ohne festen Partner.»

Heike Hunholz nickte. «... und hat sich in Berlin einen Stricher gesucht, von dem er dann getötet worden ist. Klischee hoch drei.»

«Daß Golfspieler zu den oberen Zehntausend zählen, ist auch ein Klischee – und dennoch trifft es auf die meisten zu.»

Heike Hunholz überlegte einen Augenblick. «War denn Dr. Witt ein Kämpfer oder einer, der sich schnell fallenließ, wenn er mal am Verlieren war?»

«Ein Kämpfer. Bis zum letzten Loch hoffte er noch auf ein Birdie oder ein As.»

Heike Hunholz sah den langen Pfeifenraucher an. «Was würden Sie denn machen, wenn man Sie in Ihrer Firma feuern würde?»

«Den Chef umbringen!»

«Ernsthaft mal...»

«Zu einem dieser Anwälte gehen, die Spezialisten dafür sind. Aber wahrscheinlich wäre mein Chef schon von sich aus bei einem Profi des Outplacement-Geschäftes gewesen.»

Heike Hunholz ließ sich alles erklären. «Herzlichen Dank. Wenn Sie mir da einige Adressen nennen können, damit ich den Einstieg habe.»

«Gerne, ja...» Der Pfeifenraucher setzte sich hin und schrieb.

Auch der andere der beiden Kavaliere gab sich große Mühe mit ihr. «Ich bin aus der Baubranche und schreib Ihnen mal auf, wo der Wolfram in Berlin so überall gewesen sein könnte: das berühmte Klinkenputzen bei den großen Wohnungsbaugesellschaften und Sanierungsspezialisten.»

Nach zehn Minuten hatte Heike Hunholz ein Dutzend Adressen beisammen, dankte den beiden Managern und machte sich auf den Rückweg nach Tegel, denn Petra, die sich nun um ihr eigenes Kind zu kümmern hatte, war abzulösen.

Waschen, Windeln, Stillen und Spazierengehen – der Papst hatte sein festes Programm. Mit Silvester im Kinderwagen ging es zum Tegeler See hinunter und so lange die Greenwichpromenade auf und ab, bis er endlich eingeschlafen war. Mit Blick auf die Insel Hasselwerder hinüber setzte sie sich auf eine gerade frei gewordene Bank, zog ihr Handy heraus und begann der Reihe nach die Nummern anzurufen, die ihr die beiden Männer im Kurfürstensaal des «Spreeathen» aufgeschrieben hatten.

Immer dasselbe Verslein. «Guten Tag, mein Name ist Heike Hunholz, ich bin freie Journalistin und arbeite derzeit an einem neuen Artikel über die Manager, die in Berlin verschwunden sind. Vielleicht erinnern Sie sich an das, was ich über das Schwarze Loch Berlin geschrieben habe...»

Beim fünften Anlauf fand sie den ersten Gesprächspartner, der mit dem Namen Dr. Witt etwas anzufangen wußte. Es war die Nummer einer kommunalen Wohnungsbaugesellschaft in Köpenick draußen. «Ja, der ist hier gewesen...»

«Ob Sie vielleicht einmal nachsehen könnten, wann das gewesen ist...?»

Der Sachbearbeiter am anderen Ende der Leitung war nicht sonderlich begeistert von dieser Bitte, tat ihr aber den Gefallen. «Warten Sie mal...»

Sie hörte es rascheln. Schubläden wurden auf- und wieder zugeschoben, Schränke geöffnet, Kolleginnen befragt. Sie hatte Zeit genug. Silvester ließ ein süßes Schnorcheln hören. Weiße Ausflugsdampfer zogen südwärts Richtung Scharfenberg, wollten nach Heiligensee oder gar Oranienburg. Segelboote flatterten zur Villa Borsig hinüber.

«Hallo, sind Sie noch da?»

«Ja...»

«Also: Herr Dr. Witt ist am 18. April bei uns gewesen, am Dienstag nach Ostern, und zwar um 14 Uhr. Und meine Kollegin erinnert sich auch noch daran, daß er am Morgen aus Hannover gekommen ist. Mit dem Flugzeug.»

«Wunderbar.» Heike Hunholz tadelte sich, daß sie nun auch dieses grausame Wow- und Wusch-Geschrei der Fernsehleute an den Tag zu legen begann. «Und... ist Ihnen etwas Besonderes an ihm aufgefallen...?»

«Eigentlich nicht, nein... Vielleicht, daß er ein bißchen bedrückt gewesen ist.»

«Ah, ja...» Ob das nun schon für die Selbstmordthese sprach? Wohl kaum. «Hat er vielleicht angedeutet, daß ihn seine Firma entlassen könnte?»

«Ich glaube ja.»

Heike Hunholz bedankte sich und nahm das Handy wieder vom Ohr. Wahrscheinlich war es am sinnvollsten, wenn sie jetzt mit den Wohnungsbaugesellschaften Schluß machte und erst einmal bei den Outplacement-Beratern nachfragte, ob Dr. Witt oder dessen Chef sie irgendwann kontaktet hatte.

Einmal nichts, zweimal nichts, dreimal nichts. Beim viertenmal aber blieb ihr regelrecht die Luft weg, als sie hörte «Outplacement GmbH, Catzoa...» Sie riß sich ihr mobiles Telefon vom Ohr und unterbrach die Verbindung.

Thomas Catzoa. Das war nicht zu fassen. Sie kannte ihn aus ihrer Zeit in Bramme und sprach von ihm nie anders als «Catzoa, dieses Schwein». Catzoa, Kriminalkommissar und für sie ein Mann von seltener Intelligenz, aber furchtbar intrigant und aasig, hatte vor Gericht gestanden, und sie hatte im Auftrage vieler deutscher Blätter über seinen Prozeß zu berichten gehabt. Da waren als Protagonisten der vielfache Millionär Hans-Henning Ascheregen, dem die *Glückskauf-Märkte Deutschland* gehörten, und Immo Noetzel, der Mann, der Ascheregens wunderschöne Frau Olivia, eine *Chorus-line*-Tänzerin aus Berlin, ermordet hatte. Catzoa nun hatte Immo Noetzel erschossen. Während Catzoa behauptete, dies sei im Dienste und in Notwehr geschehen, lautete die Anklage auf Mord: er habe Noetzel im Auftrage Ascheregens gleichsam hingerichtet. Ascheregen sei von pathologischer Rachsucht erfüllt gewesen, und er, Catzoa, stadtbekannt für seine Skrupellosigkeit, habe den Killerlohn zum Aufbau einer eigenen Wachschutzfirma verwenden wollen. Nun, Thomas Catzoa war zwar freigesprochen worden, aber das Land Niedersachsen hatte ihm nahegelegt, doch bitte etwas anderes sein zu wollen als Kriminalbeamter. Dies allerdings war der Personalverwaltung ziemlich schwergefallen, denn einmal hatte Catzoa viele Gönner und Kumpane in Wirtschaft und Verwaltung, und zum anderen war er wirklich ein, so das «Brammer Tageblatt», «preisgekrönter Bulle», ein weit über dem Durchschnitt stehender Beamter, auf dessen große Karriere fast alle gewettet hatten. Als Polizeipräsidenten hatten sie ihn gesehen, als Chef des BKA, als Innenminister. Aus und vorbei, er hatte um einiges zu hoch gepokert. Sie wußte, daß er nach seinem Ausscheiden aus dem öffentlichen Dienst und dem Ende seiner Ehe Bramme verlassen hatte, um in den neuen Bundesländern Firmen aufzumachen, die das Produkt Sicherheit verkauften. Offensichtlich war er nun auch auf den ertragreichen Markt der Managementberatung vorgedrungen. Der Gedanke war albern bis absurd, aber wenn Catzoa nun den Begriff Outplacement so verstehen sollte, teure und von ihren Firmen nicht mehr benötigte Manager ganz einfach per Kopfschuß zu entsorgen... Vom Charakter her war er, daran gab es für sie keinerlei Zweifel, dazu sicher in der Lage, und was den perfekten Mord betraf, so hatte er ganz sicher die Gabe wie das Fachwissen dazu, ihn mehrfach zu wagen. Catzoa war alles zuzutrauen.

Was sie jetzt tat, geschah spontan und wie im Fieber. Sie wählte noch einmal Catzoas Nummer und hatte das Glück, seine Sekretärin am Apparat zu haben.

«Hier ist das Hotel ‹Zur Sonne› in Bad Urach, Schäufele», schwäbelte sie. «Herr Catzoa ist in der Zeit vom 16. bis 19. April bei uns gewesen, auf Firmenkosten, aber die Rechnung ist von Ihnen noch immer nicht vollständig bezahlt...»

«Oh!» rief die Sekretärin. «Einen Augenblick bitte, Frau Schäufele...»

«Ja, danke...» Heike Hunholz schmunzelte. Wenn die Anna Schäufele aus Kaltental das gehört hätte. Sie war die Heldin eines sehr schönen Volksliedes, das sie neulich in Bad Urach gehört hatte, von Lothar Holler gesungen. Ausgerechnet jetzt begann Silvester zu krakeelen. «Psssst!»

«Sind Sie noch da?» fragte Catzoas Sekretärin.

«Ja, ich höre...»

«Das muß ein Irrtum sein, denn vom 11. bis 25. April ist Herr Catzoa auf Lanzarote gewesen, und zwar im ‹El Dorado›.»

«Oh, Entschuldigung!» Mit ein paar Floskeln legte sie auf. «Scheiße!» Das war ihr in einer derartigen Lautstärke entfahren, daß die vorbeischlendernden Damen ganz entsetzt auf ihren Kinderwagen guckten. Das arme Kind, bei dieser Mutter. Und dann natürlich sofort die innere Stimme: Siehste! Hüte dich vor Vorverurteilungen! Über die Auskunftsstelle der Telekom und einen Anruf auf den Kanaren war die Sache schnell gegengecheckt: an Catzoas Alibi war nichts zu deuteln.

Sie stand auf und ging langsam mit Silvester zurück. Das Rütteln ließ ihn wieder verstummen.

Zu gerne hätte sie Mannhardt und der Öffentlichkeit nach dem Mörder der Becker-Bornschein auch den Killer präsentiert, der die Manager Witt, Vollstedt, O'Brien und Schrotzer systemgerecht entsorgt hatte. Nun, nichts war daraus geworden. Aber immerhin, der Triumph im Falle Becker-Bornschein blieb ihr ja.

Sie parkte den Kinderwagen im Flur und fuhr mit dem Papst im Arm in ihre Wohnung nach oben. Als sie nach den Schlüsseln suchte, wurde die Tür schon aufgezogen und Mannhardt tauchte auf.

Sie staunte. «Du, jetzt schon...» Zugleich sah sie eine fremde Frau etwa ihres Alters auf der Couch sitzen und sehr heiter an einem Sektglas nippen. Aha! Das Übliche. Daß sich Männer nach der Geburt ihrer Kinder schnell etwas anderes suchten... «Du vergnügst dich gerade...?»

«Ja. Mit einer Toten...»

«Wieso?»

«Weil das hier Frau Sabine Becker-Bornschein aus Bremen ist.»

15

Mannhardt und Yaiza Teetzmann betrachteten das Phantombild, das ihre Spezialisten anhand der vorliegenden Informationen angefertigt hatten.

«Sehr schön», sagte Mannhardt. «So wie dieses Exemplar sehen höchstens zehntausend Männer aus – und die können wir ja bis spätestens morgen abend alle durchgegangen sein.»

«Das ist immerhin ein erster Anhaltspunkt.» Yaiza Teetzmann wollte ihre mühsame Kleinarbeit nicht entwertet wissen.

«Das Bild ist schön, aber computerverwertbare Daten wären mir lieber.»

Yaiza Teetzmann wühlte einige Zeit in ihren unzähligen Zetteln und Papieren herum, bis sie das Interview mit der jungen Taxifahrerin vom Zabel-Krüger-Damm gefunden hatte. «Hab ick doch ooch... Hier... Etwa 25, leptosom. Jeans, weißes T-Shirt und Baseballmütze. Schien Ortskenntnisse gehabt zu haben. Und was bei dem Typen besonders auffällig is, dassa wiederum da oben in Lübars zujeschlagen hat. Stichwort: Perseveranz.»

Mannhardt ging zum Computer, um die vorhandenen Daten einzugeben, und startete dann die Suche nach einem Mann mit ähnlichem Profil. «Das Dumme ist nur, daß wir nur die gespeichert haben, die schon mal als Tatverdächtige festgenommen sind. Bei Ersttätern haben wir da keine Chance.»

Sie warteten, bis die Namen und Adressen potentieller Taxifahrermörder mit dem «Lübarser Muster» auf dem Bildschirm erschienen. Genau zwölf waren es.

«Aber keiner wohnt in Lübars, Waidmannslust oder Hermsdorf», sagte Mannhardt, fast ein wenig schadenfroh.

Yaiza Teetzmann blieb beharrlich. «Et soll ja Leute jeben, die mal umjezogen sind. Außerdem kanna ja aus Glienicke kommen und damit jar nich aus Berlin.»

Mannhardt überlegte. «Was machen wir nun mit diesem

wunderschönen Porträt eines hoffnungsfrohen jungen Menschen: Ziehen wir damit durch Lübars und die angrenzenden Gebiete – oder geben wir's an die Presse und warten auf die zweckdienlichen Hinweise unter der Rufnummer 7805-0...?»

«Wenn de dit an de Presse jibst, kommt doch bloß lauter Müll bei raus. Klappern wa lieba erst ma selba allet ab.»

Als sie im Wagen saßen und nach Norden fuhren, hatte Mannhardt genügend Zeit, Yaiza Teetzmann die Sache mit der verschwundenen und plötzlich wieder aufgetauchten Managerin Sabine Becker-Bornschein zu erklären.

«Das ist bei der eine Mischung aus gesundem Aussteigerwunsch und psychischer Erkrankung gewesen. Ihre Firma wollte sie nicht mehr, und sie wußte, daß sie praktisch noch einmal von vorn anfangen mußte. Dazu kam ein gewisses Maß an Realitätsverlust und geradezu Verfolgungswahn: die Angst, daß ihre Firma einen Contract-Killer anheuern und auf sie ansetzen könnte.»

«Wat ja nu 'ne Folge von dem is, wat deine Jeliebte da jeschriem hat: det Schwarze Loch Berlin, wat die Manager reihenweise vaschluckt.»

«Das nun nicht, denn sie war ja schon abgetaucht, bevor Heike zugeschlagen hat.» Mannhardt konzentrierte sich auf den Kreisverkehr am Jakob-Kaiser-Platz. «Nichtsdestotrotz hat sie Heikes Artikel aber gekannt und ist deswegen auch bei uns in Tegel aufgetaucht, um sich von ihr interviewen zu lassen. So ein bißchen kindlich-naiv ist sie ja auch: Was passiert, wenn...? Sie sagt, es hätte ihr einen Riesenspaß bereitet.»

«Wo hat se denn jesteckt?»

«In einem großen Hotel oben in Templin. Unter anderem Namen natürlich. Was ja heutzutage auch keiner mehr merkt.»

«Und nu?»

Mannhardt kam kurzzeitig auf die Autobahn nach Hamburg. «Wohnt sie bei ihrer Freundin Bianca Broch und überlegt, was sie mit dem Rest ihres Lebens noch anfangen könnte.»

«Is Heike sehr betrübt darüba, det nu eena wieda zurück is aus'm Schwarzen Loch, wat et ja eijentlich nich jeben darf, oder freut se sich üba ihre neue Story?»

«Beides.»

Damit war das Thema Sabine Becker-Bornschein schon erschöpft, und sie konnten sich, bis sie Lübars erreichten, Privatem zuwenden.

Yaiza Teetzmann schwärmte von Fabio. «Ick lernt jetze Italienisch.»

«Wie geht'n das?»

«Sau du!» Yaiza Teetzmann grinste. «Ick jeh noch mal zu unsra Frauenbeauftragten: det is sexuelle Belästigung am Arbeitsplatz.»

Mannhardt staunte. «Wie – der Autositz ist dein Arbeitsplatz? Hast du das denn auch als Nebentätigkeit in der Personalverwaltung angemeldet?»

«Du bist aber auch der letzte Arsch!» Yaiza Teetzmann griff sich ihren Rucksack, zog ihn auf und griff sich eine Plastikflasche mit einer gelbbraunen Flüssigkeit.

«Der eigene Urin?» fragte Mannhardt.

«Willste mal kosten?» Yaiza Teetzmann setzte die Flasche an die Lippen.

«Nein, aber gestern hab ich gelesen, daß es am besten sei, den Urin vorpubertärer Knaben zu trinken.»

«Klar, da is weniger Melatonin drin, und man wird nich so müde davon.»

«Okay, kannst du morgen den vom Papst haben. Aber den müssen wir erst irgendwie aus der Windel rauspressen.»

«Mach dich nur lustig über mich. Aber du kriegst die Tuberkulose, Ekzeme, den grauen Star, den Herzklappenfehler, die Bronchitis und diverse Lähmungen, ick nich.»

«Das alles nehme ich gerne in Kauf, wenn ich dafür nicht ständig meine Pisse trinken muß.»

«Ignorant du.»

«Bei Pisse fällt mir der alte Scherz von Friedrich Wilhelm IV.,

König von Preußen, ein. Kommen eines Tages die Bürger von Gumbinnen an der Pissa zu ihnen, in Ostpreußen da oben, und bitten ihn untertänigst, den Namen dieses Flusses doch zu ändern, da er sie stark diskriminiere. Schreibt der König: ‹Genehmigt. Empfehle Urinoco.›»

«Molto bene!» rief Yaiza Teetzmann.

«Pizza Cozze!» gab Mannhardt zurück.

Yaiza Teetzmann kam auf Bianca Broch zu sprechen, die inzwischen sogar in einer Talk-Show ein Glas Urin getrunken hatte. «Inzwischen kennt die jeder.»

«Die Frage ist nur, ob man sie auch wählt.»

«Bestimmt alle die Frauen, die ihre Neurodermitis mit Urin wegbekommen haben.»

Mannhardt schmunzelte. «Und alle Männer, die auf Natursekt stehen.»

«Uff wat?»

Er bemühte sich um eine jugendfreie Formulierung des besagten Tatbestandes. «Männer, denen bei einer ganz bestimmten Verrichtung der höchstmögliche Genuß nur dann gesichert ist, wenn sie von ihrer Partnerin dabei in ganz bestimmter Weise benetzt werden.»

«Det is ja pervers!»

«Manche sind für Per Gynt, manche für pervers – so ist das Leben eben…»

«Kommt deine Scheidung nun endlich in Gang?»

Mannhardt sah sie von der Seite an. «Wie kommst du'n gerade jetzt darauf?»

«Nur so…» Sie konnte nicht verhindern, daß sie nun doch sanft errötete.

Mannhardt erreichte Waidmannslust. «Bin ich überhaupt noch verheiratet?»

«Ja.»

«Soll doch Lilo damit anfangen. Ich hab geschworen ‹Bis daß der Tod Euch scheidet›, aber in ganz Deutschland gibt es keinen Scheidungsrichter namens Tod.»

Yaiza Teetzmann schüttelte mißbilligend den Kopf. «Ein bißchen ernster solltest du das alles schon nehmen.»

Mannhardt stöhnte auf. «Du, dann müßte ich mir gleich auch noch was anderes nehmen: das Leben nämlich. Das ist doch alles elendlich gescheitert, was ich da begonnen habe. Die Träume... alle den Bach hinunter.»

«Du hast doch Heike und Silvester...»

«Sonst hätte ich meine Dienstwaffe ja auch längst zweckentfremdet zum Einsatz gebracht.»

Bis sie in Lübars waren, schwiegen sie. Schon im Büro hatten sie sich den Stadtplan angesehen und beschlossen, ihre Befragung in den Laubenkolonien links und rechts der Quickborner Straße zu beginnen, der noch ländlich gepflasterten Verbindung zwischen Alt-Lübars und dem Märkischen Viertel, also Westberlins einzigem und letztem Dorf einer- und seiner bekanntesten Trabantenstadt andererseits. Sie parkten ihr dienstliches Gefährt vor einer Gaststätte am Höpfertsteig und stiegen aus. Die Quickborner Straße war hier, bevor sie durch die Felder führte, als Hohlweg angelegt, und die Gartentore der Lauben waren nur über längere Treppen zu erreichen.

«Muß ich auch noch bergsteigerische Aktivitäten entfalten», brummte Mannhardt.

«Soll ich 'n Seil holen für dich?»

«Wenn 'n passender Ast dafür da ist...» Und dann sang er ein Lied des Leipziger Liedermachers Steffen Mohr: «Der Mond ist aufgegangen, ich hab mich aufgehangen.»

Mannhardts Assoziationen schienen Yaiza Teetzmann schon wieder etwas krankhaft zu sein. «Ick nehm die Kolonie Karpfenteich, du die Kolonie Hasensprung.»

«Wenn du mich damit als alten Rammler diskriminieren willst...»

Damit zog er los. Mit dem Phantombild in der Hand kam er sich vor wie ein Mann von den Zeugen Jehovas oder ein x-beliebiger Drücker. Und immer wieder dieselben Dialoge.

«Schönen guten Tag, Mannhardt mein Name...»

«Wir brauchen nichts.»

«Nein, die Mordkommission. Wir suchen den Mörder des Taxifahrers Wolfgang Wuttkowski und hätten in diesem Zusammenhang auch eine Frage an Sie.»

«Darf ich mal Ihre Marke sehen?»

«Selbstverständlich.»

«Gut, ja. Und worum geht es nun?»

«Sagen Sie bitte: Ist Ihnen dieser junge Mann hier zufällig schon einmal begegnet?»

«Nein, tut mir leid.»

Das war das tägliche Brot eines Kriminalbeamten des gehobenen Dienstes, und Mannhardt tröstete sich damit, daß er ja für das Klinkenputzen Geld bekam, wenn auch nicht gerade viel. Und was sagte Heike immer: Du lernst doch dabei eine Menge Leute kennen. Das schon, doch was hatte er davon? Außer dem Wunsch, keine mehr kennenzulernen, sondern oben in der Schorfheide am Großen Döllnsee zu sitzen und stundenlang aufs Wasser zu starren, ohne dabei einen einzigen Gedanken zu haben. Wenn ihn jemand nach einem Aphorismus für sein Poesiealbum gefragt hätte, so wäre seine Antwort gewesen: Leben ist nichts weiter als das Warten auf den Tod. *Hans-Jürgen Mannhardt*, deutscher Kriminalbeamter. Sollte er wegen seiner Depressionen wieder in die Klinik gehen. Nein, Reflexionen waren keine Depressionen. Und er tat das, was er in einem Psychokurs gelernt hatte: Such dir einen Anker, etwas Positives, etwas Schönes, und denke intensiv daran. Also stellte er sich, während er durch die Lauben lief, eine Modenschau vor, saß unten am Laufsteg, während oben die Models Stretchkleider präsentierten, kurz und sexy. Und er hatte als einziger das Privileg, die Innenseite ihrer seidigen Schenkel hinauffahren zu dürfen.

«Det is doch der Mirko Fischer!» schrie ihm jemand ins Ohr.

Mannhardt fing sich wieder und registrierte mit einiger Verwunderung, daß er soeben an einer Hütte geklingelt hatte, in der ein Alki unbestimmten Alters hauste, einer aus Karl Mays Kuriositätenkabinett, Sam Hawkins etwa, Old Death oder Tante Droll. «Wer ist Mirko Fischer?»

«Na, keena von die Fischer-Chöre!» sagte der Alte und wieherte los. «So een Streuna. Bis Ostern hatta hier nebenan jewohnt, dann issa unbekannt vazogen.»

Mannhardt funktionierte nun wieder. «Eine feste Arbeit hat er nicht gehabt?»

«Nee. Wenna keene Mäuse mehr jehabt hat, issa uff die Wochenmärkte jegangen, helfen an die Stände da. In Tejel meistens.»

Mannhardt bedankte sich und ging zum Wagen zurück, um sich per Funk mit seinen Leuten in Verbindung zu setzen. «Eine ISVB-Abfrage bitte. Es geht um einen Mirko Fischer, Wohnsitz Berlin.»

Wenig später erhielt er die Daten: Mirko Fischer war am 10.7.1972 in Berlin geboren worden. Mutter (Renate Fischer): Serviererin, gestorben 1989 (Suicid), Stiefvater (Werner Niemeier): Verkäufer in einem Autosalon, später selbständiger Taxifahrer. Leiblicher Vater seit 1977 als vermißt gemeldet. Zu Mirko Fischer: Schwierigkeiten in der Schule, Lehre als Kfz-Mechaniker abgebrochen, aber eine suchtähnliche Affinität zur Welt des Motors. Folgerichtig, da keine Mittel zur Finanzierung seines leidenschaftlichen Hobbys vorhanden waren, schon mit 15 Jahren Straftaten nach § 248 StGB (unbefugter Gebrauch eines Fahrzeugs) und mit 17 Jahren mehrere Pkw-Diebstähle (nach § 242, 22 StGB). Dazu mehrfach Führen eines Kfz ohne Fahrerlaubnis (§ 21 I Nr. 1 StVG). Anfangs Erziehungsmaßregeln (§§ 9 ff. JGG), dann Jugendarrest und Jugendstrafen (Feststellung *schädlicher Neigungen*). Als Erwachsener dann Delikte wie schwerer Diebstahl (§ 243 StGB) und gefährliche Körperverletzung (§ 223 a StGB). Bisher Haftstrafen von insgesamt drei Jahren. Starker Alkoholkonsum, offenbar keine harten Drogen wie Heroin u. dgl. Mehrere Aufenthalte in Nervenkliniken.

Mannhardt bedankte sich und machte sich auf die Suche nach seiner Assistentin. Er fand sie schließlich hinten an der Wittenauer Straße und setzte sie in Kenntnis über das, was er eben herausgefunden hatte.

«Mirko Fischer, na wunderbar. Gratuliere zum dicken Fisch.»

«Noch ist ja alles sehr vage.»

«Fahr'n wa nach Tegel uff'n Markt?»

«Willst du gleich was einkaufen da?»

«Nee, aba wenn wa'n fangen, biste anschließend gleich zu Hause.»

«Sehr praktisch.»

«So sind wir alten DDRler ebent.»

Über Zabel-Krüger- und Waidmannsluster Damm fuhren sie nach Tegel.

«Wir sind so klug, und dennoch spukt's in Tegel», zitierte Mannhardt aus dem *Faust*, als sie in unmittelbarer Nähe des Humboldt-Schlosses in die Karolinenstraße bogen, vor sich die zum Hotel umgebaute Mühle und die postmoderne Bibliothek vor der kleinen Insel, denen man ebenfalls – das Image zu heben – den Namen Humboldt vorangestellt hatte. Dies alles war Yaiza Teetzmann zu erklären, und Mannhardt fand eine alte Weisheit seiner Mutter bestätigt: Durch Reden kommt eine Unterhaltung zustande.

Sie fanden hinten in der Schloßstraße einen Parkplatz und machten sich auf die Suche nach dem jungen Mann, der dringend verdächtigt wurde, Wuttkowski erschossen zu haben.

Yaiza Teetzmann hatte wenig Hoffnung. «Wenn er's wirklich war, wird er schon lange über alle Berge sein.»

«Ich weiß nicht...» Mannhardt verwies auf seine jahrzehntelange Berufserfahrung. «Es ist komisch, aber ich hab es immer wieder erlebt, daß solche Leute im eigenen Kiez verbleiben. Ja, warum wohl? Vor allem, weil sie glauben, daß wir sie nicht erwischen würden. Ihr Selbstwertgefühl rührt daher, daß sie sich für unheimlich cool und clever halten und uns Bullen für totale Schwachköpfe, die den Durchblick nicht haben. Und weil sie so klug sind, sagen sie sich: Wenn ich woanders hingehe, werde ich automatisch verdächtigt, bleibe ich aber hier, wird keine Fahndung nach mir ausgelöst.»

Yaiza Teetzmann stimmte dem zwar zu, nicht ohne aber hinzuzufügen, daß sie noch an etwas anderes glaubte. «Ist das bei denen nicht auch so ein verdrängter Wunsch nach Erlösung...? Durch die Festnahme rauszukommen aus allem.»

«Ja... Vielleicht auch ein unbewußtes Strafbedürfnis, denn verinnerlicht haben sie ja alle mal: Du sollst nicht töten.»

«Na, hoffentlich der Fischer ooch...»

Sie streiften durch die Fußgängerzone Alt-Tegel, kamen vom U Bahnhof und bewegten sich in Richtung See. Dabei ließen sie die diversen Verkaufsstände und Imbißbuden keinen Moment aus den Augen. Da half zwar ab und an ein Faktotum, aber das waren zumeist ältere Männer, alle zwischen Armutsgrenze und Stadtstreicherleben.

«Hallo, ihr beiden! So leicht möcht ich mein Geld auch mal verdienen: durch Spazierengehen.» Es war Heike, die mit dem Papst im Kinderwagen vom Eisessen kam.

Mannhardt begrüßte beide mit dienstlich gebremstem Überschwang, hatte aber sofort ein starkes Störgefühl: Wenn Mirko Fischer sich nun der Festnahme entziehen wollte und seinen Sohn als Geisel nahm...

«Du bist ja so nervös... Ist was...?» Heike musterte ihn.

«Ja, du... Könntest du bitte so schnell wie möglich weg von hier, denn wir sind hinter einem her, der möglicherweise...»

«Der vom Taxifahrermord?»

«Ja.»

«Paß gut auf dich auf!»

«Ja, klar.»

Heike küßte ihn, nickte Yaiza Teetzmann zu und suchte das Weite.

Mannhardt hatte Angst, von ihr später hysterisch genannt zu werden, und verstärkte seine Bemühungen, das heißt, er ging jetzt auf die Standinhaber zu und fragte ganz direkt nach Mirko Fischer. Eine Viertelstunde blieb das ohne Ergebnis, und sie wollten schon aufgeben, als sie an einen Obststand traten.

«Entschuldigen Sie, ist der Mirko Fischer bei Ihnen hier...?»

Kaum war die Frage ausgesprochen, fiel hinter der Plane, die die Vorräte vor der Sonne schützen sollte, ein Stapel Kisten um, und sie sahen einen jungen Mann Richtung Berliner Straße laufen.

«Das ist er!»

Mannhardt spurtete los und sah Yaiza Teetzmann neben sich zu Boden stürzen. Sie hatte das Wägelchen eines Straßenfegers übersehen. Den Kavalier zu spielen und ihr hochzuhelfen, unterließ er. Der Impuls dazu hielt ihn aber auf. Noch schwerer fiel es ihm, das zu unterdrücken, worauf er in all den Jahren programmiert worden war: die Waffe herauszureißen und «Stehenbleiben!» zu schreien. Bei den vielen Menschen und der Enge der Straße wäre es Wahnsinn gewesen, dieses Ritual hier abzuziehen. Blieb ihm nur, auf seine Spurtkraft zu setzen, doch die Zeiten, wo er die hundert Meter in 11,5 gelaufen war, lagen dreißig Jahre zurück. Allerdings hatte der junge Mann, dem er hinterherjagte, mit Sicherheit auch kein Sprintertraining absolviert, und Mannhardt hatte gute Chancen, ihn alsbald einzuholen. Es wurde ein Slalomlauf um die Leute herum, die wie plötzlich schockgefrostet stehenblieben und nicht wußten: wurde hier ein Film gedreht, oder war das voller Ernst.

Die Berliner Straße flog ihm entgegen, C&A, die U-Bahn-Eingänge. Mirko Fischer – Mannhardt war sich sicher, daß er es war – wollte offensichtlich über die Straße hinweg und am Tegeler Fließ in den Wald hinein, doch die Ampeln standen auf Rot. Der Fahrzeugstrom war so dicht, daß er es nicht wagen konnte, zwischen den Autos hindurchzuflitzen. Blieb ihm nur der U-Bahn-Tunnel, um auf die andere Seite zu kommen.

Wie Maulwurfsgänge zogen sich am nördlichen Ende des Bahnhofs fünf Ein- und Ausstiege unter der Straße entlang. Am südlichen Ende des Bahnsteigs, an der Grußdorfstraße, kam noch ein sechster hinzu.

Mirko Fischer brauchte gute fünf Sekunden, um eine Entscheidung zu treffen, und Mannhardt kam auf etwa fünfzehn Meter an ihn heran. Gleich neben dem gelben Toilettenhäuschen tauchte der mutmaßliche Taximörder nun nach unten ab. Mannhardt sprang hinterher. Vorbei ging es an Reklametafeln und der Photomaton-Kabine, wo es gerade blitzte, an Bäckerei, Zeitungsladen, Geldautomaten und Fahrkartenverkauf, immer Richtung Bahnsteig. Offensichtlich wollte Mirko Fischer zum südlichen Ausgang. Vielleicht hatte er dort seinen Wagen geparkt. Oder sein Fahrrad. Rolltreppe oder Stufen? Mannhardt sprang die Stufen hinunter.

«Nach Alt-Mariendorf zurückbleiben bitte!»

Als Mannhardt den Bahnsteig erreichte, waren es fünf Sätze zum letzten beziehungsweise ersten der eidottergelben Wagen.

«Zurückbleiben!» Scharf wie auf dem Kasernenhof.

Der Zug fuhr an, von Mannhardt weg.

Mirko Fischer hatte es schon bis zum vorletzten Wagen geschafft und war kräftig genug, eine der Türen noch aufzureißen, obwohl die Druckluft sie zusammenpreßte.

Mannhardt hätte alles sausen lassen und an Heike und Silvester denken müssen, doch es riß ihn mit, und er hechtete geradezu nach einem der Griffe, bekam ihn zu packen, schwang sich auf das schmale Trittbrett und suchte die Tür noch zu öffnen. Rutschte er ab und geriet mit den Beinen zwischen Zug und Bahnsteigkante, dann... Er sah sich mit zwei Beinstümpfen auf dem Küchenstuhl sitzen.

Doch er hatte Glück. Einmal, daß er einen alten U-Bahn-Wagen erwischt hatte, wo die Türen noch einen richtig kompakten schwarzen Griff hatten und nicht nur einen blanken Aluminiumhebel, und zum anderen, daß drinnen Leute an der Tür standen und ihm beim Aufreißen halfen.

Geschafft, gerettet. «Danke sehr...» Schwer atmend hing er an einem der Haltegriffe. Nach Sekunden der Erholung lief er durch den Wagen und sah durch das kleine Fenster an der Stirnseite in den Waggon hinüber, in den sich Mirko Fischer geflüchtet hatte. Der stand an der Tür, beide Griffe in der Hand, und wartete darauf, auf der nächsten Station davonspritzen zu können. Mannhardt überlegte einen Augenblick, ob es Sinn machte, die Notbremse zu ziehen. Nein, denn die neuen Sicherheitsvorschriften ließen es nicht mehr zu, den Zug im Tunnel halten zu lassen, sondern erst auf der nächsten Station.

Die hieß Borsigwerke und kam schon in der nächsten Minute. Mannhardt lief zur Tür und wartete. Das Rütteln nahm ab, die zitronengelben Kacheln zeigten sich im Fensterband.

Beide sprangen ab, lange bevor der Zug ausgerollt war. Wie vom Katapult abgeschossen, schnellten sie vor. Die Jagd ging weiter. Mannhardt hoffte irgendwie auf Yaiza Teetzmanns Hilfe, doch ob die mitgekriegt hatte, daß sie beide mit der U-Bahn losgefahren waren, schien mehr als fraglich.

Mirko Fischer lief die Berliner Straße hinunter, Richtung Süden und Strafvollzugsanstalt Tegel. Als wollte er sich gleich selber einliefern. Mannhardt sah in seinem Verhalten keinerlei logischen Plan. Wie lange sollte das so gehen? Für einen Berlin-Marathon waren sie beide nicht geschaffen.

Da hörte er von allen Seiten Martinshörner. Yaiza Teetzmann hatte sie also doch in der U-Bahn verschwinden sehen und die absolut richtigen Schlüsse gezogen. Klar, daß sie, waren sie beide in den Zug gesprungen, an der nächsten Station wieder aussteigen würden.

Mirko Fischer tat das für ihn einzig Richtige: Er schlug sich nach rechts in das Gewirr kleinerer Straßen. Im Labyrinth von Hauseingängen und Innenhöfen mochte es ihm gelingen, die Verfolger auszutricksen. Jenseits der Straße lagen zwar die rostbraunen Hochhaustürme des Tegeler Business-Centers und diverse Fabrikgebäude, was noch besser für ihn gewesen wäre, aber dort kam er schlecht hin, weil nicht nur die verkehrsreiche Straße dazwischenlag, sondern auch die U-Bahn, die hier auf einer Rampe aus dem Tunnel kam und bis Kurt-Schumacher-Platz in Dammlage fuhr.

Mannhardt merkte, daß seine Kondition um einiges besser war als die seines Gegners. War der nur halb so alt wie er, so hatten doch offensichtlich das unregelmäßige Leben sowie Alkohol und andere Drogen das Ihre getan. Meter um Meter holte Mannhardt auf, obwohl auch seine Beine schwer wurden wie die eines 400-Meter-Läufers auf der Zielgeraden und seine Lungen furchtbar schmerzten. Aus den Augenwinkeln sah er die Straßenschilder. Egells... Biedenkopfer... Beckumer... Das vorne mußte die Namslaustraße sein.

Da waren die Kollegen in den Streifenwagen heran. Mirko Fischer mußte seine Richtung ändern, sonst wäre er ihnen direkt vor den Kühler gelaufen. Der erste Hauseingang war geschlossen, doch der zweite war offen. Wegen einer Arztpraxis. Dr. Ju... las Mannhardt beim Vorüberhasten. Die Treppe nach oben laufen konnte Mirko Fischer nicht, denn da standen Patienten, die offensichtlich in den Warteräumen keinen Platz gefunden hatten. Schien überlaufen der Arzt. Mußte also gut sein der Mann, wo doch ansonsten alle klagten.

Mannhardt war heran und griff nach Mirko Fischers blauer Jeansjacke, verfehlte sie aber. Mirko Fischer warf sich nach links, wo sich die Praxis befand. Mannhardt hätte ihn gehabt, prallte aber gegen den Doktor und wurde wie eine Billardkugel zur Seite geschleudert. Mirko Fischer gelang es, ins Labor zu schlüpfen. Da war im Augenblick niemand, und das Fenster schien sich leicht öffnen zu lassen.

Mannhardt erreichte die Tür und stieß die üblichen Festnahmefloskeln aus.

«Bleib stehen!» schrie Mirko Fischer und hielt eine mit Blut gefüllte Spritze wie einen Dartpfeil in der rechten Hand.

Mannhardt zuckte zurück. Aids, schoß es ihm durch den Kopf. Abgesehen davon... wenn man die Spritze ins Auge bekam, dann... Er wiederholte seine Worte. «Kriminalpolizei.

Mirko Fischer... Sie sind hiermit vorläufig festgenommen. Bitte: jeder Widerstand ist zwecklos jetzt.»

Der mutmaßliche Mörder des Taxifahrers Wolfgang Wuttkowski sah die Sache anders. Die Spritze immer noch gezückt, versuchte er, mit der anderen Hand das Fenster aufzuziehen.

«Machen Sie doch keinen Quatsch...» Mannhardt ging auf ihn zu.

Da schoß die Spritze auf ihn zu. Wie ein Pfeil. Er warf sich instinktiv herum, doch sie traf ihn trotzdem an der rechten Hüfte. Jetzt war ihm alles egal. Er warf sich auf den Taxifahrermörder. Doch Mirko Fischer war reaktionsschnell zur Seite gesprungen und hatte ein großes Glas gegriffen, das bis zum Rand mit milchigtrübem Urin angefüllt war. Er schleuderte es Mannhardt entgegen und traf ihn mitten auf die Brust.

Das Zeug spritzte Mannhardt in Augen, Mund und Nase.

16

Hallo, Mom, hast du schon gehört, was passiert ist? Nein? Mein Name steht in allen Zeitungen. Mirko Fischer – WANTED! 20000 Mark Belohnung. O Mann, soviel war noch keiner von uns wert. Du kannst stolz sein auf deinen Sohn. Und keiner verfolgt mich mehr. Seit Weihnachten war ja Werner mit seiner Taxe hinter mir her. Überall in Berlin hat er neben mir gehalten und wollte mich in seinen Wagen ziehen. Um mich zu erwürgen. Du weißt das ja, Mom. Wie er immer auf dich losgegangen ist. Letzte Woche bin ich doch zu ihm in den Wagen rein. «Fahr nach Lübars, ich muß mit dir reden», hab ich gesagt. Da hab ich das Schwein dann hingerichtet. Zwei Kugeln hinten in den Kopf. Eine dafür, daß er dich auf dem Gewissen hat, und eine, weil er immer im Bett an mir rumgefummelt hat. So 'n Abgang hab ich ihm immer gewünscht. Das war ein geiles Bild, du, echt. Ja, mir geht es gut, Mom. Eben bin ich in ein

Haus eingebrochen und hab eine Schüssel mit Kuchenteig leer gefressen. Keine Angst, Mom, die Bullen kriegen mich nicht. Ich bin tausendmal besser als die. Das hättest du sehen sollen, wie ich dem einen die Pisse ins Gesicht geschüttet hab, als der mich kriegen wollte. Kotz, brech! Der war total alle. Ich hab dein Bild bei mir, Mom, und guck's mir immer an. So bist du in meinem Kopf ganz lebendig. Bevor ich Werner abgeknallt hab, war ich innen ganz leer, so wie ein Eimer mit Wasser, den du ausgekippt hast. Jetzt aber bin ich wieder ganz voll mit allem. Ich geh nach Hamburg, Mom, und wenn Werner den anderen Taxifahrern vorher noch gesagt hat, daß sie mich verfolgen sollen, dann knall ich die genauso ab. Nicht mit mir! Du, Mom, manchmal glaube ich, daß ich vom Teufel besessen bin. Da trinke ich dann, Mom. Weißt du auch, daß Werner mich vergiften wollte? In meinem Bier war Gift drin, das war ganz bitter. Aber ich hab's gemerkt. Ich bin sehr, sehr einsam, Mom. Zu Frauen geh ich nicht mehr, die saugen mich nur aus. Bloß mal kurz, du weiß schon. Als Britta abgehauen ist, hab ich viele Tabletten geschluckt, aber sie haben mich gefunden und ins Krankenhaus gebracht. Da in Lübars, wo ich gewohnt hab. Ich halt's nicht mehr aus, du, ich stech mir jetzt ins Bein. Das Blut! Keine Angst, Mom, ich verblute nicht. Ich bin einer der wenigen Menschen, die gar nicht sterben können. Ich komm auch noch ganz groß raus. Jetzt geht's mir wieder besser. Weißt du, was ich jetzt mache: ich geh jetzt in die Stadt und suche mir den nächsten Taxifahrer. Das sind alles so fiese Säue wie Werner. Wenn der zweite tot ist und der dritte, dann traut sich keiner mehr mit seiner Taxe auf die Straße, dann bleiben alle in der Garage, dann gehen alle pleite. Wow!

17

Mannhardt wußte, daß ganz Berlin über ihn lachte. Es war dasselbe Muster wie damals im Oktober 1992, als einer seiner Kollegen in dem Augenblick auf einem Haufen Hundekacke ausrutschte, als er den Kaufhauserpresser Dagobert gerade packen wollte. Diesmal nun hatte ein Glas Urin verhindert, daß der Taxifahrermörder Mirko Fischer gefaßt werden konnte.

«Das ist die Strafe dafür, daß du bei Bianca Broch draußen in Wernsdorf über die Urintrinker so gelästert hast», sagte Heike.

Und Yaiza Teetzmann schlug in dieselbe Kerbe. «Ich wußte doch: Früher oder später kommst auch du zum Urin.»

«Besser Urin als Ruin», merkte Mannhardt an. «Und wenn auch ein homerisches Gelächter losgebrochen ist, das ist mir immer noch tausendmal lieber als die Beileidsbekundungen, wenn das Blut in der Spritze wirklich Aidsviren enthalten hätte.»

Dennoch hatte ihn sein Mißgeschick erheblich getroffen, und da er eh ein wenig hypochondrisch war, sprach er gar von einem Trauma. Tagelang roch für ihn alles nach Urin, konnte er weder Apfel- noch Orangensaft trinken, auch kein Bier, und starrte, wenn er am Toilettenbecken stand, gegen die Wand oder an die Decke, um nicht sehen zu müssen, was da aus ihm floß.

Saß er am Schreibtisch, kreiste sein Denken unaufhörlich um die Szene im Labor der Arztpraxis in Tegel. Wenn er mit der Urinladung im Gesicht nicht so überzogen reagiert hätte, dann... So jedenfalls gab man ihm die Schuld, daß dieser Mirko Fischer noch immer frei herumlaufen und jede Nacht einen neuen Mord begehen konnte. Dieser Gedanke machte ihn fertig. Natürlich lief die Fahndung, aber in einer Stadt wie Berlin bekam man einen Menschen, der sich unauffällig verhielt, womöglich in Jahrzehnten nicht. Wie denn auch, wo man die Leute nicht an jeder Straßenecke anhalten und nach ihrem Ausweis fragen konnte. Hinweise hatte es einige gegeben, aber alle waren bisher in kurzer Zeit abzuhaken gewesen. Trotzdem hoffte er bei jedem Klingeln des Telefons auf das große Wunder. Wie jetzt auch.

«Mordkommission, Mannhardt, ja, bitte...?»

«Hier ist Frau Gerda Dombrowski aus der Gotzkowskystraße...»

«Ja, Frau...» Mannhardt hatte nicht richtig hingehört, den Hörer auch noch nicht am Ohr gehabt und war sich nicht sicher, wie die Frau nun hieß: Dombrowski oder Gotzkowsky.

«Es geht um den Taximord. Bin ich da richtig bei Ihnen?»

«Ja.»

«Ich war gestern abend bei meiner Freundin in Hoppegarten. Kennen Sie das?»

«Na sicher: Pferderennen.»

Die Anruferin lachte. «Nein: das andere. Das liegt weiter nach Müncheberg hin. Am Maxsee.»

Mannhardt gähnte. «Hab ich nie was gehört von.»

«Müssen Sie unbedingt mal hinfahren. Unberührte Natur.»

«Ja, danke für den Tip. Hier ist aber die Mordkommission...»

Gerda Dombrowski wurde langsam ungemütlich. «Ich bin pensionierte Lehrerin: Sie können mir schon glauben, daß ich noch weiß, wo ich eben angerufen habe. Wie gesagt: Ich war gestern abend bei meiner Freundin Astrid, und wir sitzen im Garten, dicht an der Straße. Es muß gegen 21 Uhr gewesen sein. Da kommt eine Taxe aus Richtung Berlin, und ich bin mir sicher, daß auf dem Rücksitz ein Toter gesessen hat. So zusammengesunken und das Blut an der Schläfe...»

Mannhardt gab vorsichtig zu bedenken, daß das wohl auch ein Betrunkener gewesen sein könnte.

«Das glaube ich nicht.»

Mannhardt unterdrückte seinen Ärger über diese Störung seiner Arbeitsruhe. «Liebe Frau Gotz...»

«Dombrowski!»

«...Dombrowski – Pardon! Sie scheinen da doch etwas zu verwechseln: Wir suchen einen Mann, der einen Taxifahrer ermordet hat, und keinen Taxifahrer, der...»

Gerda Dombrowski reagierte empört. «Für wie dämlich halten Sie mich denn!? Nur weil ich inzwischen auf die Neunzig zugehe. Was ich meine, junger Mann, ist dieses: Da hat der Taximörder wieder zugeschlagen, den Fahrer aber nach der Tat auf den Rücksitz gesetzt und angeschnallt und ist dann mitsamt dem Wagen geflohen.»

«Nun...» Mannhardt mußte zugeben, daß das nicht ganz auszuschließen sei. «Wir haben aber von den brandenburgischen Kollegen keine diesbezüglichen Informationen erhalten.» Er versuchte, möglichst amtlich zu klingen, um die Anruferin auf Distanz zu halten. Menschen wie sie, dominante Querulanten, neigten immer zu Dienstaufsichtsbeschwerden.

«Ich wollte es Ihnen ja auch nur gesagt haben. Wie war Ihr Name bitte?»

«Wuttkowski», antwortete Mannhardt. «Wolfgang Wuttkowski.»

«Danke sehr.» Und aufgelegt.

Mannhardt ging, sich einen Kaffee und ein Baguette aus der Kantine holen. «Bitte etwas mit Rindfleisch drauf, damit mich endgültig der Wahnsinn packt...» Und in seinem Kopf hallte es wie in der Eishockeyhalle, wenn die Fans ihre Sprüche skandierten: BSE, BSE – alle hab'n es an der Spree! Die Leute lasen zu viele Kriminalromane und saßen zu oft vor der Glotze, um Krimis zu sehen.

Als er an seinen Schreibtisch zurückgekehrt war, schlug er erst einmal die neue «zitty» auf, um zu sehen, was in Berlin alles so lief. Viel zuviel. Außerdem ging das meiste sowieso nicht, weil auf den Papst aufzupassen war. Wieder störte ihn das Telefon. Yaiza Teetzmann war mit ihrem Fabio verschwunden. Angeblich zum Einkaufen, aber wahrscheinlich zu einem Quickie irgendwo. Mürrisch riß er den Hörer hoch, und sein Verslein klang arg vernuschelt.

«Hast du dein Gebiß nicht drin?»

Er glaubte zu träumen. «Was denn: du? Von Bali aus...?»

«Nein, von Balin.»

Um das zu begreifen, brauchte er etliche Zehntelsekunden. «Wie kommst du denn so plötzlich nach Berlin?»

«Na, wie schon? Sie haben mich hergebeamt.»

Mannhardt spürte, wie er immer rettungsloser in die Defensive geriet. Diesen «Club Exotic»-Ton seiner Noch-immer-Ehefrau hatte er nicht drauf, da fehlte ihm die tägliche Übung. «Habt ihr 'ne Jahrestagung hier?»

Lilo Mannhardt imitierte den Tonfall einer Reporterin. «...fragte er mit dem ihm eigenen kriminalistischen Scharfsinn, und er freute sich, daß sie seine Frage bejahte.»

Langsam kam Mannhardt wieder auf die Beine. «Ob ich mich freue, ist ja nun 'ne andere Sache...»

«Ich bewundere deine Intuition.»

Jetzt lief er wirklich zur Höchstform auf. «Sag bloß: Du willst nach fünf Jahren der Trennung von Tisch und Bett wieder eine gute deutsche Ehe mit mir führen? Warte mal, ich muß mir bloß schnell meine Waffe an die Schläfe setzen.»

«So einfach kommst du mir nicht davon.» Und sie erklärte ihm, daß sie jetzt endlich die Scheidung wolle.

«Weil ich nun wieder Vater geworden bin...? Oder fürchtest du die Bigamie...?»

«Nein, du, das Glück mit dir war so riesig, daß ich nie wieder heiraten muß. Die Scheidung einreichen? Weiß ich nicht, warum. Da wird es viele Gründe geben. Mein Arbeitgeber sieht es auch nicht so gerne, daß ich's immer noch bin.»

Klar, dachte Mannhardt, eine verheiratete Reisebegleiterin, die es mal mit den Animateuren, mal mit den Kunden treibt.

«Was du da annimmst, ist ein bißchen primitiv...» Lilo mußte seine Gedanken gelesen haben. «Ein bißchen komplizierter ist es schon. Laß uns mal in Ruhe darüber reden, wie wir das alles am besten hinter uns bringen.»

«Das Modell Kleist scheidet aber bitte aus.»

«Wie?»

Jetzt konnte er einen Pluspunkt verbuchen. «Gemeinsamer Selbstmord am Kleinen Wannsee unten. Aber ich bin ja kein Dichter und du nicht Henriette Vogel.»

Lilo Mannhardt verfiel nun automatisch in das Verhalten, das sie im Umgang mit störrischen Pauschalreisenden an den Tag legen mußte. «Wir treffen uns um 21 Uhr im Hotel ‹Heidereiter› in Lehnitz.» Sie nannte ihm die Anschrift. «Hirschfeldstraße, fast am See unten. Aber pünktlich bitte. Vorher kann ich nicht.»

«Wir danken Ihnen für das in uns gesetzte Vertrauen und werden uns bemühen, alles zu Ihrer Zufriedenheit zu erledigen.» Mannhardt legte auf und starrte in den gnadenlos blauen Himmel Berlins. Dann flossen die Tränen. Er konnte nichts dagegen machen. Vom Kopf her war ja alles klar gewesen, trotzdem aber... Bis daß der Tod Euch scheidet. Das war in seiner Seele unauslöschlich programmiert. Und da waren die alten Bilder wieder. Wie Lilo und er alt und grau in Hermsdorf im Garten saßen, die Kinder und die Enkelkinder um sich herum. Um die verlorenen Träume weinte er. Es wäre besser gewesen, man hätte ihn längst bei einer Verfolgungsjagd erschossen. *Versündige dich nicht!* Das war die Stimme seiner Mutter. Natürlich, er hatte Heike und Silvester, er fiel ja keineswegs ins absolute Nichts. Und dennoch...

Er stand auf, ging zum Waschbecken und ließ sich kaltes Wasser über Stirn und Arme laufen. Dann rief er Heike an, um ihr zu sagen, daß er heute abend später kommen würde. «Lilo hat mich zu sich einbestellt. Sie will die Scheidung einleiten.»

«Die Scheidung...», wiederholte Heike, so als hätte er etwas auf Kisuaheli gesagt und sie dieses Wort noch niemals gehört.

Mannhardt war maßlos enttäuscht, denn er hatte einen Freudenschrei erwartet. Wunderbar, Liebling, nun ist der Weg endlich frei für uns beide, und gleich nach deiner Scheidung gehen wir zum Standesamt. Du, das ist der glücklichste Tag meines Lebens!

«Bist du noch dran?» fragte Heike.

«Ich seh mal nach.»

«Das scheint dich ja ganz schön getroffen zu haben. Ich denke, zwischen euch, da gibt es nur noch null Gefühle...»

Mannhardt hatte den Wunsch, den Rest seines Lebens in einer kleinen Hütte am Ufer eines Sees zu verbringen, irgendwo tief in den Wäldern Branden- oder Mecklenburgs. «Zwischen uns nicht, aber in mir selber...» Ihm fehlten die Worte. «Das hat nichts mit dir zu tun, sondern nur mit der Zeit, die vor dir war, also, bevor wir uns kennengelernt haben.»

Heike lachte und gab sich souverän. «Okay. Wenn du wieder zurück zu ihr willst, ruf mich bitte erst an, wenn ich mit dem Stillen fertig bin.»

Ihre Ängste freuten ihn irgendwie gemeiner-, aber auch verständlicherweise. «Das ist aber eine schöne Liebeserklärung von dir.»

«Komm du mal her!»

«Du bist eine wunderbare Frau.»

«Stimmt», lachte sie.

«Ich hatte eine andere Antwort erwartet... Du kennst ja meine narzißtische Bedürftigkeit.» Mannhardt war in der Tat ein wenig gekränkt.

«Ein wunderbarer Mann bist du erst, denk mal an die archaischen Muster, wenn du mir reiche Beute nach Hause bringst.»

«Reicht ein Blumenstrauß?»

«Nein, ich meine im Hinblick auf die verschwundenen Manager – Dr. Witt, Schrotzer und so weiter.»

Mannhardt wand sich. «Das ist nicht mein Bier, das sind ganz andere Zuständigkeiten. Das sind auch gar keine Fälle, das sind nur Zufälle.»

Heike schrie auf. «Du, Vestie schreit, ich muß! Bis dann. Und laß dich von Lilo nicht einwickeln...»

«Nein, nein!» rief Mannhardt, hatte aber sofort das Bild vor Augen, wie sie ihn als Leiche in eine Folie wickelte.

Doch ehe er seine düsteren Gedanken weiterspinnen konnte, kam Yaiza Teetzmann von ihrem Rendezvous mit ihrem *latin lover* zurück. Unwillkürlich hatte Mannhardt den Spruch im Sinn, den sie als pubertierende Knaben immer gebraucht hatten: Du bist ja so errötet, hat man dich soeben durchgeflötet? «Hallo, du bist ja so... erhitzt?»

«Ja, wir ham zwei Sambuca jetrunken: Fabio hat 'ne neue Stellung jefunden.»

Mannhardt grinste. «Was denn, bei dir im Trabbi?»

«Sau du. Als Kellner in 'ner Pizzeria.»

«Gratulation.»

Yaiza Teetzmann fiel in ihren Drehstuhl. «Wat Neuet hier?»

«Nein. Außer, daß Lilo in Berlin ist und ich heute abend zu ihr raus muß nach Lehnitz ins Hotel.»

Jetzt war es an Yaiza Teetzmann zu spotten. «Willste da die Nacht mit ihr verbringen?»

«Nein, über unsere Scheidung reden.»

«Nimm mal gleich 'n Anwalt mit.»

«Da gibt's ja nichts mehr zu verteilen bei uns.» Mannhardt sah das Grundstück vor sich. Hermsdorf. Beste Lage. Aber längst verkauft. Er sah sich mit der S-Bahn fahren und den Zug in Hermsdorf halten. «Mit der S-Bahn nach Lehnitz raus, das dauert ewig und drei Tage...»

«Fahr doch mit der Taxe raus und sag, dettet dienstlich is. Kieken, ob der Mirko Fischer irjendwo steckt.»

Mannhardt hatte am Bahnhof Zoo einen Taxifahrer erwischt, der zwar in Berlin nicht mehr so vorherrschend war wie noch vor zwanzig Jahren, dazu saßen zu viele Studenten, fertige Akademiker, Ausländer und Frauen auf dem Bock, dem man aber doch hin und wieder noch begegnen konnte. Mufflig war er, besserwisserisch, fuhr einen barbarischen Stil und hatte etwas gegen Ausländer, Intellektuelle und alle, die nicht seiner Meinung waren. Schon als Mannhardt sein Fahrziel nannte, begann er zu meckern.

«Was'n: so spät abends noch in die Zone?»

«Ob da in Lehnitz ‹Zone 30› ist, weiß ich nicht, aber wir müssen ja nicht rasen, ich komm noch früh genug zum Rendezvous.»

«Ich wollt gerade Feierabend machen, ich wohn in Lichtenrade unten.» Mannhardt unterließ es, das Wort «Beförderungspflicht» fallenzulassen, und fand, daß er den Mann am besten ärgern konnte, wenn er alles überhörte. Andererseits: Die Fahrt mochte an die siebzig Mark kosten, und die wiederum gönnte er dem alten Stinkstiebel nicht. Schön, das mußte er nicht aus der eigenen Tasche bezahlen, aber dennoch... Sein preußisches Gewissen meldete sich zu Wort, und er hörte seine innere Stimme nur allzu deutlich: Wenn es eine dienstliche Fahrt sein soll, dann mußt du aber auch arbeiten für: also frag den Mann was zum Taxifahrermord.

Der Fahrer kam ihm zuvor. «Wo soll'n das in Lehnitz sein?»

«Ach, Gott...» Mannhardt hatte die genaue Adresse schon wieder vergessen. Seine Psyche wollte das wohl alles verdrängen. Wie ja die ganzen letzten Jahre über. «Das Hotel heißt ‹Heiderose›, die Straße hab ich vergessen. Irgend etwas mit einem Tier. Müssen wir mal fragen, wenn wir da sind.»

«Solche Fahrten hab ich gerne», brummte der Mann mit der Hindenburg-Bürste. «...'ne einsame Straße außerhalb Berlins, und dann...»

«Halten Sie mich für einen Taxiräuber?» fragte Mannhardt.

«Heutzutage kann man keinem mehr trauen. Und ins Herz sehen schon lange nicht. Und den Mörder von Wolfgang Wuttkowski, den haben sie ja immer noch nicht. Die Polizei stellt sich ja auch so was von dämlich an. Mit dem Urin da – haben Sie das mitgekriegt.»

Nicht nur mit-, wollte Mannhardt sagen, sondern sogar abgekriegt, ließ es aber... «Meinen Sie denn, dieser Mirko Fischer ist noch immer unterwegs in Berlin?»

«Wieso?»

«Weil ich mir vorstelle, daß Sie ganz schön Angst haben müssen...»

«Der muß Angst haben vor mir. Wenn der auftaucht hier bei mir im Wagen, dann gibt's den finalen Todesschuß. Aber pur!» Der Fahrer lachte. «Klarer Fall von Notwehr war das dann bei mir! Die Richter heute, diese Weicheier, die muß man austricksen alle. Bei denen kriegt dieser Bursche doch höchstens zwei Jahre mit Bewährung – weil Mama mal vergessen hatte, ihm den Schnuller zu geben.»

Mannhardt schwieg erst einmal. Sie fuhren die Otto-Suhr-Allee hinauf, am Charlottenburger Schloß vorbei und dann am Jakob-Kaiser-Platz auf die Hamburg-Autobahn hinauf, um nachher über den Eichborndamm auf die B 96 zu kommen. Auf dem anderen Rücksitz lag ein buntes Faltblatt. *Vorfahrt für den Fahrgast – Der neue Berliner Taxi-Tarif.* Mannhardt nahm ihn hoch und versuchte ihn zu lesen, soweit das in der hereinbrechenden Dämmerung noch möglich war. Ganz oben links schimmerte ein Fünfmarkstück, und die Überschrift – passend zu einer fünfköpfigen Familie, die mit ihren Koffern vor dem Brandenburger Tor stand und strahlend eine heranrollende Taxe begrüßte – lautete:

Für 5 Mark bringen wir ganze Familien um die Ecke!

Zuerst dachte Mannhardt nur, daß das Ganze ja ziemlich hirnrissig war, denn am Brandenburger Tor gab es ja nirgendwo Wohnungen, in denen Großfamilien lebten, dann aber bemerkte er den Doppelsinn des Spruches, und ihm fiel wieder ein, welche Assoziationen diese Gerda Dombrowski, Gotzkowsky oder wie auch immer bei ihm ausgelöst hatte: das Bild vom mordenden Taxifahrer. Wie nun, wenn so ein Typ wie der Mann vor ihm am Steuer nun total durchgeknallt war, einen Fahrgast falsch eingeschätzt und in «Notwehr» erschossen, dann aber den Mut verloren hatte, zur Polizei zu fahren? Vielleicht hatte die pensionierte Lehrerin doch keine Gespenster gesehen.

Für 5 Mark bringen wir ganze Familien um die Ecke!

Mannhardt kam gar nicht mehr los davon. Die Taxe auf der Tarifinformation war mit Werbung beklebt. Worum es dabei ging, war bei dem schwachen Licht nicht auszumachen, nur den Ort, wo sie ansässig war, konnte er entziffern: CAPUTH. Das war der Ort am Templiner See bei Potsdam, wo das Einstein-Haus stand, Mannhardt aber verband mit Caputh sofort kaputt und: Macht kaputt, was euch kaputt macht! Vielleicht gab es wirklich einen Taxifahrer, der schneller war als Mirko Fischer, wenn der den zweiten Mord begehen wollte. Obwohl er es faschistisch fand, dies zu hoffen, konnte er sich der Faszination dieses Gedankens nicht ganz entziehen, denn für jede weitere Bluttat Fischers würde man ihn verantwortlich machen: Wenn sich der Mannhardt bei der Attacke mit dem Glas Urin nicht so albern angestellt hätte, dann...

Immer wenn er besonders schnell fuhr, hing sein Chauffeur am Funktelefon und gab seiner Frau wohlmeinende Kommandos.

«Hallo, Mutti, hier ist Günther. Bin gerade auf der Autobahn, und da fällt mir ein: Hast du Grillkohle geholt? – Nein! O Gott, muß ich denn an alles denken. – Nein, ich fahre bis vier Uhr morgens und schlafe dann bis eins. – So? Dann mach doch auch 'n Führerschein oder nimm dir das Rad. Jedenfalls ist das alles morgen mittag erledigt. Ende.»

Mannhardt verspürte einen starken Haß auf Günther, mußte sich aber gleichzeitig auch eingestehen, daß er ihn beneidete. Wäre er selbst so mit Lilo umgesprungen, würden sie sich möglicherweise heute noch lieben und in holder Eintracht miteinander leben.

Als sie durch Hermsdorf fuhren, bat er den Fahrer, doch bitte einen kleinen Umweg zu machen und durch die Straße zu fahren, in der er jahrelang mit Lilo und den Kindern gewohnt hatte.

«Is ja prima, daß Ihnen das jetzt noch eingefallen is...»

Mannhardt reagierte auf diese neue Unverschämtheit nicht, er war mit seiner Zeitmaschine schon längst Ende der siebziger Jahre. Der allfällige Fackelzug durch die Hermsdorfer Straßen fand heute abend statt. «Laterne, Laterne, Sonne, Mond und Sterne. Brenne auf, mein Licht, brenne auf, mein Licht, nur meine liebe Laterne nicht...» Michael ging an seiner Hand, Elke hatte Lilo angefaßt. Im Garten glühte noch die Kohle im Grill, und die Girlanden wiegten sich im Wind. Alles war gut, für alle Ewigkeit gut. Dann, als sie die Kinder ins Bett gebracht hatten, schlief er mit Lilo – und er liebte sie und glaubte, daß sich nie etwas ändern würde.

Mannhardt unterdrückte ein Seufzen, ein Schluchzen, doch dann mußte er ein Taschentuch nehmen, um sich die Tränen aus den Augen zu wischen. Wie hatte seine Mutter immer gesagt: Wir Mannhardts haben alle zu dicht am Wasser gebaut.

In seiner Erregung merkte er nicht, wie sich der Fahrer zu ihm umgedreht hatte, so etwas murmelte wie «...ein Irrer, was, ausgebrochen aus der KBoN...» und sich unter seinem Sitz zu schaffen machte.

Um von seinen Aufwallungen wegzukommen, suchte Mannhardt nun wieder das Gespräch. «Danke, schnell weiter jetzt. Durch Frohnau durch und dann... Kennen Sie die Gegend hier?»

«Hatte ich nicht schon gesagt, daß ich unten aus dem Süden komme!?» blaffte Günther.

Mannhardt verspürte den ungewissen Drang, dem Fahrer den Schädel einzuschlagen. Vielleicht hatte Mirko Fischer hinter einem ähnlichen Typen gesessen und dabei rot gesehen. Das Schlimme am Taxifahren war ja, daß man mit einem wildfremden Menschen über viele Minuten hinweg in einem eng umschlossenen Raum quasi zur Intimität verurteilt war. Man roch ihn, man war ihm zum Anfassen nahe, man atmete das ein, was er gerade ausgeatmet hatte. Das potenzierte auch die Aggressionen. Also: Günther erschlagen... Außerdem hatte Mannhardt eine tiefverwurzelte Lust am Absurden: Das wäre doch *der* Gag des Jahres gewesen, wenn er, der er den Berliner Taximörder jagen sollte, nun selber einen Taxifahrer um die Ecke brachte.

Nun, er widerstand dem Impuls, denn so schön wäre es auch nicht gewesen, den Rest des Lebens in der geschlossenen Anstalt verbringen zu müssen.

«Hier war früher die Grenze», sagte Mannhardt, als sie den Frohnauer Wald verließen und nach Hohen Neuendorf kamen.

«Für mich ist hier immer noch die Grenze», betonte Günther.

«Ja, zwischen Berlin und Brandenburg, aber sonst...»

«Hören Sie mir auf mit dieser Vereinigungsscheiße!»

Mannhardt verstummte erneut und nahm den alten Faden wieder auf. Warum sollte nicht auch mal ein Taxifahrer der Mörder sein dürfen...? Den Spieß umdrehen sozusagen. In einsamen Gegenden hatte er eine reelle Chance für einen wirklich perfekten Mord. Sofern ihn niemand beim Einsteigen des Fahrgastes beobachtet hatte und die Taxe nicht über Funk gerufen worden war. An einen – grob gesagt – «Lustmörder» ließ sich da denken, aber auch an einen armen Schlucker, der es auf das Geld reicher Kunden abgesehen hatte: Unternehmer, Chefärzte, Manager... Manager! Mannhardt zuckte zusammen. Vielleicht lag hier die Lösung für Heikes Problem: Berlin als Schwarzes Loch, in dem die Manager verschwanden. Ach, Quatsch! Das war doch absolut hirnrissig alles. Durch die zu erwartende Begegnung mit Lilo war er krankhaft überagiert.

Andererseits... Der Gedanke ließ ihn so schnell nicht wieder los. Die Blamage mit der so gründlich mißglückten Festnahme von Mirko Fischer ließ sich durch nichts besser kompensieren als durch die Aufklärung des mysteriösen Verschwindens diverser Manager. Und er hatte die fetten Titel schon vor Augen: Im Taxi in den Tod! Oder: Geisteskranker Taxifahrer tötet Topmanager!

Hinter Hohen Neuendorf wuchsen die Ortschaften an der

B 96 immer mehr zu einer großen Umlandsiedlung zusammen. Das ging bis Oranienburg hin, und man mußte schon sehr auf die gelb-schwarzen Schilder achten, um zu wissen, wo man gerade war. In Birkenwerder, Borgsdorf oder schon in Lehnitz. Allmählich wurde alles farbenfroher, und die preußisch-DDRliche Kargheit war nicht mehr ganz so ätzend.

«Ist das links oder rechts vom Lehnitzsee, wo Sie hinmüssen?» fragte der Fahrer, der Licht angemacht hatte und die Karte auf den Knien hielt.

«Keine Ahnung...» Mannhardt hatte in seiner Oranienburger Zeit zwar viele Male den Lehnitzsee umrundet, an seinen Ufern ja auch einige Morde erfolgreich aufklären können, doch ein Hotel namens «Heiderose» war ihm niemals untergekommen. Wirklich «Heiderose»? Und die Straße? Das war ihm noch nie passiert, daß er einen Straßennamen nicht gespeichert hatte. Lilos Stimme schien ihn total paralysiert zu haben.

«Ich fahr jetzt hier rechts rein und dann von hinten nach Lehnitz», beschloß der Fahrer vorn.

«Lassen Sie sich Zeit...» Mannhardts Angst vor Lilo wuchs. Er hatte das Gefühl, ihr hoffnungslos unterlegen zu sein. Insgeheim hoffte er, daß sie sich rettungslos verfahren würden.

Sie glitten auf dem Birkenwerderweg dahin, einer in den Wald gefrästen Schneise und erreichten den S-Bahnhof Lehnitz. Mannhardt sah sich um. Vielleicht ging gerade einer seiner alten Oranienburger Kollegen mit Frau und Hund spazieren, vielleicht traf er Volker Vogeley. Alles war ihm recht, was Aufschub brachte. Doch nichts passierte, und ihm blieb nur, das zu denken, was er seit der Schulzeit abgespeichert hatte: Mit des Geschickes Mächten ist kein ew'ger Bund zu flechten.

Vor der S-Bahn-Unterführung hielt sein Fahrer und wandte sich an einen Einheimischen älterer Bauart. «Hotel Heiderose?»

«Nie gehört. Gibt's hier nicht.»

Triumphierend drehte sich Hindenburg nach hinten um. «Woll'n Sie mich verarschen?»

Mannhardt litt sichtlich. Für einen Augenblick wurde ihm siedend heiß. Vielleicht hatte Lilo gar nicht Lehnitz gesagt, sondern Wandlitz... oder Rüdnitz... oder Perwenitz...? Nein.

«Was is denn nu?»

Mannhardt konnte seine Sprachhemmung nur mühsam überwinden. «Doch: Lehnitz. Irgendwo am See unten.»

«Na schönchen...» Günther fuhr nach Lehnitz hinein.

Mannhardt versuchte verzweifelt, sich an den exakten Namen des Hotels wie an die angegebene Straße zu erinnern. Es gelang ihm nicht mehr. Ein Blackout wie bei einer entscheidenden Prüfung. Und er hatte keine seiner Prüfungen so gefürchtet wie die, mit Lilo über ihre Scheidung zu reden. Warum nur hatte sie noch immer eine derartige Macht über ihn und konnte ihn zur absoluten Lachnummer machen? Warum war er im Umgang mit Frauen nicht so souverän wie Humphrey Bogart oder so macho-fies wie J. R. Ewing?

Es kam, was kommen mußte: Bald hatten sie die Orientierung verloren. Vor allem deswegen, weil zwei Lehnitzer Kids sie zum Grabowsee geschickt hatten. «Da wo die Russen früher ihr Krankenhaus hatten, da wird jetze 'n Hotel drinne sein.»

Der Fahrpreis näherte sich langsam Bereichen, wo Mannhardt bei der sattsam bekannten Armut des öffentlichen Dienstes Ärger mit seiner Vorgesetzten befürchten mußte. Auch war es bereits 21 Uhr 14, und es stand zu befürchten, daß Lilo Mannhardt mit seinem Kommen nicht mehr rechnete und anderes unternehmen würde.

Da las er das Straßenschild Hirschfeldstraße und schrie automatisch: «Hier muß es sein. Ich erinnere mich ganz deutlich daran.»

Der Fahrer bremste und schaltete das Licht im Wageninnern ein. Sie standen zwar im Wald, aber dicht hinter ihnen verlief die vielbefahrene Schmachtenhagener Chaussee, die B 273, die aus Oranienburg kam und nach Wandlitz führte.

«Ist was mit dem Wagen nicht in Ordnung?» fragte Mannhardt.

«Mit dem schon, aber mit Ihnen wohl nicht!»

Mannhardt hatte irgendwie Kreislaufstörungen, verspürte jedenfalls eine gehörige Leere im Kopf, ein dumpfes Dröhnen. «Wieso?»

«Eh wir hier noch weiter durch die Prärie irren, will ich erst mal Kohle sehen. Bei Ihnen hätte ich gleich auf Vorkasse bestehen sollen. Das hat man nun davon, daß man so gutmütig ist. Aber nu: 'n Hunderter oder Ende der Reise!»

Mannhardt konnte nicht anders, als Hindenburg insgeheim recht zu geben. «Ja, sicher. Entschuldigung...» Er griff, ohne zu zögern, nach seinem Portemonnaie... und... Scheiße, in den Jackentaschen war es nicht. Dann hinten in der Hose. Auch nicht. In der Brusttasche seines Hemdes. Nein, wiederum Fehlanzeige. Der Schweiß stand ihm plötzlich auf der Stirn, sein Herz war einer Panikattacke schon recht nahe. Zumal er das Gefühl hatte, mit seinem Portemonnaie auch seine Ich-Identität verloren zu haben.

«Hab ich mir doch gedacht: kein Geld dabei!» hörte er die Stimme des Fahrers.

«Doch, doch.» Mannhardt drehte sich zur Seite, um im Spalt zwischen Sitz und Rückenlehne zu suchen. Wahrscheinlich war ihm sein Portmonnaie beim Einsteigen aus der Gesäßtasche gerutscht und steckte nun... Auch nicht. Nun bückte er sich nach unten, um auf dem Wagenboden zwischen seinem und dem Vordersitz zu suchen. Unter der Gummimatte sicher. Nein... Als er wieder hochkam, starrte er in den Lauf einer 38er Smith & Wesson. Und er glaubte nicht, daß es sich dabei um ein Imitat aus Plastik handeln würde.

«So, jetzt machen wir kurzen Prozeß», sagte der Fahrer.

18

Die beiden Frauen, die im familiären «Mythos» – Weimarische, Ecke Detmolder Straße in Wilmersdorf – beim Retsina zusammensaßen und, bevor die bestellten Speisen kamen, vom Taramas naschten, hatten andere Themen als Kinder und Küche.

«Die Bearbeitung von Vermißtenfällen scheint mir bei der Polizei sehr schleppend zu erfolgen», sagte Bianca Broch.

Karin Aurak wiegelte ab. «Auch wir müssen wirtschaftlich handeln, und fast alle bei der Polizei gemeldeten Vermißtenfälle klärten sich nach ein paar Tagen von selbst wieder auf. Wie ja auch bei Ihrer Cousine...»

«Ja, aber die Aufregung davor. Das fällt dann alles auf die Politiker – auf mich, auf uns – zurück.» Bianca Broch fuhr mit der Fingerspitze so lange den Rand ihres Glases entlang, bis ein hoher Pfeifton die anderen Gäste zusammenschrecken ließ. «Beim Stichwort Polizei, da denken alle an unklare Zielsetzungen und an das Fehlen einer systematischen Erfolgskontrolle.»

Die Polizeioberrätin verteidigte sich damit, daß man immerhin das «Programm Innere Sicherheit – 1994» und eine sehr gute und detaillierte Polizeiliche Kriminalstatistik (PKS) vorzuweisen habe.

Die Politikerin winkte ab. «Dieses Programm besteht doch nur aus allgemeinen Absichtserklärungen, und die Statistik ist wohl mehr ein Fetisch und ein Trauma als eine objektive Arbeitsgrundlage. Siehe großes Dunkelfeld, siehe zweifelhaftes Anzeigeverhalten. Was ich mir vorstelle, sind klare Zielvorgaben und klare Zielvereinbarungen zwischen Politik und Polizei.»

Karin Aurak steckte sich eine Zigarette an. «Das wird schwer werden bei den beiden grundsätzlich verschiedenen kriminalpolitischen Positionen, die es gibt. Vielleicht weniger in Ihrer Partei, aber zumindest bei einer großen Koalition. Für die einen ist Kriminalität in erster Linie Folge sozialer Benachteiligung und Konflikte – und somit mit sozialpräventiven Konzepten zu bekämpfen –, für die anderen ist sie das Ergebnis bröckelnder und nicht voll verinnerlichter Werte – und am besten dadurch zu bekämpfen, daß man die Normentreue mit harten Sanktionen durchzusetzen versucht.»

Weiter kamen sie in diesem Punkte nicht, denn nun brachte Pavlos, der wie immer heiter-liebenswürdige «Mythos»-Wirt, ihre Hauptgerichte, und sie freuten sich, einmal von einem Mann bedient zu werden. Das brachte sie dahin, darüber zu reden, wie schwer sie es hatten, in «Männerbünden» wie CDU und Polizei Karriere zu machen.

«Kompetenz und Führungsqualitäten reichen da nicht», sagte Bianca Broch. «Da muß noch mindestens zweierlei hinzukommen. Erstens einmal, daß auch wir Frauen uns zu Seilschaften zusammenschließen. Wie ich schon mit meiner Freundin Heike zusammen – über alle ideologischen Gräben hinweg –, und wir beide jetzt.»

Karin Aurak hob ihr Glas. «Trinken wir darauf!»

Sie taten es, und Bianca Broch fuhr mit ihrem zweiten Faktor fort, der Medienpräsenz. «Oft genug allein nur auf dem Bildschirm zu sein bringt schon Charisma genug und spricht das, was man sagt und schreibt, fast heilig.» Sie verwies auf die Bücher verschiedener «Anchor»-Männer, deren Erfolg nur darauf baute.

Karin Aurak nickte und formulierte es noch drastischer. «Sonst hätte deren Scheiß doch keine Sau zur Kenntnis genommen.»

«Genau. Und weil es das A und O ist, in den Medien zu sein, habe ich mich entschlossen, mich als Urintrinkerin zu outen.»

Karin Aurak lachte. «... womit Sie allerdings die Festnahme unseres Taxifahrermörders verhindert haben.»

«Ich weiß: unser lieber Mannhardt hat sich seine Urinphobie auf meiner Gartenparty geholt.»

«Gestern ist er mir fast von einem aufgebrachten Taxifahrer erschossen worden, in Lehnitz draußen.»

«Wie das?»

«Der hat ihn für einen Gangster gehalten, zumindest aber für einen, der den Fahrpreis nicht entrichten und abhauen wollte.»

Bianca Broch musterte die hohe Polizeibeamtin. «Sie halten von diesem Mannhardt nicht viel?»

«Nein.» Karin Aurak hatte diplomatische Umschreibungen ein Leben lang gehaßt. «Er steht sich ständig selbst im Weg und ist so ein richtiger Stadtneurotiker. Unser Woody Allen.»

«Gerade das ist es vielleicht, warum meine Freundin Heike ihn liebt.»

«...und ich ihn partout nicht mag. Immer dieses ‹Ja aber› bei ihm. Ich will bei meinen Leuten ein klares ‹So ist es!› hören.»

«Zur Zeit mag er vielleicht ein wenig durcheinander sein – so als später Vater. Was den Mörder des Taxifahrers betrifft und die Verfolgung in der Arztpraxis in Tegel, da hat er ja nun wirklich Pech gehabt. Schwierig mag er ja sein, hat doch aber auch seine großen Erfolge gehabt. Und zu einer guten Führungskraft gehört es auch, mit Menschen wie ihm zurechtzukommen.»

Karin Aurak verstand den Wink. «Ich werd ihn auch machen lassen...»

Mannhardt war sich den ganzen Morgen über nicht völlig sicher, ob er die Szene gestern abend in Lehnitz wirklich erlebt hatte. Von Minute zu Minute wuchs seine Angst, wieder einmal reif zu sein für die Psychiatrie. Realitätsverlust, Wahnvorstellungen... Für heute hatte er sich erst einmal krank gemeldet. Nach der Sache mit dem Urin im Gesicht nun schon wieder im Mittelpunkt des Kollegentratsches und -spottes zu stehen ging über seine Kräfte.

Er griff zur Zeitung, aber selbstverständlich stand dort nichts von der Taxifahrerattacke am Lehnitzsee. Weil es zu unwichtig war, weil es sich nach Redaktionsschluß ereignet hatte – oder aber, weil es nichts war als eine Hervorbringung seiner krankhaften, zumindest aber skurrilen Phantasie, seiner mit dem Alter zunehmenden Neigung, das Leben als Groteske zu sehen, als Sitcom-Folge.

Yaiza Teetzmann erlöste ihn von seinen Qualen, als sie nämlich anrief und ihm einen schönen Gruß von Volker Vogeley bestellte. «Der hatte das gerade im Protokoll gelesen von deinem Pech in Lehnitz und schnell mal gefaxt. Morgen soll et groß im «Generalanzeiger» stehen: Der Mann, der den Taxifahrermörder jagt, wird selber für den Täter gehalten.»

«Lacher vom Band!» rief Mannhardt.

«Und Lilo war schon weg, als de endlich im Hotel anjekommen bist?»

«Ja.» Mannhardt erzählte es nicht ohne Erleichterung. «Sie war mit ein paar Kollegen in irgendeiner Disco draußen auf'm Lande. Hat eben nicht sein sollen. Wie sagte meine Oma immer: Der Mensch denkt, Gott lenkt.»

«Und wann lenkta dich wieda in't Büro?»

«Morgen sicher. Inzwischen könnt ihr ja alleine weiter nach Mirko fischen.»

«Mirko Fischer soll jestern draußen in Spandau jesehn worden sein. Auf 'ner Wiese draußen, bei den Kühen.»

Mannhardt ließ sich gehen. «Rinderdung, Scheidung, Fahndung – alles Dung, alles Scheiße...»

Heike kam herein, und er beendete den kollegialen Meinungsaustausch.

«Geht's dir besser?»

Er kam zu ihr an den Tisch. «Nein. Ich komm gegen dieses Bild einfach nicht an.»

Heike setzte sich und klappte ihren Laptop auf. «Welches Bild?»

«Wie der Taxifahrer sich umdreht und seine Waffe auf mich richtet. Ich hab wirklich geglaubt, der will mich erschießen.»

Heike sah ihn an. «Warum sollte er?»

«Da gäbe es viele Motive. Vielleicht hat er wirklich Angst vor mir gehabt und in einer Art Notwehr handeln wollen. Aber vielleicht ist er auch das gewesen, was man gemeinhin einen

Lustmörder nennt. Ein sadistischer, ein nekrophiler Charakter.»

«Wenn du 'ne Frau gewesen wärst...»

Mannhardt polkte das heruntergelaufene Wachs von ihrer schlanken, blauen Kerze. «Weißt du was...?» Er brachte es nicht über die Lippen.

«Ist das so hirnrissig, daß du dich nicht traust?»

«Ja... Blaff mich nicht gleich an, wenn ich's dir sage.»

«Nein.»

Mannhardt zögerte noch immer, es auszusprechen. «Auf der Fahrt nach Lehnitz hab ich so an dein Schwarzes Loch gedacht...» Er grinste. «...also: an deinen Artikel über die Manager, die in Berlin verschüttgegangen sind. Wenn die nun auch in so einer Taxe gesessen haben...?»

Heike reagierte mit heftigen Bedenken. «Wie soll denn das gehen, daß die alle in dieselbe Taxe steigen: Witt, Vollstedt, O'Brien und Schrotzer? Das wäre nun doch der Zufall hoch vier.»

«Nicht, wenn sie alle im selben Hotel gewohnt haben oder in Berlin dieselbe Anlaufstelle hatten: eine Edelnutte beispielsweise, eine Sauna, ein Fitneßcenter, einen Headhunter oder was weiß ich.»

Heike war aufgestanden und spielte mit einer Rassel, die jemand etwas voreilig dem Papst mitgebracht hatte. «Unmöglich ist nichts. Und wenn da wirklich ein kluger Kopf dahintersteckt...»

«Waren nicht alle vier Herren irgendwie in ihren Firmen ins Abseits geraten und sollten gefeuert werden?» fragte Mannhardt nach.

«Ja, über kurz oder lang.»

Mannhardt lachte. «Vielleicht nicht über kurz oder lang, sondern über die VEL Berlin.»

«Über was?»

«Über die VEL, die Versager-Entsorgung Letal. Bringt um, was euch keine Gewinne mehr bringt.»

Heike tippte ein paar Worte in ihren Laptop. «Nicht schlecht, das mit dem Taxifahrer... Aber der, der dich zum Lehnitzsee gefahren hat, kann das nicht gewesen sein?»

«Du meinst, daß die Aurak mich...?»

«Ganz im Ernst mal.»

«Ich werd mal nachforschen lassen.» Mannhardt griff zum Telefon und rief Volker Vogeley in Oranienburg an. «Hallo, hier Taxiräuber Mannhardt. Ich möchte gerne ein Geständnis abheften, äh: ablegen.»

«Von wegen, von wegen...» Der nebenamtliche Liedermacher ließ sich diese Chance nicht entgehen.

«Es tut mir leid, hohes Gericht, aber die Beamtengehälter sind heutzutage so niedrig, daß mir nichts anderes übriggeblieben ist.» Mannhardt brauchte noch ein Weilchen, um endlich zur Sache zu kommen. «Hast du mal den Namen des tapferen Taxidriver von gestern abend?»

«Willst du ihn verklagen: wegen Rufmord oder so?»

«Nein, nur 'n Bier mit ihm zusammen trinken, und Heike will 'n Fotografen kommen lassen und 'ne Story daraus machen.»

«Na, dann... Warte mal...» Es dauerte nur wenige Sekunden, dann hatte Volker Vogeley alles gefunden. «Günther Krüger heißt der Mann, Detmolder Straße 16, 10715 Berlin.»

«Ich danke dir. Wie kann ich das nur wiedergutmachen?»

«Indem du zu meinem nächsten Auftritt kommst. Freitag abend im ‹Schwarzen Loch›.»

Yaiza Teetzmann stand in Tegelort, sah über die Havel nach Spandau hinüber und wartete auf die Fähre, um sich mitsamt ihres Rades übersetzen zu lassen. Die Information der beiden Jogger, die Mirko Fischer oben am Stadtrand gesehen haben wollten, war ernst zu nehmen. Vielleicht wollte der Taxifahrermörder wirklich per pedes aus Berlin verschwinden, sozusagen still und heimlich durch die Hintertür, und damit vermeiden, auf den Straßen oder in der Bahn bei irgendeiner Kontrolle entdeckt zu werden. Und wie er in Lübars gelebt hatte, abseits in der Laube, das zeigte ja auch, daß er vom Verhalten her eher «scheues Tier» als «Asphaltcowboy» war.

Mannhardt hatte nicht mitkommen wollen, und sie machte sich echt Sorgen um ihn. ‹Tut mir leid, ich muß den Taxifahrer kriegen, der mich ermorden wollte.› So hatte sie es verstanden, und das hörte sich so an, als würde er bald wieder zum Psychiater müssen. Hoffentlich ging er nicht auch noch mit einem Stein auf die Aurak los. Ein prima Kerl, aber wenn er so seine Schübe bekam... Andererseits war es nie langweilig mit ihm.

Es war ein herrlicher Tag, und sie sah die Fahrt vom Dienstgebäude in der Keithstraße nach Spandau als Ausflug an. Mit dem Fahrrad auf dem Autodach war sie ins Büro gekommen und freute sich auf eine schöne Tour. Als Ostberlinerin kannte sie alle großen Waldgebiete zwischen Thüringen und Schwarzem Meer, war aber noch nie durch den Spandauer Forst gelaufen oder gefahren. Erst Mirko Fischer machte das möglich. Sie hatte die Karte auf den Lenker gelegt und prägte sich die Route und die Namen ein. Kuhlake und Johannesstift, Rohrpfuhl und Teufelsbruch, Eiskeller und Kronprinzenbuche. Da wo es nach Schönwalde ging, am Laßzinssee, sollte sich Mirko Fischer versteckt haben. Vielleicht war ja auch er psychisch nicht ganz in Ordnung, nicht ganz dicht, und fühlte sich als Tier oder so.

Ausflugsdampfer zogen vorüber, Segler, Motorboote. Das war so wie in Neue Mühle oder Prieros, im Osten also, und dennoch eine andere Welt für sie. Vielleicht war es der Oberlauf des Mississippi...?

Die Fähre kam, sie setzte über. Dann schwang sie sich aufs Rad und fuhr anderthalb Kilometer die Niederneuendorfer Allee hinauf, um links in den Wald zu biegen und irgendwann auf die Schönwalder Allee zu stoßen. Obwohl sie sich mehrmals verfuhr und ihren Kompaß zu Rate ziehen mußte, gelang ihr das auch. Trotz mitgeführter Dienstwaffe und all ihrer Kampfsportkünste war es doch ziemlich gruselig hier. Ihre Rotkäppchenängste nannte sie das. Aber außer einem Alki, der auf einer

Bank saß und die Internationale sang, stieß sie auf keinen Menschen.

Als die Schönwalder Allee einen Bogen machte und nun westwärts lief, bog sie wieder in den Wald und suchte Laßzinssee und Laßzinswiesen. Nach knapp zwei Minuten waren sie gefunden. Doch keine Spur von Mirko Fischer oder einem Mann, der ihm in etwa ähnlich sah. Sie hielt, stieg ab, nahm ihre Mineralwasserflasche aus dem Rucksack, legte sich am Waldrand ins Gras und wünschte sich Fabio herbei. Sie schloß die Augen.

Mirko Fischer, der in einer Entfernung von knappen zweihundert Metern auf einem Hochstand hockte, war der Meinung, daß sie sich zu einem kleinen Schläfchen hingelegt hatte. Und er war auf ihr Rennrad scharf.

Mannhardt, nun doch wieder zum Dienst erschienen, saß am Schreibtisch und starrte auf seine Finger. Merkwürdig fremd kamen sie ihm vor. Fleckig, faltenreich und alt. Er bewegte sie, als spielte er Klavier. Wie kam es, daß sie sich auf und ab bewegten? Aus der Angst heraus, sich nun völlig zu verlieren, lief er auf die Toilette hinaus. Der Kollege, der neben ihm am Nachbarbecken stand, meinte, daß der sogenannte Mittelstrahl das wertvollste sei, auf den müsse man achten, wenn man den eigenen Saft zum Trinken auffangen wollte.

«Für mich ist Fremdurin im Mund das größte», sagte Mannhardt, bevor der andere ihn mit der Pleite in der Praxis des Dr. Ju... noch weiter aufziehen konnte. «Besonders der von Nierenkranken. Bis dann...»

Als er ins Büro zurückkam, lag ein Zettel eines seiner Mitarbeiter auf dem Tisch. Er entnahm der Notiz, daß der Taxifahrer Günther Krüger aus der Detmolder Straße rundum «koscher» sei. Schade, aber das wäre ja sicher auch des Guten zuviel gewesen, wenn sich der «Lehnitzer» als der mordende Taxifahrer entpuppt hätte. Doch was sagte das schon, daß einer noch nicht aktenkundig war? Lediglich, daß das die beste Tarnung für anstehende Straftaten war. Fast alle großen Serienmörder – im Volksmund: Massenmörder – hatten als Biedermänner gelebt.

Mannhardt stand auf und nahm seine drei Dartpfeile. Seit einer Woche hing die Sisalscheibe an der Wand. In genau 1,73 m Höhe. Ein Geschenk von Heike. Um sich zu entspannen und seine Aggressionen abzubauen. Er trat an die Markierung, die er in 2,37 m Entfernung von der Wand mit wasserresistentem Filzer auf dem grauen Linoleum gezogen hatte. Sie war kaum noch zu erkennen, denn die kroatische Reinemachefrau mühte sich trotz seiner verzweifelten Intervention jeden Abend, sie wieder zu beseitigen. Mannhardts Training bestand darin, jeweils hundertmal auf die 20 zu werfen und dabei die Treffer wie die erreichten Punkte zu zählen. Über alles wurde säuberlich Buch geführt. Sein großes Ziel war es, die Hälfte aller Pfeile im 20er-Segment landen zu lassen, möglichst auch noch im Double- oder Treble-Ring, was im Spiel doppelt bzw. dreifach zählte.

Sein Rekord stand bei einer Quote von 41 Prozent, und als er beim neunzigsten Wurf bei 40 Treffern angelangt war, brach er schon in Jubel aus. Bei zehn noch ausstehenden Würfen waren zwei weitere Treffer ein Kinderspiel. Vielleicht kam er sogar auf 45 Prozent.

Er stellte sich hart an die Linie und visierte die rote Treble-20 an. Ein fester Vierfingergriff, der rechte Fuß voran, der linke stützte ab. Auge, Dart und Zielpunkt lagen auf einer Linie. Volle Konzentration.

Da ging die Tür auf. Die Aurak erschien.

Hörte er jetzt auf, war sein Rekord im Eimer. Machte er weiter, riskierte er den großen Crash.

Sein Rekord war ihm wichtiger.

«Einen Augenblick bitte...»

Gelungenes «follow through», das heißt, Arm und Finger folgten dem Pfeil – und es war ein Treffer. Sein Rekord war eingestellt, und er hatte noch neun Würfe, um die Marke nach oben zu schrauben.

Doch da stellte sich Karin Aurak vor die Scheibe. «Sie können ja gleich weitermachen, nur eine kleine Frage, was diesen Mirko Fischer betrifft...»

Stöhnend ließ Mannhardt seine Pfeile sinken. «Yaiza Teetzmann ist nach Spandau raus, weil er da gesehen worden ist... also: gesehen worden sein könnte.»

«Und warum sind Sie nicht mit?»

«Weil ich da 'n viel größeren Fisch an der Angel haben könnte...» Er erzählte Karin Aurak von seinem Verdacht, daß es in Berlin einen mordenden Taxifahrer geben könnte. «Und wenn Sie mich für verrückt halten...»

«Nein, machen Sie mal...»

Mannhardt staunte. Und er war so perplex über diese Reaktion, daß er mit keinem Pfeil mehr traf, als seine Vorgesetzte wieder draußen war.

«Scheiße!» Er trat mit dem Fuß gegen seinen Papierkorb und katapultierte ihn gegen den Schrank.

Nur mühsam bekam er sich wieder in den Griff. Er ging in die Kantine, holte sich ein Stück Nuß-Sahne-Torte, kochte sich den Kaffee dazu und dachte nach. *Profiling* war angesagt, das Profil des Täters zu finden. Wie und unter welchen Umständen mußte ein Taxifahrer leben, der in Serie Manager ermorden konnte, ohne dabei aufzufallen? Ein Single mußte es wahrscheinlich sein, denn eine enge Bezugsperson hätte über kurz oder lang etwas gerochen. Und er mußte die Gelegenheit haben, die Leichen ungesehen verschwinden zu lassen, wahrscheinlich irgendwo im Umland wohnen, in Brandenburg. Vom Motiv her war Rache anzunehmen. Vielleicht war es einer aus dem Osten, dem Wende und Treuhand alles genommen hatten und der die einfallenden Westmanager nun haßte wie die Pest? War das ein hinreichender Grund?

Mannhardt grübelte, bis die Zeit gekommen war, nach Prenzelberg zu fahren, wo Volker Vogeley im «Schwarzen Loch» seine Moritaten singen wollte. Auch diesmal wieder zögerte er nicht lange und bestellte sich ein Taxi.

Der Taxifahrer war diesmal ein Berber, das heißt kein Stadtstreicher, sondern ein echter Berber aus dem Atlasgebirge, ein Diplomingenieur eigentlich, der aber keine Arbeit fand.

Am Ziel reichte Mannhardt ihm einen Fünfzigmarkschein nach vorn. «Achtundzwanzig bitte...»

Der Marokkaner drehte sich nach hinten, um ihm das Wechselgeld in die Hand zu drücken. Zwei Münzen und zwei Scheine. Und obwohl der Mann Linkshänder war, kam er nicht richtig herum, und das eine Markstück fiel zu Boden.

Da hatte Mannhardt sein Aha-Erlebnis.

«Sie sind Linkshänder?»

«Ja...»

«Und haben Sie eine Gaspistole bei sich?»

«Wieso?»

Mannhardt zog seine Kripomarke heraus. «Ich suche den Taxifahrer, der... das heißt: den Taxifahrermörder und bitte Sie einmal um einen kleinen Test. Versuchen Sie doch mal, mit der Gaspistole auf mich zu zielen...»

Der Marokkaner tat es, und er mußte sich dabei nur wenig nach hinten drehen und den Kopf mitnehmen.

«Danke. Und wenn Sie Ihre Pistole nun einmal in die andere Hand nehmen, die rechte, und wieder auf mich zielen...»

«Das geht doch gar nicht, ohne daß ich mir den Rücken verrenke. Da ist der Sitz viel zu hoch für.»

19

Hartmut Tscharntke saß in der Küche seiner Frau, das heißt, er saß an jenem Tisch, an dem er fast dreizehn Jahre lang morgens gefrühstückt und zumeist abends auch warm gegessen hatte. Er fühlte sich wie ein Soldat, der soeben aus dem Krieg heimgekehrt war. Seine Frau legte ihm gegenüber eine Scheu an den Tag, die sehr erklärlich war. In den Jahren der Trennung waren sie sich fremd geworden, und sie wußte, daß er andere Menschen getötet hatte, Feinde. Aber das war im Krieg eben so. Sicher, er hatte keine Uniform getragen und war von keinem Heer vereinnahmt worden, doch was war denn das Leben heutzutage anderes als der Krieg aller gegen aller.

«Ja, Katja, da bin ich wieder...» Tscharntke nippte nur an seinem Cognac. Er wollte nicht als Trinker gelten.

«Da bist du also wieder.» Katja Tscharntke setzte an, die schlanken Beine übereinanderzuschlagen, ließ es aber.

Tscharntke wußte, warum. Es hatte ihn immer heiß gemacht, und sie wollte nicht, daß dies geschah. Er suchte krampfhaft nach einem Thema, das ihr Gespräch in Fluß bringen konnte. Es war alles so furchtbar schwer geworden. «Die Kinder spielen unten...?»

«Ja. Oma ist bei ihnen. Sie können aber jeden Augenblick wieder oben sein.»

Tscharntke nickte. Er verstand, was sie damit sagen wollte: keine Annäherungsversuche. «Willst du gar nicht wissen, wie es mir ergangen ist...?»

«Wie ist es dir denn ergangen?»

«Gut.» Tscharntke spürte das archaische Verlangen, sie zu packen und zu nehmen, in diesen Körper einzudringen, nach dem er ganz offensichtlich süchtig war. Eine Freundin hatte er die ganze Zeit über nicht finden können, vielleicht auch gar nicht finden wollen, und bei den Prostituierten hatte es ihm wenig gebracht, weil sich die nicht küssen, streicheln und umarmen ließen. So einfach war das alles. Nur mit Katja ging es eben. Das Wort hörig ging ihm durch den Kopf.

Sie zog sich ihren Rock über die Knie. «Was heißt gut?»

«Na ja...» Tscharntke zögerte. Er wußte, daß seine Frau auf der «Mitleidsschiene» sehr empfänglich war, durfte aber auch nicht zu sehr als «Waschlappen» wirken, weil sie andererseits starke Männer schätzte. «Psychisch und körperlich geht's mir nicht gut – so ohne dich –, aber finanziell wenigstens.»

«Ich denke, Taxifahren bringt derzeit immer weniger...?»

«Das schon, obwohl...» Tscharntke zögerte. Die Version, die er sich ausgedacht hatte, um ihr zu erklären, wie er zu seinem Geld gekommen war, erschien ihm angesichts ihres kritischen Blickes nun ziemlich lächerlich. Sein Pech, daß sie studierte Ökonomin war, wenn auch seit 1992 ohne Job. «Klingt alles ein bißchen phantastisch, aber ich hab genug beisammen, um uns eine neue Existenz gründen zu können.»

Katja lachte. «Meinst du 'ne Imbißbude!?»

Jetzt grinste auch er. «Eher die Firma, die Imbißbuden baut. Nein, im Ernst: Ich will eine Firma aufbauen, die Marktlücken im Software-Bereich schnell aufspüren und schnell hineinstoßen kann. Den ersten Fisch hab ich schon an Land gezogen: ferngesteuerte Preisschilder. Stell dir vor, ein großes Kaufhaus will in all seinen Filialen auf einen Schlag die Preise seiner Produkte ändern... Was passiert da? Die Verkäuferinnen an der Front rennen wie die Wilden umher und müssen Tausende von Preisschildern umstecken oder auswechseln. Das ist umständlich und teuer und mit vielen Fehlern verbunden. Da kommt nun mein hochmodernes Pricer-System: An den Regalen sind kleine LCD-Displays befestigt, und per Funk kann nun eine einzige Kraft in der Zentrale die neuen Preise in ihren Computer eintippen und muß nur kurz die Enter-Taste drücken, um in ganz Deutschland die Preise ändern zu können.»

«Toll, du...»

Zum erstenmal seit Jahren sah er in Katjas Augen anderes als Herablassung und Spott. Sie leuchteten auf, und es war Bewunderung, was sie ihn spüren ließ. Er wußte, daß Ideen wie diese das waren, womit sie sich erobern ließ. Nicht mit goldenen Ketten, nicht mit süßen Worten, nicht mit ausgefallenem Sex, sondern mit Einfällen in der Informationstechnik, die sich rechneten. Die Schlacht schien geschlagen, zumal er jetzt noch sagen konnte: «Am besten mit dir als kaufmännischer Direktorin.»

Sie strahlte zwar, war doch aber zu sehr kritischer Geist, um nicht, bevor sie ihn umarmte, doch noch nachzufragen: «Und wo nimmst du das Geld dafür her?»

Tscharntke wußte, daß sich in den nächsten Sekunden alles entschied. «Ad eins: Manchmal hab ich zwanzig Stunden pro Tag hinterm Steuer gesessen, und das läppert sich dann doch. Dazu das Geld, wenn ich die Taxe verkaufe. Ich hab schon eine Anzeige aufgegeben: ‹Achtung! Absolutes Schnäppchen...›» Er machte eine kleine Pause. «Und drittens – das ist der größte Brocken –, stell dir vor: ich hab geerbt...»

Seine Frau grinste. «Von Onkel Günther die Rheumadecke...?»

«Nein, von Frau Lewandowski einen Teil des alten Hofs in Wildenbruch.»

«Wer ist Frau Lewandowski?»

Tscharntke rang ein wenig theatralisch die Hände. «Gott, die hat uns doch damals den Bauernhof verpachtet.»

Katja Tscharntke konnte sich zwar an die alte Dame erinnern, war aber wieder voller Hohn und Spott. «Und die hast du noch richtiggehend glücklich gemacht...?»

Tscharntke fuhr auf. «Komm, laß diese Sauereien! Ich hab sie zum Arzt gefahren, ich hab sie zu den Ämtern gefahren, ich hab sie zu ihren Verwandten gefahren, ich hab ihr die Sachen vom Supermarkt nach Hause gefahren – umsonst natürlich.» Er zog seine Aktentasche auf, holte die Abschrift ihres Testaments hervor und reichte sie seiner Frau hinüber. «Hier, bitte!»

«Oh, tatsächlich...»

Tscharntke bemühte sich, gelassen zu wirken. In der Tat hatte er von Vera Lewandowski einiges geerbt, alte Möbel und die Schmuckstücke, die er immer bewundert hatte. Der Rest des Testamentes war eine Fälschung, die von Catzoa sehr professionell ausgeführt worden war. Daß seine Frau da etwas merkte, war mehr als unwahrscheinlich. Um sie abzulenken, begann er auf sie einzureden. «Meinen Teil an Wildenbruch will ich verkaufen – und das ist das Grundkapital für meine neue Firma, für unsere... Knappe hunderttausend Mark, das reicht als Startkapital allemal. Im Industriepark Trebbin krie-

nach Hamburg zu kommen... Das war es, was Yaiza Teetzmann dahin gebracht hatte, eine Krankmeldung abzugeben. Psychosomatische Störungen infolge des Dauerstresses im Beruf.

Sie machte sich an dic Lektüre eines Buches, das ihr Mannhardt neulich geschenkt hatte. Es waren die neuesten «Sagen» von Rolf Wilhelm Brednich, diesmal unter der Überschrift «Das Huhn mit dem Gipsbein» zusammengetragen. Eine Geschichte hatte er ihr extra angestrichen: «Go upstairs». Eine Austauschschülerin in den USA ist alleine zu Hause, sitzt unten im Zimmer vor dem Fernseher, während oben die drei Kinder schlafen. Plötzlich klingelt das Telefon, und sie hört, als sie abgenommen hat, eine unheimlich-heisere Stimme flüstern: «Go upstairs and watch your kids!» Sie ist verwirrt und zögert. Da kommt der zweite Anruf, und der Mann am anderen Ende der Leitung versucht regelrecht, sie mit seiner Stimme zu hypnotisieren. «Go upstairs and watch your kids!» Sie ist schon auf der Treppe nach oben, da beschließt sie, doch lieber erst die Polizei zu verständigen. Die ruft Sekunden später zurück. «Verlassen Sie sofort das Haus. Wir sind schon auf dem Weg zu Ihnen!» Wenig später stürmt die Polizei das einsam gelegene Haus und nimmt im Kinderzimmer einen geisteskranken Mann fest, der den drei Kindern im Schlaf die Kehlen durchgeschnitten hatte und nur noch auf sein letztes Opfer wartete...

Yaiza Teetzmann schüttelte sich.

Mirko Fischer saß kurz hinter Potsdam am Rande einer kleinen Kiefernschonung und sprach mit seiner Mutter.

Du, Mom, weißt du was das Schärfste ist: Ich hab jetzt 'n Rennrad, echt. Hab ich einer Frau geklaut. In Spandau oben. Die war bestimmt von der Kripo und hinter mir her. Ich sag ja, die sind so doof, daß die mich nie erwischen. Und weißt du, was ich jetzt mache? Klar, du weißt ja alles da oben bei dir. Werner, die Sau, hat alle Taxifahrer aufgehetzt gegen mich, daß sie mich plattmachen sollen. Aber jetzt komme ich und knalle

alle ab. Im «Tip» war nämlich ’ne Anzeige drin, zeig ich dir mal:

Achtung! Absolutes Schnäppchen für alle kleinen Taxi-Unternehmen.

Da macht einer seinen Laden zu und verkauft seine Taxe. In Wildenbruch ist das, so ’n Dorf am Seddiner See, ’n Stückchen weiter von hier, da hat der ’n alten Bauernhof. Ich hab schon angerufen bei ihm. In ’ner halben Stunde bin ich da. Und dann leg ich die Taxifahrer, die zu ihm kommen und seine Taxe kaufen wollen, der Reihe nach um. Bumm, bumm, bumm. Werner wird staunen. Für dich mach ich das alles, Mom. Ich hab dein Bild bei mir und guck’s mir immer an. Das einzige, was mir Sorgen macht, Mom, ist mein Blut. Das wird immer dicker, und ich muß dauernd was trinken, damit es nicht zu Pulver wird. Darum bin ich mit dem Rad auch nicht mehr ganz so schnell wie früher. Aber keine Angst, Mom, die Bullen kriegen mich nie, auch wenn sie eine Million als Belohnung aussetzen. Ja, Mom, du kannst stolz sein auf deinen Sohn. Ich mach die Taxifahrer alle fertig. Wenn ich die in Wildenbruch erledigt habe, traut sich keiner mehr auf die Straße raus, dann gehen alle pleite. Wow!

Thomas Catzoa hatte aus früheren Zeiten noch gute Kontakte zur Kripo, und so erfuhr er ohne Mühe, daß die Soko «Schwarzes Loch» wegen absoluter Erfolglosigkeit kurz vor ihrer Auflösung stand, auf der Schiene Hans-Jürgen Mannhardt/Heike Hunholz aber so einiges angelaufen war. Offiziell sei Mannhardt zwar weiterhin mit der Suche nach dem Mörder des Taxifahrers Wolfgang Wuttkowski befaßt, nutze aber jede Gelegenheit, um seiner Lebensgefährtin *die* Story des Jahres zu liefern, das heißt, die geheimnisvollen Managermorde aufzuklären, sozusagen en passant. Im Augenblick sei er hinter allen Taxiunternehmern her, die als Linkshänder durchs Leben liefen.

Und Hartmut Tscharntke war Linkshänder…

Catzoa wußte, daß er reagieren mußte, denn wie sich Tscharntke unter der «Verhör-Folter» verhalten würde, war nicht abzusehen. Vielleicht schwieg er ja anfangs wirklich, aber wenn sie dann Spuren der entsorgten Herren auf seinem Bauernhof fanden, fiel er sicherlich um. Auf die mochte man womöglich auch stoßen, nachdem Tscharntke einem Unfall zum Opfer gefallen war, aber dann machte das wenig. Im Gegenteil. Die Morde waren aufgeklärt, das Motiv Rache stand fest – und er selber, Catzoa, war völlig aus dem Schneider. Eine andere Wahl hatte er nicht. Er rief Tscharntke an und sagte ihm, daß er einen noch potenteren Käufer für das Grundstück in Wildenbruch gefunden habe. «Der kommt direkt aus Dortmund und ist so gegen Mittag bei Ihnen draußen.» Tscharntke dankte und sagte, er würde pünktlich auf dem alten Bauernhof sein.

Catzoa setzte sich an den Schreibtisch und brütete. Welche Unfallmöglichkeiten gab es im Falle Tscharntke. Ein Selbstmord wäre auch gegangen, war aber wegen der Frage des Abschiedsbriefes schwerer zu inszenieren. Unfälle also... In der Badewanne ertränken... Gab es draußen keine. Stromschlag... Nicht schlecht, aber wie konnte man Tscharntke dahin bringen, blanke Drähte anzufassen. Mit dem Auto totfahren und Fahrerflucht vortäuschen... Okay, aber wie ihn draußen auf der Chaussee erwischen, wenn er dort nie spazierenging. Kohlenmonoxid aus dem Ofen... Nicht jetzt im Sommer. Kopfschuß beim Reinigen der Waffe... Nicht schlecht. Zumal ja seine Makarow, Kaliber 9 mm, auch die Tatwaffe war. Mußte man natürlich seine Waffe haben und den Lauf so halten, daß die Experten nichts merkten. Das war nicht eben einfach, aber Catzoa glaubte, in solchen Sachen genügend Erfahrung zu haben, um es schaffen zu können. Wenn es ihm gelang, Tscharntkes Bewußtsein mit einigem Alkohol und vielleicht einer Art K.-o.-Tropfen ein wenig abzusenken...

Mannhardt verließ bei Michendorf den Berliner Ring und mußte erst wieder ein Stück nach Norden fahren, um auf die

Straße nach Wildenbruch zu kommen. Hartmut Tscharntke war der dritte Taxifahrer beziehungsweise -unternehmer, der auf seiner Liste stand. Die ersten beiden hatten sich als absolut harmlose Gemüter erwiesen. Tscharntke war Linkshänder, das hatten mehrere Kollegen zu Protokoll gegeben, und er war den anderen an den Halteplätzen auch dadurch aufgefallen, daß er zwar Berliner war und die Konzession für die Hauptstadt hatte, an sich aber in Brandenburg lebte, auf einem halb verfallenen Bauernhof, wie einer wußte, getrennt von seiner Frau. Des weiteren hatte es ihm auf Mannhardts Checkliste eine Menge Punkte eingebracht, daß er «abgewickelt» worden war und ein Westmanager seinen Betrieb zu Tode saniert hatte.

Mannhardt kam am Michendorfer Berg vorbei, fuhr durch ausgedehnte Felder und sah dann das Dorf Wildenbruch am Ende der Chaussee. Merkwürdig geduckt lag es unter einem milchiggrauen Himmel. Diese märkischen Dörfer schienen sich von den Schreckenstagen des Dreißigjährigen Krieges noch immer nicht erholt und wieder aufgerichtet zu haben. In Preußen wie der DDR war ihre Haut derart grau und pockennarbig geworden, daß keine westliche Schminke dagegen ankommen konnte; ihr Äußeres blieb furchtbar häßlich. Nichts paßte zusammen, nichts hatte zumindest den Charme des Verfalls, kaum etwas den süßen Hauch der Nostalgie. Steige hoch, du toter Adler, hoch übers Brandenburger Land. Mannhardt wünschte sich in die Toskana, in die Normandie, nach Griechenland und beschloß, gegen die Vereinigung Berlins und Brandenburgs mit Nein zu stimmen. Fontane: ja und wandern hier, aber niemals selber Brandenburger sein.

In einem Gasthof fragte er nach, bekam den Weg zu Hartmut Tscharntkes Hof gewiesen und rollte wieder aus Wildenbruch hinaus. Vom nahen See her drang das Lachen tobender Kinder herüber. Auf die Wiesen waren schwarz-weiße Kühe getupft. Da haben wir ja die kühenden Landschaften, dachte Mannhardt mit den Worten seines großen Kanzlers. Und als er vor Tscharntkes gelber Backsteinmauer hielt, fand er das

Ganze doch wieder schön. Sich einmal ausklinken und in dieser ländlichen Idylle eine Woche lang vor sich hin dämmern schien ihm sehr erstrebenswert.

Er stieg aus und sah sich um. Kein Laut war zu vernehmen, und unwillkürlich kam ihm einer der einfachen Fontane-Reime in den Sinn: Es ist so still, daß ich sie *höre*, / Die tiefe Stille der Natur.

Als Kriminalbeamter aber mißtraute er jeder Stille, assoziierte sie sofort mit Totenstille und rief zur Eigensicherung: «Hallo, Herr Tscharntke...!?»

Keine Antwort, irgendwo aber rumpelte es, fiel etwas um. Eine aufgescheuchte Taube, eine fliehende Katze, ein Eichhörnchen, ein Mensch? Er zog seine Waffe heraus.

«Ist hier jemand...?»

Wieder keine Reaktion. Er sah zur Scheune hinüber, prüfte die Dächer, die Fenster, die Türen... Nichts. Doch die Tür, die in das flache Wohngebäude führte, schien ihm nur angelehnt zu sein. Eine Falle...? Er verfluchte seine Idee, allein nach Wildenbruch zu fahren. Aber Yaiza Teetzmann war ja noch immer krank geschrieben, und die anderen Damen und Herren seiner Mordkommission jagten unverdrossen hinter Mirko Fischer her. Am liebsten wäre er zum Telefon gelaufen und hätte die Brandenburger um Verstärkung gebeten, ließ es aber, weil die ja krankhaft dabei waren, auf ihre bundesstaatliche Souveränität zu achten, und sein Einsatz hier nicht abgesprochen war.

Also stieg er die drei ausgetretenen Stufen hinauf und trat mit dem Fuß gegen die kackbraune Tür. Der Gedanke, daß ihn jetzt jemand erschießen konnte, war nicht nur voller Schrecken für ihn. War er wenigstens erlöst von allem...

Aber niemand schoß auf ihn. Fast war er ein wenig enttäuscht darüber.

«Hallo, Herr Tscharntke...!?» Noch zweimal wiederholte er seine Frage. Umsonst.

Blieb ihm nichts anderes, als in die niedrige Diele zu treten.

Blankgescheuerte Fußbodenbretter, eine niedrige Balkendecke, eine buntbemalte Bauerntruhe. Alles wie im Museum.

Da fiel sein Blick in die gute Stube. Und da lag ein Mann. Auf dem Rücken. In einer Blutlache, die ihn umschloß wie der Wannsee die Pfaueninsel. Kopfschuß. Die Makarow noch in der rechten Hand.

Mannhardt rührte sich nicht. Für einen Augenblick hatte er das Gefühl, dies sei nur ein Bild von Brueghel, so eines, wie man es als Puzzle legte.

War das eine Täuschung, drehte er nun durch oder...? Mannhardt hatte das Gefühl, daß der Mann noch lebte. Ein ganzes bißchen noch.

Er trat in den See aus frischem Blut und beugte sich zum Kopf des Mannes hinunter. Es war Hartmut Tscharntke, er hatte dessen Paßbild gesehen.

Mannhardt wußte, daß er eigentlich zum Telefon eilen mußte, um den Rettungshubschrauber zu rufen, wartete aber, ob nicht Tscharntke etwa...

Da schlug der auch die Augen auf und flüsterte zwei, drei Worte. Mannhardt verstand sie nicht. «Was sagen Sie, bitte...?»

«Catzoa... Er hat mich...»

Mit diesen Worten starb dann Hartmut Tscharntke.

Soko «Schwarzes Loch» läßt vieles im dunkeln

Thomas Catzoa freigesprochen, aber letzte Zweifel bleiben – Taxifahrermörder weiterhin verschwunden

Berlin (lz.) Auch nachdem der Unternehmensberater Thomas Catzoa in einem aufsehenerregenden Prozeß von der Anklage zur Anstiftung zum Mord in vier Fällen freigesprochen worden ist, bleiben im Fall Hartmut Tscharntke viele Fragen offen. Hat der 38jährige Diplomingenieur aus Berlin-Friedrichsfelde die hochkarätigen Westmanager Wolfram Witt, Jochen Vollstedt, Ronald O'Brien und Richard Schrotzer, deren Asche auf seinem Bauernhof in Wildenbruch gefunden wurde, wirklich nur aus Rachsucht getötet – oder ist er von Catzoa dazu beauftragt worden, um bestimmten Unternehmen erhebliche Kosten sparen zu helfen? Hat er tatsächlich Selbstmord begangen – oder hat Catzoa, selber einmal Kriminalbeamter, dort ein wenig nachgeholfen? Die Sachverständigen sind sich – wir kennen das aus Bad Kleinen – überaus uneinig, die Mehrheit jedoch vertritt die Selbstmordthese, zumal Thomas Catzoas Alibi sicher zu sein scheint: Er hat zur fraglichen Zeit mit einem Manager gespeist. Die Zeugen aus den Vorstandsetagen sind empört, und Catzoa droht mit Verleumdungsklagen und einstweiligen Verfügungen. Tscharntkes Witwe hingegen hält einen Selbstmord ihres Mannes für völlig ausgeschlossen. «Er hat doch noch so voller neuer Pläne gesteckt.» Zwar hat ein Kriminalbeamter den sterbenden Tscharntke die Worte sagen hören «Catzoa... Er hat mich...», doch Catzoas Starverteidigern gelingt der Nachweis, daß dieser Kriminalbeamte seit Jahren mit Thomas Catzoa verfeindet ist und sich möglicherweise «selektiv» verhört haben könnte. Außerdem habe er mit diesem «Erfolg» von seinem Versagen im Mordfall Wuttkowski ablenken wollen. Auch dies ist eine überaus mysteriöse Geschichte, denn Mirko Fischer, der mutmaßliche Mörder des Nordberliner Taxifahrers, ist zwei Stunden vor Hartmut Tscharntkes Tod zum letztenmal gesehen worden, auf einem gestohlenen Rad in Potsdam. Seitdem ist er spurlos verschwunden – wieder einer im Schwarzen Loch Berlin.

-ky

«Die besten Krimis von **-ky** schildern unsere Gegenwart mit Scharfsinn, Witz und Hintergründigkeit.»
FAZ

-ky, mit richtigem Namen Dr. Horst Bosetzky, ist Professor für Soziologie in Berlin. Er gehört zu den wichtigsten deutschen Kriminalromanautoren. In seinen Büchern verbindet er eine spannende Handlung mit einer genauen Beschreibung der deutschen Wirklichkeit.

Da hilft nur noch Beten
(thriller 2883)

Blut will der Dämon
(thriller 3091)

Feuer für den Großen Drachen
(thriller 2672)
Kreuzberger Nächte: Liebe, Ku-Klux-Klan und Graue Wölfe...

Unfaßbar für uns alle
(thriller 3174)
Kommissar Mannhardt ist der organisierten Kriminalität auf der Spur.

Friedrich der Große rettet Oberkommissar Mannhardt
(thriller 2725)

Ich wollte, es wäre Nacht
(thriller 2951)

Mitunter mörderisch
Kriminalstories
(thriller 2383)

Ein Toter führt Regie
(thriller 2312)
Ein Selbstmörder rächt sich an den Lebenden, die ihn gequält haben...

3014/3

rororo thriller

-ky/-ky & Co.
Zu einem Mord gehören zwei. Es reicht doch, wenn einer stirbt. Die Klette
(thriller 3157)

«-ky ist die Nummer eins unter Deutschlands Krimischreibern.»
NDR

rororo thriller werden herausgegeben von Bernd Jost.
Ein Gesamtverzeichnis der Reihe finden Sie in der *Rowohlt Revue*. Jedes Vierteljahr neu. Kostenlos in Ihrer Buchhandlung.